宋如珊　主編
現當代華文文學研究叢書

翻譯現代性
——晚清到五四的翻譯研究

趙稀方　著

秀威資訊・台北

目次

第一章　從政治實踐到話語實踐

斯皮瓦克（Spivak）曾有《翻譯的政治》（The Politics of Translation）一文，討論在第三世界文本翻譯成維多利亞式英語文體的過程中，所包含的殖民主義政治含義。如果說，斯皮瓦克有關「翻譯的政治」的說法多多少少帶有比喻的性質，那麼開始於明清之際的「譯名之爭」（加上「禮儀之爭」），則是一場實實在在的政治衝突——它導致了大清帝國與羅馬教廷的分裂和康熙的禁教。禁教二百年以後，「譯名之爭」再起。這裏首先回顧幾個階段「譯名之爭」的始末，然後主要討論發生於一八七八至一八七九年《萬國公報》上的一場「聖號之爭」。

第一節　「上帝」／「天主」／「神」

一

基督教的神，英文為God，希伯來文為Elohim，希臘文為Theos，拉丁語為Deus，所謂「譯名之爭」，簡單來說就是用什麼漢語詞，如「天主」、「上帝」、「神」等，來翻譯這個西方術語。這樣一個簡單的翻譯問題，從明清之際一直爭論到二十世紀，其背後所蘊含著的是激烈的文化乃至於政治衝突。

利瑪竇（Matteo Ricci, 1552-1610）不是第一個來中國的傳教士，卻被稱為中華傳教第一人，這是因為他在中國傳教的巨大成功。可以說，是他首次在中國建立了西方天主教的影響。利瑪竇從中國經典中擇取「上帝」一詞，來翻譯基督教的神。在《天主實義》一書中，利瑪竇明確地說：「吾國天主，即華言上帝。」並引經據典加以說明：

> 吾天主，乃古經書所稱上帝也。《中庸》引孔子曰：「郊社之禮，以事上帝也。」朱注曰：「不言后土者，省文也。」竊意仲尼明一之以不可為二，何獨省文乎？《周頌》曰：「執競武王，無競維烈，不顯成康，上帝是皇。」又曰：「於皇來牟，將受厥明，明昭上帝。」《商頌》云：「聖敬日躋，昭假遲遲，上帝是祇。」《雅》云：「維此文王，小心翼翼，昭事上帝。」《易》曰：「帝出乎震。」夫帝也者，非天之謂。蒼天者抱八方，何能出於一乎？……歷觀古書，而知上帝與天主，特異以名也。[1]

利瑪竇用中國的「上帝」比附天主的做法，迎合了中國文化傳統，使得天主教在中國容易接受。當時不但有徐光啟、李之藻、楊廷筠等重要人物入教，利瑪竇本人甚至還受到了萬曆皇帝的支持。如何處理天主教與中國文化的衝突呢？利瑪竇採用的策略是「補儒易佛」，他排斥佛教、道教，也排斥宋明理學等後儒，而主張回歸上古的「上帝」，認為中國上古的「上帝」與西方天主的精神是相通的。這種說法對於具有崇古傳統，言必稱三代的中國士人，倒是有吸引力的。

鑑於利瑪竇的地位和影響，在他一六一〇年去世以前，尚沒有什麼人敢反對「上帝」這一譯法。不過，在他去世之後，開始有人提出疑問。據法國學者謝和耐（Jacques Gernet）記述，接任利瑪竇在華耶穌會總長職務的龍華民（Nicholas Longobardi, 1559-1654），對「上帝」這一譯法感到擔憂，因為：「中國人並沒有把他們的『上帝』視為一尊被人格化的、獨一無二的天地間造物主和無所不在的神，而相反是按照經典著作的傳統詮釋，把它看作是天道和天命的一種無形力量。」[2] 一六二八年，「嘉定會議」召開，這次會議決定禁止用「上帝」作為譯名，不過已經獲得巨大影響的利瑪竇的著作卻例外。據分析：「他（龍華民——引者）意識到現存譯詞在中國聽眾頭腦中可能產生的異教歧義，但又不希望其前任的聲譽因此受到損害。結果，嘉定會議的最後決定顯得頗為曖昧，與會者一方面禁止將中國典籍中的上帝作為基督教上帝的對應詞，但同時又認可了利瑪竇神父的著作。」[3] 如此，這一禁令就沒有多少效果了，利瑪竇譯法仍在為其他教士沿用。正如後來的方濟各會士利安當所指出的：「藉口利瑪竇的觀點未受批判而重新使用了『上帝』一詞，它經常出自某些耶穌會神父們的口中以及他們新近出版的漢文著作中。」[4]

真正的挑戰來自耶穌會以外的教派。在羅馬教皇格列高里（Gregory）十三世時代，日本和中國的傳教工作全部由耶穌會負責，而至保羅（Paul）五世以後，這方面的限制逐漸解除，其他教會的教士開始來到中國傳教。一六三〇年，方濟各會和多明我會士從菲律賓來到中國；一六八〇年，奧斯丁會士來到中國；一六八四年，新成立的巴黎外方傳教會首批成員也來到中國。這些外來教會對於耶穌會在中國的成功不以為然，他們質疑耶穌會在中國的傳教方式。據《清康乾兩帝與天主教傳教史》：「耶穌會士在中國的傳教的成功的主因，就是為了他們有和中國人的傳統禮俗妥協。然而遠在耶穌會之後來中國傳教的道明會和外方傳教會卻不這樣。他們由於信念和派別的差異，因此嫉視耶穌會在中國的成功。他們首先指責耶穌會士允許中國教徒祭祀祖先之非和崇拜偶像。其次他們說漢語裏的『天』，是物質天——蒼天的意思，決不能代表天主教的『天主』。」[5] 這裏所說的「首先指責耶穌會士允許中國教徒祭祀祖先之非和崇拜偶像」涉及到與「譯名之爭」相關的「禮儀之爭」，即：利瑪竇之後來者不承認中國的「上帝」和「天」的地位，因而禁止中國教徒的祭祀活動。

一六九三年三月二十六日，關鍵人物出場，時任教廷代牧主教、巴黎外方傳教會的閻當（Charles Maigrot, 1652-1730）發佈訓令，要求在他所管轄的福建教區內禁止使用「天」或「上帝」的譯名，並要求各教堂摘去康熙皇帝所賜的「敬天」的牌匾。閻當在發佈這一禁令的時候，上呈了羅馬教皇，並說明了理由。一七〇四年，克萊孟（Clement）十一世對此做了答覆，支持閻當的做法。這一做法後來讓中國的康熙皇帝大怒，並最終導致了中國與羅馬教廷的分裂。

目下相關的文獻已經面世，讓我們能夠清楚地看到當時的歷史情形。一九九二年美國三藩市大學利瑪竇中西文化歷史研究所所長馬愛德（Edward J. Malatesta, S.J）組織人力，從羅馬教廷傳信部及其他有關機構的拉丁文、義大利文和法文原始紀錄中，整理翻譯出了有關中國禮儀之爭的相關文獻。在這裏，我們能找到閻當的訓令原文、說明及其克萊孟十一世教皇的答覆原文。

《克萊孟十一世備忘錄》第一部分是，「福建宗座代牧，尊敬的閻當主教的訓令」，「訓令」第一條是：

除了在某種不規範的評議以外，不要用中文去表達無法表達的歐洲名詞。我們宣佈應稱真神為天主（天上的主人），這已經是用了很久的名詞了。另外兩個漢詞——天與上帝（最高的皇帝）——應該完全取消。不要讓任何一個人知道在漢語中——天和上帝——就是我們基督教崇拜的真神。

第二條是：

我們嚴禁在任何教堂裏置放刻上「敬天」二字的匾。不管在什麼地方，放上這匾的，我們都令在兩個月之內去掉。凡把真神稱為天或上帝的其他的牌子和類似意義的對聯也都要去掉。……

《克萊孟十一世備忘錄》第二部分是「問題」，「問題二」為是否應放棄使用「天」或「上帝」來稱謂「神」？在這裏閻當解釋了他之所以禁止「天」、「上帝」這樣的譯法的理由：

猶豫不決的原因是：儘管若干歐洲傳教士們想到了，而且指出了古代中國人用「天」和「上帝」來指活的真「神」，然而，幾乎所有教士都說中國的文人們——中國最有影響的階層，總是認為他們遵循和教導的這一階層的學說掉入無神論中至少有五百年了。他們全體或幾乎全體都認為「天」和「上帝」，除了物質上的意義以外，沒有任何其他含義，是指看得見的物質基礎的天空，或者至多指天空中的某些天的力量。他們認為這些力量是萬物的本原或源泉。因而，就按這樣理解，他們去祭拜天地，也拜其他星球、山水。在主要的城市，如北京、南京，他們就到廟裏去祭拜天地。他們在一年中的某些特定的日子裏到廟裏去祭拜天地。尤其在北京，皇帝本人也主持祭天禮。

《克萊孟十一世備忘錄》第三部分是教宗應諾森（Innocent）十二世的「答覆」，對於閻當禁止「天」和「上帝」的譯法，聖部表示肯定：

只要對於中國的上層人士——文人們講清，這些詞除了指天上的天本身的力量以外沒有其他含義，只要這些詞意味著看得見的物質的天，除此以外沒有任何其他含義，傳教士們就不能用這些詞。他們不能讓教外人士批評認為基督宗教的對神的禮拜並沒有什麼，只是崇拜物質的天或天力而已。[6]

康熙專門接見過閻當，兩人之間有一場在歐洲世界常被引用的對話。閻當堅持認為，中國的「天」與「上帝」非基督教天主的意思，康熙則覺得閻當不通中文，「愚不識字，膽敢妄論中國之道」。康熙下令將閻當驅逐出京，並發佈諭旨，要求在華傳教士均應領取「印票」，表示遵守中國習俗，永不回西洋，才能在華傳教，其他不領票者，一概不准留在國內。

不過，羅馬教皇使臣鐸羅卻不顧康熙帝的反對，於一七〇七年一月二十五日在南京發出教令，公佈羅馬教皇的通諭，並規定了會士應付皇帝盤問的方法，這份教令史稱「南京教令」。這一年康熙南巡，四月十九日他在蘇州接見耶穌會士時針鋒相對地發佈諭旨：「諭眾西洋人，自今以後若不遵利瑪竇的規矩，斷不准在中國住，必逐回去。」同時下令，凡未領「印票」者，五日內啟程。

一七一五年，克萊孟十一世頒佈宗座憲章《自登基之日》，再次嚴格禁令，並要求凡去東洋傳教者，必先在天主臺前發誓，遵守此禁止條約，並將此誓寄到羅馬。羅馬教廷派特使嘉樂（Carlo Ambrogio Mezzabarba）來中國，將這份教令呈給康熙。康熙看了以後，簽了一段著名的諭旨，其最後一段話是：「以後不必西洋人在中國行教。禁止可也，免得多事。」[7]這幾句話，標誌著清朝與羅馬教廷的分裂，也意味著明末以來天主教在中國的傳教成果的徹底葬送。

「譯名之爭」（加上「禮儀之爭」）居然導致了如此重大的歷史事件，「翻譯的政治」在這裏可謂字字千金，驚心動魄！在我看來，問題首先在於傳教方式的不同。天主教的利瑪竇和新教的英國傳教士所代表的是「歸化」式的傳教方式，即利用當地文化的概念，輸入天主教；而以閻當為代表的則是一種原教旨的傳教方式，完全排斥當地文化，重新移植天主教。閻當等人認為，天主教的神是獨一無二的，在中國這樣的異教徒地區根本不可能出現，所以堅決反對利瑪竇將中國的「天」、「上帝」與天主教的神等同起來的說法。這種狂妄自大自然容易招致中國人的反感，所以最終在康熙面前碰了壁。利瑪竇認同中國文化，則容易獲得中國人的同情，以致康熙下令提倡遵守利瑪竇的規矩。在這裏，我們需要注意的是，利瑪竇與閻當之間其實只是兩種傳教策略的不同，實質上並無差別。

在一五九六年十月十三日利瑪竇自南昌致親兄弟安科尼奧・馬里亞・里奇（Antonio Maria Ricci）神父——馬切拉塔的書信中，他明確地將中國的儒釋道三大文化都稱為須砍掉的異教，必須以天主教代之：「中國有三大異教，每種又分為很多宗派。我覺得這些他神偶像就像是希臘神話中列爾乃湖中的三頭怪獸，砍掉其中一個後，便會立即再生出三個新的，直到新的宙斯之子海格立斯用錘子將其砍死。而新的海格立斯便是我們的救世主耶穌基督，他用那至聖的十字架戰勝了他神。而我，願成為他成就那崇高事業時的一個小小工具。」[8]很明顯，利瑪竇和閻當都認為中國文化都是異教徒的文化，需要他們來傳輸上帝的福音。這一點是明確的，否則他們就不成為其傳教士了。只不過，他們的傳教策略不同。利瑪竇看到中華帝國及其文化非常強大，難以進入，因而採取了融入的方式。利瑪竇剛來華時，穿僧服，借重於佛教傳教。後來，他發現佛僧在中國地位不如儒士，又脫下僧裝，換上儒服，並學習漢文，借重儒家經典以比附天主教的神。由此可見，利瑪竇對於佛教、儒家等思想只是一種利用。利瑪竇坦言：「我處心積慮地借用儒家先師孔子來論證我們的見解。」[9]謝和耐也指出，在中國經典中發現「上帝」、「天」等等概念，「利瑪竇立即由此看到了按照基督教的意義解釋經典的可能性，正是這一點啟發了他的歸化方法。」「那些曾認為在最古老的文獻中找到了第一種啟示之蹤跡的傳教士們，則希望利用這一切，以便向中國紳士們指出中國高度古老的歷史本身及其普遍意義的同時，而將中國紳士們引向真正的信仰。」利瑪竇明白儒家思想與天主教的差別，他甚至認為儒教並不是一種宗教，中國雖有「上帝」，卻沒有創世說，也沒有來世。因此，他只是模糊地利用遠古的「天」、「上帝」那些古老的詞彙，另外加以詮釋，不但排斥佛道，還排斥現行儒家。而且，在利瑪竇看來，中國古代儒家學說之所以有幾分合理性，是因為受到了基督教天主的普照。究其實，還是基督教的天主最為聖明，中國現在需要天主的挽救。

閻當等人未嘗不明白這一點，但仍然執意地反對利瑪竇，這就涉及到了另一個更為重要的原因，即不同教會、國家的權力、利益之爭。十五、十六世紀的航海大發現以後，因為地域之大，羅馬教廷不得不依靠殖民國家代行教務管理。一五〇八年，教皇胡里奧二世頒諭，將美洲的「保教權」授予西班牙；一五三三年，教皇保羅二世則將遠東的保教權授予了葡萄牙。最早來中國的耶穌會是葡萄牙國王支持的，後來的多明我會、奧斯丁會、方濟各會卻是西班牙國王支持的，巴黎外方傳教會是法國國王支持的。葡萄牙在遠東的傳教權早已受到西班牙等國的覬覦，因此這些後來者一方面挑三揀四，另一方面希望借助於羅馬教皇的勢力壓倒耶穌會，這才是這場「譯名之爭」背後的真正的較量。

當年，羅馬教廷派鐸羅來中國解決事端時，教廷為了表示既不偏向葡萄牙的耶穌會，也不偏向西班牙的多明我等會，既不讓鐸羅乘葡萄牙的船，也不讓他乘西班牙的船，而是請法國國王路易十四專門派船。這讓在中國獨享保教權的葡萄牙不快，因為按照以前教皇的規定，去中國的傳教士必須要在里斯本搭乘葡萄牙的船，傳教許可證也要到葡萄牙註冊。鐸羅使團沒有先到達葡萄牙的殖民地澳門，而是到達了西班牙的殖民地馬尼拉，首先與多明我會、奧斯丁會、方濟各會交流，爾後避開澳門直接進入了廣州。這表明，鐸羅使團有意拉開與耶穌會的距離，而與西班牙的教會較為接近。事實上，來自巴黎外方教會的鐸羅與西班牙教會之間其實也不是同心同德。他所真正代表的，其實是新崛起的法國勢力。據分析，閻當此次強行發佈禁令，激化矛盾，與巴黎外方傳教會亟欲擴展其在東方的勢力範圍有關，法國方面希望經由教廷傳信部取代或者壓制由西班牙、葡萄牙兩國保教權所支持的各傳教會。不同教會及其背後的國家權力衝突，於此可見一斑。

在這一事件中，康熙所代表的既是中國文化，又是另一種政治權力。康熙是滿人，卻是服膺中國文化的，在外來的基督教文化面前，他擔當了中國文化保護者的角色。而在中國，「上帝」、「天」的概念並不完全是純宗教的，而是與人世的皇帝緊密聯繫在一起的。皇帝是通「天」的人，是「上帝」的代言人，因而康熙對於「上帝」、「天」的翻譯的堅持，既是對於中華民族文化的維護，也是對於他個人權力的維護。

二

自康熙禁教以後，基督教在中國的活動從此不為官方允許，走向了凋零。直至十九世紀初，新教傳教士才開始進入中國。這一時期傳教士在中國的重要活動之一，是對於《聖經》的翻譯。對於《聖經》核心概念God的翻譯問題，於是又重新浮現出來。前面說到，羅馬教皇已經諭令只能譯為「天主」，不允許「上帝」等概念的譯法。但，十九世紀以來進入中國的教士卻已經不是舊日的天主教徒，而是宗教改革以後從羅馬教廷分裂出來的新教徒，他們是不必理會羅馬教廷的諭令的。不過，有關於基督教的神的譯法卻無法迴避，於是爭議再起，「譯名之爭」歷史重演。只不過，歐洲天主教內部的葡萄牙教會、西班牙教會、法國教會之間的爭議變成了新教內部的歐洲教會、美國教會之間的爭議，「上帝」／「天主」之爭成為了「上帝」／「神」之爭。

《聖經》最早的中文譯本，據考是巴黎外方教會的傳教士讓・巴塞特（Jean Basset, 1662-1707）的《新約》手稿。此手稿存放在大英博物館，為「斯隆藏書」第三五九九號。巴塞特去世的一七〇七年，正是鐸羅頒佈「南京教令」的同一年，他翻譯《新約》的時間應該更早一些，未受到「譯名之爭」的影響。對於基督教的神，巴塞特既未譯為「上帝」，也未譯成「天主」，而是另外譯成了「神」，這一譯法後來為美國教會所堅持。

來自英國倫敦會（London Missionary）的馬禮遜（Robert Morrison, 1782-1834）一八〇七年來華，是

新教的第一個來華傳教士。馬禮遜於一八一三年完成了《新約》的翻譯，繼之，在另一位倫敦會的傳教士米憐（William Milne）的幫助下，於一八一九年完成了《舊約》的翻譯。一八二三年，馬禮遜和米憐翻譯的《聖經》全書在麻六甲英華書院刊刻成書，名為《神天聖書》。差不多在馬禮遜翻譯《聖經》的同時，英國浸禮會的傳教士馬希曼（Josuua Marshman）和來自澳門的拉沙（Joannes Lassar）也在印度的塞蘭坡（Serampore）翻譯《聖經》，並於一八二二年出版。因為不在中國本土流行，這個譯本影響較馬禮遜譯本要小得多。這兩個譯本都參照了最早的馬塞特譯本，將基督教的神譯成了「神」。不過，馬禮遜並不拘於「神」這個詞，他同時又用了「真神」、「神天」、「神主」等，後來還曾用過「神天上帝」、「真神上帝」等譯法。米憐開始主張使用「神」的譯法，後來則轉而主張用「上帝」。一八二一年，他曾專門發表了《表達神性的中文詞彙》一文，列舉九條理由，論證應該用「上帝」來翻譯基督教的神。

由於該譯本有很多不盡如人意的地方，在馬禮遜去世以後，馬禮遜的兒子馬儒翰（Jonh Robert Morrison）和英國傳教士麥都思（Walter Henry Medhurst）、美國傳教士裨治文（Elijah Coleman Bridgman）、德國傳教士郭實臘（K. F. A. Gutzlaff）共同對馬禮遜的譯本進行了修訂。在翻譯的過程中，他們將馬禮遜譯本中對於基督教的神的翻譯統一為「上帝」。一八三七年，由麥都思主持編訂的《新約》譯本在馬太維亞出版，名為《新遺詔書》。一八四〇年，由郭實臘主持編訂的《舊約》譯本刊印。後來郭實臘又將《新約》重新修訂，稱之為《救世主耶穌新遺詔書》，此「郭實臘譯本」即是後來的太平天國欽定本，太平天國的「上帝」稱呼即來源於此。

不過，修訂本仍然難以讓人滿意。一八四三年，在華英、美傳教士齊聚香港，目標是翻譯一個新的權威的《聖經》譯本。在這次會議上，對於如何翻譯基督教的神，出現了分歧。英國倫敦會的麥都思等人主張譯為「上帝」，美理會的裨治文等人則主張譯作「神」。據雷孜智（Lazich M. C）：

> 儘管傳教士們在香港的會議上就修訂計畫達成了一致，但他們在如何最恰當地將「God」和「Spirit」譯成中文的問題上出現了重大的意見分歧。他們在爭論中形成了兩大主要派別：一派贊成使用中文經典中的「上帝」或就是「帝」來表達「God」，用「靈」來表達「Spirit」。其中最核心的問題還是究竟用哪一個詞來作為「God」的譯名。裨治文以及其他美國傳教士主張用「神」，而大部分英國傳教士，除了理雅各以外，主張用「帝」或「上帝」。[10]

由於相持不下，會議決定：「由於難以決定採用何種表達作為God最合適的中文譯名，每個傳教站可以暫時使用其喜歡的譯法，留待總委員會最後裁定。」[11]

此後，圍繞著對於「God」的譯名問題，英美傳教士在《中國叢報》等報刊上不斷展開辯論。一八四五至一八四六年間，裨治文發表了幾篇文章，討論譯名問題，他認為應該採納「神」來翻譯「God」。他提出：「我們早已表明我們傾向於使用『神』一詞。」「如果採用別的譯法而不是『神』來表達『Theos』和『Elohim』，我們的《聖經》——我是說《聖經》譯本——將會在多神和偶像崇拜的中國失去其強大的影響。」《中國叢報》第一篇聲援裨治文的文章出自於美國傳教士婁禮華（Water M. Lowrie）的筆下，他於一八四五年三月至一八四七年一月連續在《中國叢報》發表了五篇文章，為「神」這一譯名辯護。主張用「上帝」說的最重要的代表人物，是英國傳教士麥都思。一八四七年，他發表了一篇題為《論中國人之神學觀》的文章，認為在中國的宗教中，「神」不具有肯定、完整的神性意義，更不能表達「最高存在」，而唯一能表達「God」崇高含義的詞只有「帝」或「上帝」。當時僅《中國叢報》就發表了不下三十篇有關文章，涉及到眾多的人物。婁禮華於一八四七年八月命喪中國海盜之手，使得美國的「神」論失去了一位辯手。不過美國的文惠廉補上了婁禮華的位置，後者在《中國叢報》上發表了一系列文章批判麥都思的《論中國人之神學觀》一文。英國「上帝」論也來了一員大將，那就是原來主張「神」說的理雅各。理雅各在一八四五年底因健康原因返回英國，回中國後，他立場一變，大力主張「上帝」說，並撰文反駁裨治文和文惠廉的觀點[12]。

來自美耶會的裨治文是來中國最早的美國新教傳教士，時在一八三〇年，其時馬禮遜已經來華二十多年。裨治文來中國的第一件事，就是拜訪其時已經很有聲譽的馬禮遜。裨治文在中國的重要貢獻之一，是根據馬禮遜的建議創辦了《中國叢報》。幫助裨治文承辦《中國叢報》的，是美理會派出的衛三畏。衛三畏是強烈反對用「上帝」翻譯God的人物之一，他曾在一八七八年曾寫過一篇題為《關於God和Spirit的中文譯名之爭》的文章，據稱這是當時在美國出版的唯一一篇簡明扼要地介紹這場爭論的文章。在這篇文章中，衛三畏將爭論追溯到了明清之際：「早年的羅馬天主教傳教士就曾為此大傷腦筋，並為此展開了一場激烈的爭論。他們爭論了整整一個世紀之後，到克萊孟十一世時才有一個叫布林（Bull）的人平息了這場爭論。」接著，衛三畏在文章中簡明客觀地介紹了新教兩派對於God譯名的不同看法：

> 在新教徒中，意見的分歧主要在於：God究竟應該翻譯為「上帝」還是「神」，Spirit究竟是應該譯為「神」，還是「靈」。當然也有人提出了折中的譯法，但還是無法解決矛盾。「上帝」是為中國人所公認並普遍尊崇的創世神，就像希臘人心目中的宙斯和斯堪的納維亞人的歐丁一樣。「神」在英語中既可譯為God也可譯為Spirit，所以當我們要追究它的具體含義時就會發現它所指太廣，因此也就成了一個空泛的概念。總之，主張將God譯為上帝的人希望用一個最接近中國人心目中的創世神的名稱來指稱我們的造物主，以此引導他們尊崇我們的造物主為唯一的神；而主張用「神」這個名稱的人則想用它來囊括中國人心目中所有的神，以此告訴中國人，他們應該尊崇的神其實只有一個，希望引導他們拋棄多神信仰。[13]

衛三畏明確地表達了自己的主張，即應將God譯為「神」。他認為，宙斯、歐丁是不同地區人們心目中的神，卻不是基督教的神。如果用「上帝」來翻譯God，那麼中國人就只會按照中國的上帝那樣來理解God，「保羅曾在路司得一座朱庇特神廟前當著祭司們佈道，通過朱庇特來講解神的存在和特質。他把朱庇特稱為『虛妄』。我認為中國的『上帝』也是一樣」[14]。

在一九四七年上海會議上，有關God是譯為「上帝」還是「神」的爭論仍然在持續，得不出統一意見。委員會最後只好投票解決這一問題，沒想到投票的四個人當中，結果恰好是二對二。

衛三畏在一八五〇年七月二十日致W. F. 威廉斯牧師的信中，向我們披露了一些當時的一些情景：

> 《新約》的翻譯已經完成，接下來要譯《舊約》，而且譯者已經選定。God一詞究竟如何翻譯還沒有定論，但事實上在最後下定論之前，我們必須有一個可用的術語。六十個在華傳教士當中，贊成用「上帝」的有十六個。不過不巧的是，在我們這裏的四個當中，正好是兩人贊成用「上帝」，兩人贊成用「神」。在這一問題上的分歧造成了一些傳教士之間的疏遠和冷淡，影響了正常的工作。非常巧的是，贊成用「上帝」的英國人都屬於倫敦傳道會，而贊成用「神」的美國人則都是美耶會的成員。在寧波和福州，「神」這一名稱的使用率要高一些；在廈門，傳教士們佈道時則都用「上帝」來指稱「God」，而在廣州和上海，當地人正對這兩個名詞的區別滿腹疑問。[15]

經過激烈爭論，英美傳教士之間的矛盾仍然無法解決，最後他們決定將問題提交給各自的聖經公會。結果可想而知，美國和英國的聖經公會做出了相反的裁決：美國主張用「神」，英國主張用「上帝」。英國聖公會獨立出版了「上帝」版《委辦本新約全書》。此後，分裂就在所難免了。一九五一年二月十八日，英國倫敦會的傳教士退出了「代表委員會」，自己成立了一個「《舊約》中譯委員會」；而原來的代表委員會則只剩下了美國傳教士，他們繼續以代表委員會的名義工作，但並不被倫敦會的代表所承認。

由於各自為政，此後有關God翻譯的爭論就冷卻下來了。不過，一旦雙方聚到一起，爭吵就會又重新產生。一八七七年五月，第一屆全體在華傳教士大會在上海舉行，再次引發了有關「上帝」與「神」的爭論，主張「上帝」說的理雅各在大會上稱讚儒家與基督教關係的發言，引起強烈不滿，以至於未被收集。大會甚至專門成立一個專門的委員會討論譯名問題，不過最終沒有取得任何成果。

美國傳教士陸佩（J.S.Roberts）大概覺得還不盡興，兩個月之後，他在《萬國公報》上發表文章，徵求中國教徒的看法，結果引起了一場長達一年的大爭論。這場有關God譯名的爭論，由於主角和對陣發生了變化，結果也大大不同，其中的文化含義頗值得玩味。

第二節　《萬國公報》的「聖號之爭」

一

引發爭論的第一篇文章，出自黃品三之手。黃品三時任上海傳教士，受洗於美國傳教士高第丕（Tarleton Perry Grawford）。一八七七年七月，出自於對基督教的神的漢語翻譯的困惑，黃品三寫了一篇題為《聖號論》的文章，投給《萬國公報》。在這篇文章中，黃品三認為，用「神」和「上帝」翻譯基督教的神都不是很貼切，「以獨一之聖號而擇中國之適合其義者，實難強稱之，曰神、曰上帝不得已也。」在他看來，中國以天為上帝，並未涉及造天地者，因而與基督教的神有所不同。黃品三建議，將「造化」加上「主」字，便有了創造者的意思，以此翻譯基督教的神更為恰當：「神與上帝之稱，義猶未盡，而聽者亦未能了然。愚意中國既稱天為造化，不若加一字而稱造化主。」[16]

《萬國公報》原名《教會新報》，同治七年（一八六八年九月五日）在上海創刊，早期為週刊，主辦人是美國監理會傳教士林樂知。同治十二年（一八七三年九月五日），《教會新報》出至三〇一期時改名為《萬國公報》，成為以時事為主的綜合性刊物。黃品三的投稿，落在美國長老會傳教士陸佩的手中，這段時間他正受林樂知委託編輯《萬國公報》。此時，第一屆全體在華傳教士大會剛剛召開不久，英美傳教士之間有關於「上帝」／「神」的翻譯之爭還在進行之中。有關於基督教的譯名之爭一直在英美傳教士之間進行，而對於「上帝」／「神」之類漢語詞的理解，中國教士應該更有發言權，黃品三的文章啟發了陸佩，何不藉此徵求中國教士的意見呢？於是，他在一八七七年七月二十一日《萬國公報》第四四八卷上發表了黃品三的《聖號論》，同時又發表了自己寫的《聖號論列言》一文，向中國教士徵求意見。

在《聖號論列言》一文中，陸佩提出：對於希伯來文Elohim，希臘文Theos，西方傳教士有的譯為「神」，有的譯為「上帝」，另外，希伯來文Ruah，希臘文Pneuma，西人有的譯為靈，有的譯為神，他希望就這一翻譯問題就教於中土人士：「故仰請中土人士作此二論，以定西人之辨譯者孰是孰非。」他還具體提出八個問題，請中國人士討論：

1. 古時所拜之上帝即造萬有之主否？以黃君之意論之似為非也。
2. 帝與上帝何解？

3. 神字何解？
4. 神字指一位而言，抑指其一類而言？
5. 上帝可歸於神之一類否？
6. 人身無形而不滅者可稱為神否？如言可稱，試言其故。
7. 靈字何解？指人身而不滅言，抑必另加一字或指萬有之主而言？其是一靈可與不可？

此文在七月二十一日發表後，開始並無多大反響。二十天以後，才有黃品三本人在八月十一日及八月十八日發表了兩篇唱和文章：《作〈聖號論〉原意》和《首要稱名論》。直到九月十五日，《萬國公報》才發表了碌碌子的《答陸佩先生〈聖號論列〉》一文；九月二十二日，又發表了潘恂如的《聖號論》一文。這幾篇文章嘗試分析了陸佩提出的問題，提出了「神」、「天子」、「真宰」等譯法，但並未拘於一尊。陸佩對於每一篇文章都做了回答，態度尚算平和。在和潘恂如的《聖號論》發表於同一期的評論文章《書〈聖號論〉》一文中，陸佩明確亮出了自己的觀點，反對「上帝」說，主張「神」的譯法。他指出：潘恂文有關「似以天地之神為上帝」的說法，及黃品三未知「上帝是獨一無二之一位」的說法，都表明上帝的說法「諒無確實之據，亦不過揣摩而已」。接著申明，應該以一類名命名基督教的神，就此而言「上帝」、「天」等都不對，惟有可作為總名的「神」之譯法是合適的。

真正的衝突，開始於九月二十七日香港倫敦傳教士何玉泉發表的《天道合參》一文。我們知道，無論是「天主」說還是「神」說，反對以「上帝」翻譯基督教的神的根本理由，是認為基督教的神是西方獨有的，中國這種異教地區不可能存在。何玉泉這篇文章卻明確地反對這種說法，他不但認為基督教的神就是中國的「上帝」，而且甚至認為中國之上帝並不晚於西方基督教的神。

在何玉泉看來，中國與猶太同在亞洲，同在上古時期得上帝之道，「與猶太同得上帝之道於開國之先」。中國上古的古燔獻祭之禮與猶太燔祭之禮，所祭都是同一神主，「中華所敬事至尊之上帝，即猶太所敬事耶和華之上帝已可知矣」。他認為，在西方由《聖經》傳上帝之道，而在中國則由《六經》傳上帝之道，「故凡傳上帝之道，在西國則以新舊約所載之上帝為主，在中國則以六經所載之上帝為真」。而上帝之道的集大成者，在西方為耶穌，而在中國為孔子。「中國之有孔子，猶猶太之有耶穌」，儘管特點不盡相同，「孔子則盡人道以合天道，耶穌則由天道而成人道」。由此，「若傳上帝道於中國，一證以六經之書，合於孔子之教，則聲入心通，無所疑惑」。

這種說法激怒了陸佩，他同期發表《陸佩先生書何玉泉先生〈天道合參〉後》一文。在文章的開頭，陸佩首先說明，因為受林樂知之託主持這場論爭，所以不得不「評諸公之佳作，補之不足，挽其歧路，辟其異端，正其邪曲，照其暗昧者」。這段當仁不讓的話，表明了他的真實心態：即作為懂外語的外國傳教士，在有關基督教問題上是權威和裁決者。如此，他在開始的徵文《聖號論列言》中所說的「故仰請中土人士作此二論，以定西人之辨譯者孰是孰非」，看來只是客氣話，當不得真。

接著，陸佩毫不容情地抨擊了何玉泉所謂中國的上帝即是基督教的神的說法。在他看來，耶穌之道是至高唯一的，是排斥性的，其他東西方之道都不能與之相提並論，「蓋耶穌之道如天之一，如日之一，其道關於普天下，是獨可稱為天道者。是凡東方、西方之道均必衰，而耶穌之道必興」。在陸佩看來，僅以「原罪說」，即可以將基督教與其他宗教區別開來。他認為將孔子與耶穌並列的說法是荒謬的，因為孔子之道是聖賢人之書，是「只賴人之智而錄者」，與耶穌的「天道」是不同的。何玉泉提到的中國上古的古燔獻祭之禮與猶太燔祭之禮所祭都是同一神主的說法，陸佩覺得也不能成立。他認為：豈能因為祭法類似，就斷言所受者是同一神主？最後，陸佩語重心長地告誡中國教士：「至一耶穌之道，不論傳揚何處有阻，此阻最大者是人之驕心焉，因人人不願他人之功而賴之，必欲恃己之力以得救。」意思是說，在中國傳播基督教，切忌驕心，不要以為依賴中國本土文化就可以得救，而必須借助於異質的耶穌之道。

一八七七年十二月一日，北京倫敦傳教士英紹古在第四六六卷《萬國公報》發表了《聖號定稱說》一文。此文並未理會陸佩的告誡，反而更為明確地主張「上帝說」。英紹古與陸佩針鋒相對，他認為：聖書已譯為華文，聖號當然也應該以華名稱之，「夫至大莫如上，至貴莫如帝，敬稱為上帝又何疑焉？」接著，他引經據典，從幾個方面引證了「上帝」就是中國的天地主宰。針對於陸佩的自居權威，英紹古並不承認。他認為：西方傳教士不熟悉中國語言，應該多加參照，而中國人應該明確告訴他答案，不要被其嚇倒，「在西人來華傳道，方言不明，遇字多疑，固應博考群參，以臻妥洽。而此等處所，全在華人，顧名思義，就事詳情，明以告之，切勿稍事拘泥，弗肯爭論」。最後，英紹古認為，如果不從儒學出發，不將基督教的神譯為中國人所熟悉的「上帝」，那麼中國人很容易排斥它，被視為異教，而如果以儒學補充基督教，會有助於聖教興盛，「中國以儒為重，聖教為儒教之要，超儒而上。士為四民之首，若不以儒者素讀、士之所敬之『上帝』二字導之，以毀興訛起，大負西人傳教本心。亟宜以《詩》、《書》、《易》、《禮》、《學》、《孟》所稱之『上帝』稱之，使人知吾教所奉上帝即稽古聖賢所稱之上帝，轉疑為信，易謗為虔，將見聖教日興，人不獨明天堂、地獄於死後，更可佐修、齊、誠、正於生前」。在這裏，英紹古說「聖教為儒教之要，超儒而上」，並且僅僅從基督教傳播的策略角度，來論證了基督教儒學化的根據，這較之於何玉泉爭取聖教中國「正宗」的說法顯然退讓了一步。以本土化的策略傳播基督教，這與利瑪竇以來的「歸化」傳統有一致性。

英紹古的退讓，陸佩並不領情。在同期刊登的反駁文章《陸佩先生書〈聖號定稱說〉後》一文中，陸佩除了繼續批評「上帝說」，又批評了這種借重儒教傳播基督教的策略。他認為，如果說基督教與儒教一致，那麼基督教還有什麼高明之處？「蓋若講與華人說：吾儕所拜之耶和華與爾所拜之上帝同，則華人決曰：吾儕何必出儒教而進耶穌教耶？因二教差不多也。」因此，他再一次告誡中國教士，在傳教的時候，不要害怕華人將基督教稱為異教，因為它與中國之道的確不同，「吾儕教友不可怕教外人稱吾道為異端，因其道卻是異於，勿論東方、西國聖賢之道而不可推。」（原文如此）

陸佩的裁決毫不容情，這一姿態背後所倚仗的無非是他懂得外語的外國傳教士身份，要反駁陸佩的責難，最有力的莫過於推倒他的身份特權。次期（四六七期，一八七七年十二月八日）發表的何玉泉的反駁文章《續〈天道參合〉》，果然瞄準了這一方向。何玉泉在文章中稱：「余本華人，未習西國文字，焉能譯『地腰斯』乎？所稱上帝實依麥都思譯新舊約之原文，余所憑藉者此也。」言下之意，外國傳教士並非你陸佩一家，我依據的恰恰是外國傳教士的譯本。他在文中指出：麥都思和理雅各等人深入了解中國文化、以「上帝」翻譯基督教的神當為確論，「至當不易」，「麥都思與理雅各一心一意，翕然契合。一則廣延文士，參互考訂，一則博覽儒書，潛心探索。其與人為善，不自滿假之心顯然可見。是二君者學貫天人，道傳中外，豈不可為傳道中華之模楷也哉？」何玉泉在文中還提到了這一年（一八七七）五月十一日理雅各在第一屆全體在華傳教士大會請慕維廉（William Muirhead）代為宣讀的《孔子教與耶穌教互相關係論》一文。何玉泉提到，他曾在香港親聆理雅各的教誨，對他的中國文化功夫十分景仰。言下之意，陸佩不通中國文化，卻喜歡指手畫腳，妄加評論，無法讓人佩服。

接下來王炳堃發表的《徽號議》（四七四期，一八七八年一月二十六日）一文，更是明確地追溯到了利瑪竇以來有關「譯名之爭」的歷史。王炳堃談到：「自利瑪竇入中國後改徽號為上帝。」「後艾儒略、南懷仁、羅雅谷、熊三拔，諸西儒來，見稗官野史上亦有上帝之名，疑上帝二字不足以上徽號，有擬神字名之，有以教名名之，互相駁斥，上於教皇。教皇以教名名主宰，於是天主之名乃定。」在簡略地提及了明清以來天主教的「譯名之爭」後，作者又延及至近代以來的新教傳教士的有關爭議，「後耶穌教入中國，其時諸教士以既與天主不同教，徽號亦欲別之。英國麥都思首擬上帝，其未入中國前，在葛羅巴所撰之書已用上帝二字。《三字經》云：『自太初，有上帝』，此道光三年撰也。從之者為英國、日爾曼、瑞士等國公會，違之者為美國公會，其以真神二字稱主宰。」在這種歷史背景下，王炳堃概括了陸佩主持的這場爭論，他以為眾人說法不一，「或言天，或言神，或言主」，在他看來，這些說法「皆不出乎上帝之範圍，為上帝之用，而非體。曰天，形容上帝之居而廣大；曰神，形容上帝之妙而莫測；曰主，形容上帝權而撫馭」。故而，他以為，「上帝」是最為合適的譯語。

何玉泉對於麥都思、理雅各等英國傳教士有關「上帝」翻譯的詳細介紹，王炳堃對於明清之來兩個階段有關譯名的爭論的歷史概括，讓中國教士大致明白了這場爭論的歷史背景。原來外國傳教士並非都像陸佩那樣，上帝之譯歷史悠久，這無疑讓參與爭論的中國教士有了助力。而這場主要由中國教士參加的爭論，至此也銜接上了歷史上「譯名之爭」的線索。

權威既被揭破，陸佩大約有點掃興。在回應何玉泉的文章《陸佩先生書〈續天道合參〉後》（四六七期，一八七七年十二月八日）一文的開頭，他倖倖地說：何玉泉之文談到理雅各諸君「何等聰明博學，又何等殷勤傳道及翻譯《聖經》之功」，惠及讀《公報》之眾人，他願意表示感謝。不過，他接著又語含輕蔑地表示：「只是余不免告何君，余久曉其行事矣。」意思是說，我得告訴你，這幫人的事我早已經瞭若指掌，並不稀奇。而在回應王炳堃的文章《陸佩先生〈徽號議〉後》（四七四期，一八七八年一月二十六日），他反駁了作者有關翻譯的英美之爭的說法：「至王君佳作內有云：『上帝二字，從之者為英國、日爾曼、瑞士等國公會，違之者為美國公會。』如是，恐閱者誤會。其實辯論此事，竟不分英、美之國。因美人從上帝者有之，英人違上帝者亦有之，皆是各就各意而各是其是故也。」更進一步，他認為明清之際天主教的爭論也是如此：「耶穌教未入中國之前，天主教論其事亦然。內從上帝者有之，即違上帝者亦無不有。」並且，在他看來，主張「上帝」譯名者，其實只是順從當地文化的傳教權宜之策罷了，「蓋從上帝亦無非從俗從宜之故」。何玉泉、王炳堃所提示的歷史，並不能改變陸佩的觀點。他一如既往地一一駁斥對方有關「上帝」說的看法，認為，中國的「上帝」並不是基督教的神：「確言之：亙古自今，從亞當以迄今世，拜耶和華者惟獨是耶穌教內之人，而他人皆迷路者也。」（《陸佩先生書〈續天道合參〉後》）

從前文我們可以看到，陸佩凡揭載文章必同時發表自己的評點，凡意見不同者必毫不客氣地駁回，態度強硬。他似乎不是徵求意見，也不是相互討論，而是成竹在胸，見誰滅誰，惟我獨尊。陸佩既是外國傳教士，又是《萬國公報》的編輯，中國教士本來對他很尊重，但他的這種自以為是的態度終於讓人無法容忍，中國教士開始在文章中對此提出批評。

何玉泉在《續〈天道參合〉》一文中，就已經借用陸佩所說的傳道之最大阻力是「人之驕心」的告誡，認為存「人之驕心」的不是別人，正是陸佩自己：「特患人不驕我，我先驕人，雖在同儕之中，見人立一善論，引經據典以勸世，有一不合其意，即逞一己之浮詞而論以議人非。余謂此阻為最大也。」陸佩沒有直接回答這個問題，而是說：「假余是吾翁所指之一流人，則外國之教士，如艾約瑟先生、慕維廉先生、林樂知先生，皆足稱為學貫天人、道傳中外者也，何以又委余掌此《公報》中之有關於教會之事乎？」這一回答有點可笑，似乎上述幾位德高望重的傳教士委託他掌辦《公報》，就足以保證他的道德高尚。

廣東的傳教士王獻籲發表《擬閱何玉泉先生〈天道合參〉並陸佩先生書後論》（四七一期，一八七八年一月十二日），對陸佩提出了更為嚴峻的批評，他指出：「陸君既召人考證聖號，則不妨任人暢所欲言，主『上帝』之說者不妨引書以實其說，主『真神』之說者不妨引書以實其說。陸君當超乎局外而察二說之得失，不可有成見之意存。」「若稍不如己意遽行駁斥，恐怕考證者從此箝口，而紛爭者從此漸興，誠非公會聚議之意。」王獻籲著眼於論爭主持的角度，認為陸佩應該廣泛聽取各方不同意見，展開討論，如果作為主持人心存成見，動輒反駁，那麼討論就無法進行了。對此質問，陸佩直接反駁說：「若無存見之意存，何以能見其二說之得失耶？予若超乎局外而不置一語，則派委予掌聖號者徒然矣。如是，予則與局外之他人一般，且予之職不幾為尸位乎？」（《陸佩先生答廣東王獻籲所論》，四七一期，一八七八年一月十二日）意思是，作為主持，若不參與意見，而是置身事外，豈不是失職，這種回答有點近乎強詞奪理。

陸佩這種蠻橫的態度，終於讓中國教士將他與侵略中國的西方帝國主義聯繫起來。來自臺北的鷺江氏在《天道探本》（四七八期，一八七八年三月二日）一文中指出：「若夫洋藥流毒友邦，害吾父老，及販賣人口，出洋代畜，與夫兵政凌民，債累無辜諸害，更欲信其為服化之國，雖愚，未必之許也。」鴉片戰爭以來，西方帝國主義侵略中國所犯下的種種罪惡，讓人對於這些「服化之國」產生了疑問。鷺江氏認為：「當日上帝淆亂言語，然未嘗亂其衷懷也。是則，爾以爾言為上帝，吾以吾語為耶和華。」語言雖異，上帝則一，沒想到有人竟只允許西方人稱耶和華，而不讓中國人稱上帝，這種行為「不亦駭人聽聞乎」？與明清之際的天主教士不一樣，近代新教傳教士最為人詬病的地方就是與侵略中國的帝國主義有割不斷的聯繫，鷺江氏對於陸佩的帝國主義態度的批評，應該是最具「政治性」的批評。當然，不同的是，鷺江氏並沒有批判基督教本身，而是批判陸佩從西方立場出發，獨佔基督教、蔑視中國文化的行為。

此後，又有幾名中國教士發表長文，如漢口傳教士闡道生的《正名要論》（四八〇期，一八七八年三月十六日）、津門傳教士張逢源的《聖號辨》（四八三期，一八七八年四月六日）等，繼續大力主張「上帝」說，而陸佩也一如既往地逐條反駁，兵來將擋，水來土掩。

就在這時候，一位重要人物出場了，那就是英國傳教士理一視（Jonathan Lees）。同樣作為一名外國傳教士，理一視反對陸佩的「神」說，支持中國教士的「上帝」說，這讓陸佩氣急敗壞，也讓中國教士精神為之一振，更加理直氣壯地聲討陸佩，這場爭論由此達到高潮。

理一視不贊同陸佩的固執狂妄，在《聖號論》（四八四期，一八七八年四月十三日）一文的開頭，他首先說：近來《萬國公報》「連篇累牘，絡繹不絕，必欲以稱上帝為非，以稱神為是，以致聞之者中心惶惑，莫知所從」。他認為：陸佩必以「神」代替「上帝」的做法是不正確的，而且造成了誤導和混亂。理一視認為，基督教的God是普遍永恆的，光輝平等地照耀世界各地，不能說猶太或西方的神是God，而中國的「上帝」就不是God，「誠若此，是耶和華任愚蒙之人久處於暗而弗以自己之尊榮示之，斯言予弗能信也」。從命名來說，各個不同的地方以其不同的語言稱呼God，稱呼不一，但所指則一，都是最高的造物主，「人既知主，既必人尊主之稱，弗論其稱之為何，其意則指此主宰萬物者而言」。至於翻譯，他認為：我們不應該用某種文字去限定另外的文字，「中國既知有此大主，吾聖教即可以中國素有之稱稱之，何必拘於西國文字哉？況亦難以一國之文字例他國之文字。」在理一視看來，希伯來、希臘、英國等地方命名神的文字原也是偶然、隨意的。比如英語中的God，原來可能就是good，即「好」的意思，後來成為神的專屬詞，「古今文字意義所以每有變易者，因人無心誤用，或有心借用，故每有窄意變寬而寬意變窄者。是以我不能以《聖經》如此用此二字，遂證此二字原意必如此」。如果一味崇古，追索文字的古代含義，恐怕不會有結果，「人若為字句所拘，不詳考其本然之理，則必謬誤，因此非拘於章句者所能定之事也」。理一視幽默地說，即便讓古人復活，也不能說出所以然來：「世之學者常謂此等文字，惟當尊古，然人如何能得古之本意而遵之耶？恐雖起古之希百來、希利尼人而問之，亦未能明告我也。」

理一視的長篇大論讓陸佩暴跳如雷，他斥其為「差謬累累」，並在其後兩期連續發表了《陸佩先生書理一視〈聖號論〉後》、《續陸佩先生書理一視〈聖號論〉後》（四八五、四八六期）兩文，他一口氣列出了理一視文章的四十一個錯誤，並進行逐字逐句的反駁。從內容上，無非老生常談。

陸佩對於理一視的痛斥，不但沒有說服中國讀者，反讓他們認清了陸佩的真正面目。中國讀者原以為陸佩仰仗西方傳教士的優勢，看不上中國人，沒想到他連同為外國傳教士的理一視同樣嗤之以鼻，可見是其個人品性問題。中國教士原有的對於陸佩的那麼一點敬仰，也完全被打破了。此後，中國教士對於陸佩的抨擊就更為尖銳了。

我們看到，《萬國公報》有關聖號的爭論，程序通常先是中國教士的文章，然後是主持人陸佩同期發表的文章「書……後」進行評論和駁斥。這次中國教士持衡子忍不住了，在陸佩批評理一視後，也發表了《書〈續陸先生書理一視《聖號論》後〉》（四九三期，一八七八年六月十五日），對陸佩有關理一視的批評進行了激烈的反批評。文中談到，「陸君於聖號論後莫不加以評論，有時因強詞奪理，嘗發出費解語。」考慮到陸佩外國傳教士的身份，不懂得外語的中國人只好忍聲吞氣，任其宰割，「或且敬之曰陸先生實飽學人也，凡希百來文、希利尼文及歐洲各國文無不明晰，吾中國人何知，豈可班門弄斧也？亦惟聽彼之筆則筆、削則削耳。」中國人覺得，陸佩的蠻橫大概只是針對於中國人的，對同樣懂外語的西國人肯定不一樣，「或更有人曰，陸先生之論斷辯駁，亦只施於中國人耳。中國人不明希百來文、希利尼文，誰與彼較量乎？若對明希百來、希利尼文之西國人，絕不至動其橫掃之筆大加批評矣。」沒想到事實並非如此，他對於理一視也同樣如此，「夫理一視先生固英國人也，其既為英國人，殆不知希百來聖書原文、希利尼聖書原文乎？苟非然者，胡為俾陸先生直指詆斥四十一處差謬也。」作者持衡子在此有一個小小的誤解，即以為凡外語人都懂得希伯來語、希臘語等外語，事實上無論美國人還是英國人，懂得這些古代語言的都很少。不過，對中國教士來說，英國傳教士理一視的出現的確大大瓦解了陸佩由身份和語言所建立起來的權威，讓人看清了他強硬姿態背後的真實面目。持衡子最後發表了友人的七絕一詩，送給自高自大的陸佩先生：

> 滯固不通有其人，中西細察未得真。
> 今觀《公報》諸君論，天下獨一讓陸君。

誅衷子同期發表《贊陸佩先生語》，妙「贊」陸佩。文章指出：理一視先生是天津著名的外國傳教士，傳教多年，影響昭著，「吾想理先生設教津門已有年矣，聞其聲則引領而望，見其影則倒屣而迎，振興中華，普濟萬姓，其學問德行昭昭於人之耳目也，幾如日月矣。」未料，陸佩先生居然一口氣指出理一視的四十一處錯誤，由此可見陸先生學問之大，「先生之量鴻過海，才大如楨，一定登東山而小魯，登泰山而小天下。論其德，與天地合其德；論其明，與日月並其明。其參贊化育，雲行雨施，亦先生之末事也。吾是以欲中西之諸位甘拜陸佩先生門牆之下，吾恐中西諸位有所疑者，吾故錄之以作證焉。」

慎聽子則同期發表聲明《達知理一視牧師會中諸友》一文，聲明只有簡短的幾句話，告訴天津教友，以後慎聽理一視的佈道，因為恐怕內中差錯累累。

中國教士一邊倒的諷刺批判，讓辯論已經無法進行下去了。對於這些文章，陸佩再也不敢寫「書……後」的反駁文章，而是匆匆刊登了一個「陸佩謹白」，告之：「此號《公報》所列之佳作，其有關於聖號者，苦因少暇，且恐天氣漸熱，俟後再答。」陸佩的「俟後再答」終於沒有下文，讀者卻等來了《萬國公報》終止辯論的說明。一八七八年六月二十九日《萬國公報》第四九五期上，慕維廉發表《請勿復辯》的聲明，聲明中說：「請中西諸士自今後勿再辯駁，是所深望。」《萬國公報》接近一年的關於「聖號」的爭辯，以此結局劃上了句號。

二

理一視與陸佩的爭辯，表明這一場論爭仍是明清以來西方傳教士內部爭議的一個延續。英國傳教士繼承了明清之際耶穌會利瑪竇的傳統，採用「歸化」的傳教方式，希望在中國本土文化的基礎傳播基督教。鴉片戰爭後來中國的新教徒中，英國倫敦會來得最早，時在十九世紀初，那時候國門未開，傳教條件很差。像利瑪竇一樣，他們認識到融入中國本地文化的必要性。美國傳教士則是心高氣傲的後來者，新起的美國民族有其特定的宗教心理，即覺得美國新大陸受到上帝的特別恩寵，是上帝新選民，因此在宗教上是高於歐洲舊大陸的，這也是他們反對歐洲傳教士的一個潛在心理。他們有點類似明清之際的西班牙、法國傳教士，全然排斥中國舊文化，認為傳教的目的就是用基督教的真理取代中國原有的文化，因此不能用中國特定的「上帝」這個概念來翻譯God，而寧願用一個抽象的「神」這個術語取而代之。

在傳教士方式上，主張惟基督教為真，完全排斥異文化的，是原教旨派，而主張容納異文化的，我們稱之為自由派。美國傳教士的「神」說與英國傳教士的「上帝」說，大體對應了這兩種不同的傳教方式。不過，這種對應只是粗略的，並不準確。即如《萬國公報》的主編林樂知即是自由派，是耶儒合流思想的主張者，早在一八六九年十二月四日至次年一月八日的《中國教會新報》上，他連續發表《消變明教論》，主張「耶穌心合孔孟」觀點。李熾昌在評論這場爭論的時候認為：「《萬國公報》的主編林樂知是美國傳教士，他委託主持此項徵文和討論的陸佩也是美國傳教士，因此這場討論不是在中立的平臺上展開的。從一開始，這場討論就一直處於主持者的操控之下。」[17]這顯然是一種想當然的看法，前提是英美傳教士的截然兩分。在「聖號之爭」中，王炳堃在《徽號議》一文中提出：「上帝二字，從之者為英國、日爾曼、瑞士等國公會，違之者為美國公會。」陸佩反駁說：「其實辯論此事，竟不分英、美之國。因美人從上帝者有之，英人違上帝者亦有之，皆是各就各意而各是其是故也。」這一次，陸佩的說法倒不是完全沒有道理。

西方傳教士內部之爭以外，「聖號之爭」更為重要的意義是外國傳教士與中國教士之間的爭論。明清之際的論爭，主要發生在外國傳教士之間，中國只是以政治力量參與，與羅馬教皇對峙。近代新教借助於不平等條約強行進入中國，中華帝國已經衰落，無法以政治的力量介入，不過這次中國教士卻直接介入了爭論。中國教士都是經外國傳教士受洗入教的，是外國傳教士的追隨者，因此不入研究者的法眼。不過，在後殖民話語實踐的視野中，問題並不這麼簡單。

在《文化的定位》（*The Location of Culture*）一書中，霍米巴巴（Home K Bhabha）也曾對傳教士與印度本土民眾的一段對話做過分析，這段著名的後殖民分析，或可成為我們的分析參照。一八一七年五月的第一個星期，印度最早的牧師之一阿努德·麥賽在德里城外發現有一群土著聚集在樹叢下。約有五百人，有男有女，有老有少，正在閱讀《聖經》。阿努德·麥賽和這一群土著有了交談。土著表示喜愛聖經，但不承認這是歐洲人的書，而認為是印度人的書，因為歐洲人是吃牛肉的。阿努德·麥賽建議他們去密拉特（Meerut）找牧師，土著以秋收為由拒絕了。阿努德·麥賽向他們解釋聖餐和洗禮，土著人表示，受洗可以，但聖餐不能接受，因為歐洲人吃牛肉。在這裏，一方面，印度土著學習《聖經》，並且身穿白衣，以示聖潔和贖罪，另一方面，卻不願承認這是西方人給他們的禮物，也不願意去找牧師，特別拒絕了違反印度風俗的聖餐。霍米巴巴認為，這個場面既奠定了西方文明的權威和秩序，也同時奠定了模擬的尺度，它說明了「在這些場景中，正如我所說的，預示了殖民主義者權力聖典的凱旋，但接著還必須承認，那些狡猾的律令文字賦予權威的文本以極大的矛盾性。因為它介於英文法令和黑暗世界的攻擊之中，殖民文本變得不確定起來。」[18]

在後現代文本政治和話語實踐的視野裏，抵抗並不需要一種政治意圖的對立行為，也不是對於另一種文化的一種簡單否定或排斥，而其實往往只是文化差異中的疑問或修改，使其變得面目不一。在霍米巴巴看來，印度土著人的發問本身就是一種力量，使得西方的話語權威變得模糊和變向。他認為，混雜才是一種有效的力量，它導致了殖民話語與本土話語間的緊張關係，質疑了殖民話語的權威性。

《萬國公報》的「聖號之爭」的情形，與此有點類似。在霍米巴巴筆下，對話發生在印度牧師和本地土著之間；在中國，對話則發生在中國教士和外國傳教士之間。中國教士與外國傳教士看起來應該共同點更多，不過交鋒卻更為直接和激烈。在基督教信仰上，中國教士與外國傳教士是一致的，這一點並無疑義；但在國族身份上，中國教士卻與外國傳教士不同。中國教士首先是中國知識者，是接受中國儒家文化長大的，他們在接受基督教的時候，需要將中國儒家文化與基督教教義結合起來，將基督教的神與中國文化中的「上帝」等同起來，以此來調諧國族身份和基督教信仰之間的衝突。何玉泉自述五十歲以前從孔教，五十一以後從耶穌教，正是儒教思想幫助他進入了基督教：「『若傳上帝道於中國，一證以六經之書，合於孔子之教，則聲入心通，無所疑惑』，此正余之所經歷，感於聖神，得之於心而言之者也。」陸佩否定「上帝」的看法，等於是否定了中國教士的過去和身份，他們當然反對。在堅持基督教的本土性這一點上，中國教士與印度土著倒是一致的，只不過印度土著的反應是直覺的，而中國教士則是知識性的，他們引經據典力圖論證儒家思想和基督教的一致性。何玉泉在反批評陸佩的時候說：「不識耶穌妄論耶穌，固為得罪耶穌；不識孔子，亦為得罪孔子。」這種在激烈關頭脫口而出的話，鮮明地表現出了中國教士在接受基督教的同時對於國族性的堅持。這種國族性，挑戰了西方中心主義的權威，而儒教化的基督教則也質疑和篡改了原教旨的西方基督教，使其變形。

或曰：中國教士只是附和英國傳教士的觀點，說不上什麼新意，也說不上什麼抵抗。李熾昌即認為：「儘管《萬國公報》這場辯論的參與者主要是中國人（其中除了主持者陸佩是美國人之外，只有英國人理一視是外國人），但是，我們從中國人的口中聽到的與其說是本土的聲音，不如說仍是英、美兩國傳教士的聲音，中國人在這裏只是其所依靠的外國傳教組織的代言人而已。由此我們也就可以理解，這場辯論與其說是中西之爭，不如說是西方教會內部的不同派系之間的門戶之爭。」[19]這種說法顯然過於簡單，完全抹殺了中國教士的主體性。這是一種二元對立的思維方式，將外國傳教士與中國教士完全同一化了，未能體察其間的微妙不同，也不懂得這種差異的話語實踐的意義，不懂得即便「代言」也有塗改、協商和質疑。英國傳教士和中國教士在主張「上帝」說上是一致的，但其論證角度卻並不相同。

我們看到，理一視是站在基督教普遍主義立場上論證中國的「上帝」即是基督教的神的。他認為，基督教的神是惟一至高無上的神，光照全世界，澤被各地，因此地球上任何地方的神都是基督教的神的代稱。他以語言學上的命名的任意性，也即索緒爾所說的能指／所指的任意性，來解釋各地的神的稱呼差異問題。當然其他各地的神多少有蒙昧之處，須由西方的基督教予以揭示。由此看，理一視的西方中心立場是相當明顯的。他雖然贊成用中國的「上帝」命名基督教的神，但在文中並無一句稱讚中國儒家思想的話。與此不同的是，中國教士多是站在中國文化的立場上闡述儒家思想的合理性，儒教與基督教的一致性，從而論證中國的「上帝」即是至高無上的神。中國教士甚至認為，中國的孔子與基督教的耶穌是並列的，並無高下之分，同樣傳授上帝的意志。何玉泉在《天道合參》中說：「夫中華於上帝之道，歷數千年，聖聖相傳，至孔子而集其大成。猶太於上帝之道，開闢以來，代代相繼，有基督而律法之意乃盡。是中華之有孔子，猶猶太之有耶穌。第孔子則天生為天縱之將聖，耶穌則由天道而成人道。其中各有能有不能，有無所不知，有無祕不知，要皆本上帝之道而自成其教也。」這種過於強調中國正統性的說法，未免極端，在中國教士中並不多見。就多數中國教士而言，他們首先承認基督教的神的首選性，但絕不肯否認中國的儒教是異教徒，而是引經據典論證儒教和基督教的一致性，以儒家思想重新解釋基督教。這種本土化的「上帝」論與理一視的普遍化的「上帝」論還是有差別的。事實上，從利瑪竇到理雅各，稱讚中國儒家思想的外國傳教士也不乏其人，但對這些西方傳教士來說，這些都是傳播基督教的「歸化」策略；而中國教士則不同，他們是希望在基督教的框架內合理化中國儒家文化。同一個「上帝」，不同的出發點和方向。

李熾昌有關中國傳教士成為英、美傳教士代言的說法，另外一個不準確的地方是，中國教士很少有支持陸佩的。據區區子在《聖號論》（四九三期，一八七八年六月十五日）中總結：「統覽諸篇，主於上帝者已見十之八九，主於神者不過十之一二，可見公論所在，不約自同。」主張神者，主要就是陸佩自己，「陸佩先生泥於總名非獨名之說，異邦無識造化主之理，反覆詰駁，不外執此兩端。讀其書後，恰似酷吏斷獄，必鍛鍊而周內之入人於罪而後已。此所謂有成見在胸者，如跛人行路，無處不是崎嶇矣。」最早發表文章的黃品三，開始主張「造化主」之譯，後在陸佩鼓動下，改為「神」說，不過在中國教士與陸佩的爭議起來後，他又改變了主意，並且覺得爭議因自己生發而覺得惶恐。

中國教士中持不同看法者，倒未必是贊成陸佩的「神」說的，但只要不是支持「上帝」說的，都很容易遭到其他中國教士的反擊。考真子在《萬國公報》四六三期發表了《稱神揭義》，以洋洋灑灑數萬言的篇幅論述不可以中國的「上帝」稱造物主。不過，他認為「神」也容易招致誤會，主張用「靈」來翻譯造物主。英紹古在《萬國公報》四七六期發表《讀考真子〈稱神揭義〉書後》一文，批評考真子「其文萬餘言，而大意則一言以蔽之，曰：不許稱上帝」。他批評考真子的文字「參差駁雜，冗贅牽強」，「不過炫富逞奇，究無關於正論」。折中子也同期發表《書〈稱神揭義〉後》一文，諷刺考真子的長文：「始閱之，乃駭然曰：天下之奇才，國家之棟樑，世間之博士也。又細閱之，乃非揭義而實炫其長也，彰其麗也，沽名也，邀譽也，而示人以淵博之腹也。」並批評他：「吾人既已身列儒林，不能為國家報其效，又不能為耶穌立其標，即已愧相鼠之有皮矣，而反於隻字片言之間混淆其論判，伊何迂闊之甚也。」我們看到，中國教士對於「上帝」的支持，多立於中國文化的立場上，因此中國本地傳教士反對「上帝」更容易引起不平，批評文章中屢屢出現你是不是「中國之民」的質疑，以此彰顯國族身份。

在我看來，陸佩對於折中子「吾人既已身列儒林，不能為國家報其效，又不能為耶穌立其標」的回答，點中了問題的關鍵，陸佩說：「余不多贅，只問君雖不能為國家報效，然焉不能為耶穌立其標？」（《陸佩先生批折中子書後》，四七六期）言下之意，考真子反對「上帝」說，如此就犧牲了民族身份，不符合儒士的報效國家的精神，但他卻維護了基督的精神，因此何以說他「不能為耶穌立其標」呢？問題的關鍵，就是他點出的中國國族與西基督教的矛盾。中國教士既是中國人，受儒家文化教育長大，卻又奉信西方的基督教，於是在「民族身份」與基督教的神之間就出現了分裂，彌合這種分裂的惟一方法就是將中國的傳統思想與基督教協調起來，既報效國家，又維護基督教，這就是他們拚命主張中國古代的「上帝」即是基督教的神的根本原因。

霍米巴巴筆下的印度土著群體，較為單一，而中國教士則在同一中有差異，意義更為豐富。

1 利瑪竇，《天主實義》，《利瑪竇中文著譯集》（香港城市大學出版社，二〇〇一年），頁二五—二六。

2 （法）謝和耐（Jacques Gernet），《中國與基督教——中西文化的首次撞擊》（上海古籍出版社，二〇〇三年八月），頁一七。

3 戚印平，《「Deus」的漢語譯詞以及相關問題的考察》，卓新平等主編《信仰之間的重要相遇——亞洲與西方的宗教文化交流國際學術研討會文集》（宗教文化出版社，二〇〇五年六月）。

4 利安當，《論中國孝敬的某些重要問題》（一七〇一年巴黎版），頁五五。謝和耐《中國與基督教——中西文化的首次撞擊》，頁一九。

5 白晉，《清康乾兩帝與天主教傳教史》（光啟出版社，一九七七年），頁三八。

6 蘇爾（Donald F. St. Sure, S. J.）、諾爾（Ray R. Noll），沈保義等譯，《中國禮儀之爭西方文獻一百篇》（上海古籍出版社，二〇〇一年六月），頁一三—四二。

7 陳垣，《康熙與羅馬使節關係文書》（文海出版社有限公司），頁九六。

8 P. Antonio Sergianni P. I. M. E編，《利瑪竇中國書箚》（宗教文化出版社，二〇〇六年八月），頁一三四。

9 《利瑪竇全集》第一卷（光啟出版社，一九八六年），頁四五八。

10 （美）雷孜智（Lazich M. C），《千禧年的感召——美國第一位來華新教傳教士裨治文傳》（廣西師大出版社，二〇〇八年四月），頁二二三。

11 同前註。

12 同註十，頁二一八—二五四。

13 （美）衛斐列（Frederick Wells Williams），顧鈞等譯，《衛三畏生平及書信》（一八八八）（廣西師範大學出版社，二〇〇四年五月），頁九五。

14 同前註，頁二九五。

15 同註十三，頁一〇一。

16 黃品三《聖號論》，《萬國公報》第四四八卷，一八七七年七月二十一日。論爭材料可參見李熾昌編《聖號論衡——晚清〈萬國公報〉基督教「聖號論爭」文獻匯編》（上海古籍出版社，二〇〇八年八月）。

17 參見李熾昌編，《聖號論衡——晚清〈萬國公報〉基督教《聖號論爭》文獻彙編》，頁一七。

18 Homi K. Bhabha, *Signs Taken For Wonders—questions of ambivalence and authority under a tree outside Delhi, May 1817*, The Location of Culture, First Published 1994 by Rouledge, P.119.

19 同註十七，頁一五。

第二章　中國的「再疆域化」

德魯茲（Gilles Deleuze）和瓜塔利（Felix Guattari）將資本主義機器的運作劃分為「去疆界化」（deterritorialization）和「再疆界化」（redeterritorialization）兩個過程。「去疆界化」是一種破壞，而「再疆界化」是一種重建，這種重建依靠的是「政府官僚制度和法律、秩序的力量」[1]。美國學者何偉亞（James L. Hevia）將這種說法運用於中國近代歷史的研究中，認為貿易和對華戰爭是帝國主義對中國的「去疆界化」，而「條約」和「機構」、「制度」則是對中國的「再疆界化」[2]。在這種「再疆界化」的過程中，需要強調的是文化的力量。在傳統的意義上，人們通常將帝國主義視為一種軍事和政治行為，而把文化、文學視為現代觀念或美學。薩義德（Edward W. Said）曾對此提出批評：在他看來，在帝國主義的過程中，文化事實上發揮了極其重要的作用：「帝國主義的主要戰爭當然是佔有土地，不過一旦涉及誰擁有這片土地，誰有權利在那裏居住和工作，誰進行運作，誰過去將它奪回，現在規劃它的前途——這些問題卻都是在敘事中得到反映、競爭及一度被決定的。」[3]也就是說，文化或文學事實上是帝國主義「再疆界化」的重要構成手段。這種將文化與帝國主義聯繫起來的觀點，對於本文研究近代以來西方文化的輸入，研究西方傳教士在中國的翻譯，提供了新穎的視角。不過，這種視角自有其局限性，立刻需要補充的是：第一，殖民性與現代性實在是一枚硬幣的兩面，難以區別；第二，傳教士通常並非有意識地為帝國主義服務，他們所希望的是向中國輸入西方的宗教和文明，把中國拉入到現代世界中去；第三，在「再疆界化」的過程中，中國人並不是完全被動的，它通常會在帝國主義與現代性之間進行主動抉擇。「再疆界化」具有正負不同的方面，我們所展示的只是一種歷史過程。

本文從十九世紀西方傳教士在中國的翻譯入手，分析近代西方文化在中國「再疆域化」的過程。

第一節　《聖經》

一

無論是德魯茲和瓜塔利的「去疆界化」、「再疆界化」，還是薩義德的「戰爭」與「敘事」，似乎都認為軍事或商業行為先於文化，因而何亞偉才談到，先有鴉片戰爭的破壞，其後才有「條約」和「制度」的重建。事實上，文化上的進入，是遠遠早於軍事行動的。在中國近代，最早進入中國的是英國傳教士馬禮遜（Rebort Morrison），時在一八〇七年，大大早於鴉片戰爭。在世界範圍，傳教士大概都是最早進入外國地區的。

當然，追溯西方人來中國的經歷，首先要提到明清之際。不過，那時的情況不太一樣，中華帝國國力強大，因此不太存在「再疆界化」的問題。當時的文化交流，大體屬於常態。十九世紀的情況就不太一樣了，清帝國國力漸衰，被迫接受西方的「再疆界化」過程。

在鴉片戰爭的軍事「去疆界化」之前，西方早期的文化「再疆界化」是較受限制的。來自於英國倫敦傳道會（London Missionary Society）的馬禮遜，是十九世紀新教來中國的第一個傳教士。那個時候清帝國閉關自守，馬禮遜剛到廣州的時候甚至無法居留，只能以美國人的身份住在美國商館裏。後來他獲得了東印度公司翻譯職務的聘任，才得以合法居留廣州。《馬禮遜回憶錄》中常常提到清帝國當時嚴厲的禁教政策，甚至全文刊載了《著嗣後各地西洋人傳教照西洋人傳教治罪專條辦理事上諭》（嘉慶十六年五月二十九日）此「上諭」有云：「西洋人素奉天主，其本國之人自行傳習原可置之不聞，至若誑惑內地民人，甚至私立神甫等項名號，蔓延各省，實屬大干法紀。」「嗣後西洋人有私自刊刻經卷、倡立講會、蠱惑多人，及旗民人等向西洋人轉為傳習，並私設名號，煽惑及眾，克有實據，為首者竟當定為絞決。」[4]馬禮遜在中國不斷面臨來自官府的阻礙，《馬禮遜回憶錄》中經常有這種紀錄：一八〇八年中英摩擦期間，馬禮遜在給沃博士的信中說：「這個精明世故的民族真是太無理、太荒謬了！如果一個外國人學習他們的語言或者擁有他們的書籍竟然就是犯罪，如果中國人有外國人的書就罪加一等。英國遠征軍的到來使廣州和澳門方面對外國人的限制增強了十倍。」馬禮遜日記（一八〇九年一月十四日）有云：「這裏的中國官員經常給外國人找麻煩，他們事先不予任何通知就進入家中察看。」馬禮遜致施拉布索爾先生的信（一八一五年一月九日）有云：「地方官府立即宣佈禁教令，並且逮捕了幾位基督徒。一名廣州的中國天主教代理人僥倖逃脫，他的家被查抄，家人最後也被投進監牢。」[5]之所以能夠限制西方人，顯然是因為當時的清帝國尚具備與西方「議價」的實力。

能夠體現那一時期清帝國與西方實力對比的事件，莫過於一七九三年馬嘎爾尼使團訪華事件。乾隆皇帝要求對方行跪拜大禮，而拒絕接受與對方平等貿易的要求。史家評論，此事件表明清帝國當時尚沉迷在天國上朝的迷夢中，喪失了與世界對話的機會。不過，這一事件至少表明彼時的清帝國尚具有拒絕對方的實力。這種情形，至馬禮遜時代仍然在延續著。可以說明問題的是，一八一三年，英國阿美士德勳爵（Lord Amherst）再次率使團訪華，又碰到同樣問題，嘉慶皇帝要求對方行跪拜之禮，被拒絕，使團遂被驅逐。有趣的是，因為懂得中文，馬禮遜被邀請擔任這次使團的祕書，從而目睹了這次進京訪問的全部過程，並且紀錄在日誌裏。正是由於清帝國這種強勢地位和排外政策，使得馬禮遜等傳教士在中國的境遇不會太好。不過，此時清帝國的強勢事實上已經是外強中乾，無法像康熙皇帝那樣遏止來自海外傳教士的進入。馬禮遜之後，鴉片戰爭以前，已經有一大批西方傳教士在中國進行活動，其中較為知名的有美籍傳教士裨治文（Elijah Coleman Bridgeman）、衛三畏（Samuel Wells Williams）、德籍傳教士郭士立（Karl Friedrich）、英籍麥都思（Walter Henry Medhurst）等。

令人意想不到的是，馬禮遜來中國的障礙，事實上不只是中國官府，還來自西方內部。馬禮遜來華，是受基督教團體倫敦會的派遣，卻並沒有得到政府允許。據《馬禮遜回憶錄》，「英國和英國的影響所及的地區如印度等地，都存在著反對傳教士的強大偏見」，因此馬禮遜無法獲准直接前往中國，而不得不先轉道美國，然後再到中國。到達中國之後，馬禮遜所受到的直接排擠來自澳門。天主教將新教視為它的競爭對手和敵人，不歡迎新教傳教士。一八一三年，馬禮遜的助手米憐（Willam Milne）來華的時候，澳門總督就不讓他居留，米憐只好轉而去了南洋。另外，馬禮遜後來就職的東印度公司，因為不希望影響公司的貿易，也限制馬禮遜的傳教行為。馬禮遜在剛到廣州時給倫敦會司庫卡斯特先生的信中（一八〇七年十一月四日）說：他在廣州居住主要有三個難題：「第一，中國人；第二，葡萄牙天主教士；第三，東印度公司。」[6] 這些事實表明，我們不能機械地看待傳教士與西方帝國主義的關係。西方是政教分離的，傳教士與帝國主義政治、軍事、貿易並沒有直接配合的關係，很多基督教團體甚至是以排斥政治自命的，西方不同國家、不同宗教之間也有矛盾的地方。當然，在將西方文化強加於中國這一點上，它們都有著共通性。對於「再疆界化」的理解，只是不必過於狹隘。

對於以傳播福音為己任的傳教士來說，踏上中國領土之後，首先面臨的便是中西宗教信仰之間的衝突。在《馬禮遜回憶錄》中，我們處處都能感覺到這種衝突。到廣州的路上，馬禮遜就看到中國民間燒香的情景，他在書信中（一八〇七年九月八日）提到：「大約八點，當我從他們的小船旁經過時，看到他們用數千根像火柴似的被點燃的小棍以祭奠他們的虛構的神靈。」不久，在十一月四日書信中，他又提到：「中國的宗教儀式非常荒唐和繁複。他們這條街供奉著一個鬼神，另一條街就供奉著另一個鬼神，總是燭火通明，還在偶像前奏樂、唱戲，擺放水果、酒、糕點、禽類和烤豬等，同時點燃蠟燭、香、紙和爆竹。我曾見他們向滿月跪拜，給它祭酒並且敬獻水果。其中的細節不能一一詳舉。」諸如此類的記載在後來的日誌和書信中比比皆是，馬禮遜感歎偶像崇拜的粗俗，並激起了改造中國宗教信仰的使命感：「我對自己說：『這些無知、精明、儀表堂堂的中國人啊，我該怎麼教導他們呢？』可是我又想到了英國的弟兄們，非洲霍屯督的弟兄們，還有很多不知名的弟兄姐妹，他們又是如何工作的呢？」[7] 馬禮遜以世界其他地區的傳教士激勵自己，以一種開拓者的勇氣，召喚中國人從自己的民間信仰走出來，走近基督上帝。

宗教信仰之外，本土思想也是傳教的一個障礙。對於中國的儒家思想，馬禮遜評價也不高，原因是這種思想沒有經過神啟。馬禮遜發現，他在說服中國百姓的時候，他們往往用孔夫子的話來進行應答，並且認為孔子與耶穌相似。馬禮遜對此完全不能接受：「我們承認孔子理應受到人們的尊重和敬仰，然而是萬能的主創造了世界，塑造了孔子，給予孔子智慧。他至多算得上上帝的僕人。」為瞭解中國文化，馬禮遜親自學習《四書》。在另外一封信中（一八〇九年十月十一日），馬禮遜談到：「我現在正在讀中國先哲孔子最著名的《四書》，已經讀到了第三本的中部。這些書有許多精華，但也存在一些錯誤，總的來說，這些錯誤是非常嚴重的。孔子看起來好像是一個很能幹並且正直的人，一生基本上都不肯接受當時流行的迷信，可是他並沒有提出彌補這一不足的宗教信仰。」[8]

試圖以《聖經》的翻譯和傳播，來改變中國人的信仰，這便是早期西方在中國「再疆界化」的主要內容。為了傳教有所憑依，首先必須有《聖經》漢譯本，也因為當時的環境不利於傳教，因此馬禮遜把工作的重點放在《聖經》的翻譯上。開始的時候，馬禮遜的主要任務是學習漢語：「我認為掌握漢語，有助於《聖經》中譯，是我當前最大的責任；為了實現這一目標，我不僅盡了最大的努力，而且為此付出了全部的時間和精力。」[9]馬禮遜學中文很刻苦，至一八〇八年底，馬禮遜在給倫敦會的信中已經表示他的中文學習已經取得了很大的進步，他所編纂的《華英字典》天天都在增加詞彙和詮釋，而他所翻譯的《新約全書》已有一部分完成。不過，他沒有立即印刷，而想等到漢語更好，譯文更通順的時候再印刷。

二

馬禮遜在中國印行的第一本書是什麼呢？因為涉及到十九世紀西學東漸的起點問題，這個問題變得重要。熊月之的《西學東漸與晚清社會》一書是研究近代中國西學東漸富於影響的權威之作，該書指出：「一八一一年，馬禮遜在廣州出版了第一本中文西書，揭開晚清西學東漸的序幕。」[10]從書中〈西學從南洋漂來〉一章後面所附的「早期基督教傳教士出版中文書刊目錄（一八一一——一八四二）」看，馬禮遜最早出版的書是一八一一年所著的《神道論贖救世總說真本》。這一說法是否準確呢？

在一八一〇年給克魯尼牧師的信中，馬禮遜第一次提到印行譯作：「我的中國老師葛先生還在我身邊，此外還有我的助手蔡軒，我雇他幫我印一千份中文的《耶穌救世使徒行傳真本》，他知道別人多收了我二十五鎊或三十鎊，卻沒有幫我。」[11]一八一一年一月七日，馬禮遜從澳門給英國倫敦會寫了一封信，信中也提到了這部書的出版時間：「九月我交給中國印刷工一份《耶穌救世使徒行傳真本》，它是根據希臘文修訂過的譯本。我看過他印刷的樣張後，訂購了一千冊。」[12] 因為寫信的日期是一八一一年一月，那麼文中所說的九月當是指一八一〇年九月。馬禮遜早期在華傳教的同事米憐（Willam Milne）在其自傳《新教在華傳教前十年回顧》中，也明確說明，《使徒行傳》出版於一八一〇年，「一八一〇年，馬禮遜先生已經熟悉掌握漢語，認為如果將他攜帶來華的《使徒行傳》中譯本加以修訂和校對將會十分有用。於是他做了一些必要的修訂，並嘗試印刷出版《聖經》的可能性。這一嘗試成功了……」[13] 米憐這本《新教在華傳教前十年回顧》的附錄、《恆河域外傳道團成員所著及印刷書籍目錄》也表明，馬禮遜所印行的第一本中文書是《使徒行傳》，時在一八一〇年，印數一千冊。而一八一一年，馬禮遜印行了兩本書：《路加福音》和《神道論贖救世總說真本》。《神道論贖救世總說真本》是一本解釋《聖經》的宗教小冊子，這種小冊子的出版不會早於《使徒行傳》等《聖經》本文，因為作為傳教士的馬禮遜認為，應該先出版《聖經》，然後再出版解釋性的著作。馬禮遜的這種思想，我們可以見諸一八一一年九月倫敦會的公告：「馬禮遜先生還提出要印刷一些宗教小冊子，但他認為宗教小冊子應該與《聖經》同時出版或者稍後亦可，而不應提前，因為閱讀小冊子的人需要查看《聖經》尋找引文或者引證。」「本著上述觀點，馬禮遜寫了一本名為《神道論贖救世總說真本》的宗教小冊，講述世界的救贖之道。」[14] 由此可見，馬禮遜在中國印行的第一本書是《使徒行傳》，時在一八一〇年，這一年才是十九世紀西學東漸的起點。

一八一〇年《使徒行傳》和一八一一年《路加福音》印行之後，馬禮遜「沒日沒夜」地翻譯《新約》的其他部分，於一八一二年印行了《保羅福音》，並於一八一三年底完成了全部《新約》的翻譯，同年印行二千冊。《新約》的翻譯完成後，馬禮遜集中精力翻譯《舊約》。第二年，即一八一四年就印行了《創世記》，至一八一九年十一月完成全部《舊約》的翻譯，並在同年印行了《出埃及記》、《申命記》、

《約書亞記》、《詩篇》、《以賽亞書》等。《舊約》加入了米憐的翻譯，米憐翻譯的部分是《約伯記》和舊約中的歷史書部分。一八二三年，包括《新約》和《舊約》的《聖經》全本印行出版，名為《神天聖書》，《舊約》稱《舊遺詔書》，《新約》為《新遺詔書》。可惜米憐早在一八二二年就離世了，沒有看到他所參與的《聖經》的最後出版。

米憐在上文所提到的馬禮遜將其「攜帶來華的《使徒行傳》中譯本加以修訂和校對」的事，指的是馬禮遜在來華之前抄錄了珍藏於大英博物館的巴什的《聖經》譯本，在華翻譯時作為參考。由於漢語水平的限制，《使徒行傳》譯本受到了巴什本較多的影響，而隨著漢語水平的提高，第二本《路加福音書》的翻譯更具獨立性。對於巴什譯本的影響，馬禮遜本人並不諱言，他明確地說：「我經常向你們坦承我有一部手抄本中文《聖經》譯本，原稿由英國博物館收藏，通過倫敦會我獲得了一個抄本。正是在這部抄本的基礎上，我完成了《聖經》的翻譯和編輯修訂工作。」[15]

基督教自西元七世紀就傳入中國，一直到明清之際耶穌會來華，一直都沒有完整的《聖經》中文譯本，這大致與天主教獨尊拉丁文《聖經》有關。據考，巴黎外方教會的傳教士讓・巴塞特（Jean Basset, 1662-1707）第一次譯出《新約》手稿，存放在大英博物館；十八世紀末，耶穌會士賀清泰（Louis De Poirot）也譯出《舊約》和大部分《新約》，題為《古新聖經》。不過，這兩個譯本均未出版。需要提及的是，差不多在馬禮遜翻譯《聖經》的同時，英國浸禮會的傳教士馬希曼（Josuua Marshman）也在印度的塞蘭坡（Serampore）翻譯《聖經》，並於一八二二年出版。馬禮遜譯本是第一部在中國境內出版的《聖經》漢譯本。

對於傳教士而言，《聖經》漢譯本的重要性不言而喻。它意味著基督教的神第一次可以用本土語言向中文世界宣講，照亮這異教徒的東方世界。在一八一九年十一月二十五日給倫敦會的信中，馬禮遜在談及完成《聖經》漢譯文的意義時說：「憑藉摩西、大衛和先知，基督耶穌和他的門徒以自己的語言向這片土地上的居民宣講神的《聖經》，我希望這預示著在世界東方加速傳播《聖經》一個幸福時代到來的好消息；我相信籠罩在異教徒心中疑慮的黑暗將會被來自天上的黎明之光驅散，那些鍍金的佛像和遍地各種偶像在神的強有力的話語面前，有一天將會轟然倒塌，如同大衮偶像在耶和華的約櫃前倒下一樣。」在同一封書信中，馬禮遜抱怨中國的封閉和愚昧：「尤為嚴重的是，中國文人對世界一無所知，也不懂當代科學，自欺欺人已經達到了極端的程度，把一切與他們的經驗、情感和方式不同的都視為稀奇古怪、蠻夷人的東西。」[16]惟其如此，《聖經》漢譯本的出現才顯得至關重要。對於馬禮遜而言，它向中國人提供了通往光明世界的橋樑。馬禮遜《聖經》漢譯本的完成，在歐洲引起了不小的轟動。英國聖公會在給馬禮遜及米憐的信中（一八二一年一月二十六日）談到：「當《聖經・新約》被譯成中文的消息宣佈時，激起了歐洲學者們的極大好奇，還有一些懷疑這些消息的真實性，當他們雙手捧著漢語的《聖經・新約》，並購買收藏它們時，驚異得無法相信他們的眼睛。中文《聖經》的全譯本，將會產生最強烈的效果。」[17]

第二節　科學

一

《聖經》翻譯完成之後，西方傳教士一方面繼續修訂《聖經》，印行宣傳基督教的小冊子，另一方面逐漸將翻譯的重點轉向了西方文明的啟蒙，翻譯介紹世界地理、歷史、天文及自然科學等知識。這應該與他們在傳教過程中遭遇的困難直接相關。中國人自以為是天下的中心，將外國人視為蠻夷，因此很難接受西方人的教化。傳教士想通過對於西方文明的介紹，打破中國人傳統的自我中心的疆域觀念，讓中國重新定位自己的位置。

上文提到，一八一三年七月英國倫敦傳道會給馬禮遜派來了助手米憐，他卻無法在澳門以至廣州立腳，只好去了南洋。一八一五年，馬禮遜和米憐於麻六甲創辦了近代中國第一個中文刊物《察世俗每月統計傳》。一九一七年，他們創辦了麻六甲印刷廠。此後，倫敦傳道會又創辦了《特選撮要每月紀傳》（一八二三年，巴達維亞）、《東西洋考每月統計傳》（一九三三年，廣州——新加坡）。在鴉片戰爭之前，倫敦傳道會已經在南洋擁有了麻六甲、新加坡及巴達維亞（Batavia，今雅加達）三處印刷廠。印刷報刊主要為了宗教宣傳，不過非宗教篇幅逐漸增加，內容是介紹西方的地理、天文等知識。這裏需要約略介紹的，是中國境內創辦的第一份中文期刊《東西洋考每月統計傳》。

《東西洋考每月統計傳》（一九三三）創刊在廣州，後期移到新加坡。它可以說已經是一份世俗刊物，宗教內容較少，主要構成部分是歷史、地理、新聞等欄目。該刊的宗旨十分明確，以西方文明打破中國人的愚昧和無知。刊物主編在刊物出版緣起中指出：「當文明幾乎在地球各處取得迅速進步並超越無知與謬誤時，——即使排斥異見的印度人也已開始用他們自己的語言出版若干期刊，——唯獨中國人卻一如既往，依然故我。雖然我們與他們長久交往，他們仍自稱為天下諸民族之首尊，並視所有其他民族為『蠻夷』。如此妄自尊大嚴重影響到廣州的外國居民的利益，以及他們與中國人的交往。」「編者偏向於用展示事實的手法，使中國人相信，他們仍有許多東西要學。」[18]「再疆域化」的啟蒙是從最基本的地理和歷史開始的。在「地理」欄目中，該刊連載介紹了世界地圖的全貌，以及各大洲及區域國家的地理狀況，向中國人展示了一種前所未有的全新的地球空間概念，讓中國人明白原來中國並不是地球的中心。歷史欄目名為「東西史記和合」，是每期的頭條欄目。這個欄目很獨特地將中西歷史分欄並列刊登，如「漢土帝王歷代——西天古傳曆記」，「商朝——以色耳神朝」，「唐紀——英吉利王朝」等，它喻示著中國歷史與西方歷史是同一的。文章認為，中國歷史與歐洲歷史之間存在著配合的關係，譬如，「彼此都說洪水之先，有過十世有千六年，有神人雜揉之類，故在此件東西史記皆和合矣。」中西上古史都有洪水在先，文章認為這是中西歷史和合的依據。不過，關於人類始祖，中國有三皇五帝，西方有亞當夏娃，並不相同，到底相信誰呢？「或問三皇五帝與亞大麥子孫，姓名不同，又漢書番文說者紛紛，莫之一統，果以何為依據？」答案是以《聖經》為準，理由很充分，即秦始皇焚書坑儒，古史失記，而摩西親聽古傳，記載保留至今，當然以摩西為可信：「曰中國秦始皇有焚書坑儒，故上古事遠，或有失記，然或西域商朝時候，離洪水不遠，有聖人摩西，親聽古傳，又感神默照，未知此事，立刻記之，其書還在，是故西域之史或亦可信耶。」[19] 如此，中國歷史被嫁接到了西方基督教的脈落之中，文章試圖讓中國人明白，中國只是以西方為中心的世界歷史的一個部分。

上述印刷廠及刊物，主要在海外，所以影響有限。鴉片戰爭以後，中國與英、法、美等國簽訂《南京條約》等條約，被迫割讓香港，開放廣州、福州、廈門、寧波和上海作為通商口岸。在取得合法進入中國傳教的權利後，外國傳教士們將他們的活動中心由南洋轉移到了中國國內。一八四二至一八六〇年間，傳教士們在香港、廣州、福州、廈門、寧波和上海均有譯介著作印行出版。這其中宗教著作佔據大多數，不過也出現了一些非宗教著作，其中包括地理、歷史、天文和自然科學等，都是西方文明的啟蒙之作。

最值得一說的，是上海的墨海書館。墨海書館的創立者，是倫敦會的傳教士麥都思（Walter Henry Medhurst）。麥都思也是較早來華的倫敦會傳教士，他於一八一六年六月被倫敦會派到麻六甲，擔任米憐的助手，從事印刷工作。一八二一年，他又前往巴達維亞建立印刷廠。一八二二年米憐去世後，麥都思成為倫敦會在南洋傳教的負責人。在歷史上，麥都思對於《聖經》的翻譯也頗有貢獻。到達南洋之後，他不滿於馬禮遜的《聖經》譯本，開始修正《聖經》翻譯。一八三五年，他完成《新約》的重譯，並於一八三七年在巴達維亞出版，名為《新遺詔書》，共計三百二十五頁，石印本。因為郭實臘翻譯了《舊約》，後又修訂了《新約》，因此這個《聖經》合作譯本也稱「郭實臘譯本」。在以後十多年中，它一直是主要的《聖經》中譯本，並多次重印。這部《新約》曾為太平天國所採用，並做了許多刪改，在太平軍轄區流傳甚廣。五口通商以後的一八四三年，英美傳教士聚集香港，形成「委辦譯本委員會」，共同修訂《聖經》，其中麥都思也是主要倡導者。另外，麥都思和施敦力自一八五四年開始將《聖經》譯成南京官話，至一八五七年時出版了《新約》，此譯本史稱「南京官話譯本」，亦稱「麥都思——施敦力譯本」，是歷史上第一部聖經白話文譯本。一八四三年十一月十七日，上海作為五口通商最早的城市開埠，剛剛參加完香港修訂《聖經》會議的麥都思隨即北上上海，並將巴達維亞的印刷廠遷到上海，定名墨海書館。墨海書館大量印刷《聖經》及宗教宣傳書籍，一八四四至一八四六年三年間，墨海書館出版了書籍十七種，其中十六種都是麥都思本人撰寫的，這些著作全部都是基督教宣傳品，可見麥都思對於傳教工作的熱情。

另一位來自英國的傳教士偉烈亞力（Alexander Wylie）卻和麥都思不太一樣。開始幾年，墨海書館幾乎是麥都思一個人支撐的。一八四六年，大英聖書公會答應支付《聖經》委辦本的印刷費用，並提供一名專職印刷員。偉烈亞力（Alexander Wylie）就是作為一名印刷員來到中國的。偉烈亞力天性聰穎，白天從事繁忙的印刷工作，晚上學習漢語及其他語言。他對於自然科學有著強烈的興趣，熱衷於翻譯西方自然科學著作。僅一八五九年一年，偉烈亞力就與中國數學家李善蘭合作，翻譯了數種中國自然科學史上的奠基之作。最有名的，應該是偉烈亞力和李善蘭合譯的《續幾何原本》（一八五七）。《幾何原本》是古希臘著名數學家歐幾里德的名著，此書是數學史上用公理法建立邏輯演繹體系的第一部著作，據說流傳程度僅次於《聖經》。早在明末，利瑪竇與徐光啟就合譯了此書，但只完成了前六卷，徐光啟在《幾何原本》跋中說：「續成大業，未知何日？未知何人？書以俟焉。」國人很推崇《幾何原本》，並為此書的不全遺憾不已。偉烈亞力瞭解到這一情況，表示：「學問之道，天人公器，奚可祕而不宣？」他從英國買到十五卷足本，在李善蘭的幫助下開始翻譯。自一八五二年開始，直至一八五六年大功告成。十五卷著作譯出後，得到曾國藩的資助出版。二百五十年後，中國讀者終於一睹《幾何原本》全書，這是中國自然科學史上的值得書寫的事件。

二

一八五七年一月二十六日，偉烈亞力在上海創辦了《六合叢談》，這是上海歷史上第一份中文期刊。教會辦的刊物自然是旨在傳教，因此其不乏宗教之作，比如在《六合叢談》上面連載的《真道實證》一文，包括《上帝必有》、《萬物之根是上帝非太極》、《上帝莫逆》、《上帝自然而有無生死無始終》、《上帝無不在，上帝無不知》、《上帝乃神，天地萬物惟上帝是主》等九篇文章。這一系列的文章，係韋廉臣從威廉・派瑞（William Paley）的《自然神學》（*Natural Theology*）等著作中節譯而來。不過，佔據刊物主體的已經是對於地理、天文及自然科學的翻譯介紹，其中主要的連載文章有：慕維廉（William Muirhead）的《地理》，這是《六合叢談》連載時間最長、內容量最大的一部書。慕維廉曾於一八五三年從Mary Somerville的《自然地理學》等書中編譯過一本《地理全誌》，《六合叢談》上的《地理》一文大體上係這部書的自然地理部分。偉烈亞力與王韜合譯的《西國天學源流》，這部天文學譯作系統地闡述了西方宇宙觀的演進歷史，特別對日心地動說的發展介紹非常詳細。王韜曾在《西學輯成六種》〈跋語〉中曾談到，他幼年時不太相信「占望休咎」之術，好天文知識，認識偉烈亞力之後，便向他請教西方古今天學知識：「偉烈亞力乃出示一書，口講指畫，余即命筆誌之，閱十日而畢事。於是西國天學源流，黎然以明，心為之大快。」偉烈亞力與王韜合譯的《重學淺說》，此書論述了力學的基本知識，是近代中國第一部關於西方力學的著作。此書的來源是蘇格蘭的喬姆貝斯兄弟（R. and W. Chambers）的《喬姆貝斯國民百科》（*Chambers's Information for the People*）的「機械——機械裝置」部分。王韜在《西學輯成六種》提到：「《重學淺說》一卷……西士偉烈亞力口譯，長洲王韜筆受。」此外還有偉烈亞力與王韜合譯介紹中英通商貿易的文章《華英通商事例》、艾約瑟（Joseph Edkins）介紹西洋文化經典的《西學說》等。

偉烈亞力專門為《六合叢談》發刊號寫了一篇〈小引〉，其中提到：西人來華已經十四年，但與中國頗多隔閡，他希望以文字的形式進行溝通：「頒書籍以通其理，假文字以達其辭。」接著偉烈亞力指出，中國人好舊，所崇尚的六經諸子等「所紀皆陳跡也」，而西人尚新，因此「觀事度理，推陳出新」，探究科學之奧妙，文中接著對諸種自然學科進行了一一介紹：

> 請略與其綱：一為化學，言物各有質，自能變化，精識之士，條分縷析，知有六十四元，此物未成之質也；一為察地之學，地中泥沙與石，各有層累，積無數年歲而成，細為推究，皆分先後，人類未生之際，鴻濛甫闢之時，觀此朗如明鏡，此物已成之質；一為鳥木草木之學，舉一骨即能辨析入微，知全體形狀之殊異，植群卉即能區別其類，知列國氣候之不同；一為測天之學，地球一行星耳，與他行星同，遠地球者為定星，定星之外，則有星氣，星氣之說，昔以為天空之氣，近以遠鏡窺之，始知係恆河沙數之定星所聚而成，今之談天者，其法較密於古，中國古時有天元求一諸法，今泰西代數最深者為微分法，以之推算天文，無不解處洞然矣；一為電氣之學，天地人物之中，其氣之精密流

動者曰電氣，發則為電，藏則隱含萬物之內，昔人畏避之，以其能殺人也，今則聚為妙用，以代郵傳，頃刻可通數百萬里；別有重學、流質數端，以及聽視諸學，皆窮極毫芒，精研物理……

偉烈亞力這段文字很簡練，卻介紹了多種自然科學學科：化學、地質學（察地之學）、動物學、植物學（鳥木草木之學）、天文學（測天之學）、電力學（電氣之學）、力學（重學）、流體力學（流質）、聲學、光學（聽視諸學）。這些最早譯介西方科學的文字，對於中國近代科學學科的形成和發展具有重要的貢獻。〈小引〉中這段介紹西方科學學科的文字，時常被人徵引，而這一段接下來的文字卻沒有引起注意：

凡此地球中生成之庶匯，由於上帝所造，而考察之名理，亦由於上帝所畀，故當敬事上帝，知其聰明權力，無限無量，蓋明其末，必探其本，窮其流，必溯其源也。

這段話解釋了一個很多人想不通的問題，即為什麼外國傳教士會積極傳播西方先進的自然科學？原來在基督徒看來，自然乃上帝所造，運用自然科學研究自然的奧祕有利於認識造物主上帝之偉大。這種來自於自然神學的觀點，使得傳教士認為傳播科學有利傳播基督教。國人常把基督教與西方科學對立起來，因而很容易抹殺傳教士在傳播西方科學過程中的貢獻。事實上，是否應該傳播自然科學在教會內部也時有爭論。傳教士之所以願意傳播西方先進的自然科學，另外還有一個心理原因，即打破國人心目中認為外國人皆蠻夷的想法，顯示西方人的先進，以便於中國人接受基督教。

偉烈亞力相信科學，然而更相信上帝，對於他而言，兩者之間並無矛盾。事實上，偉烈亞力在《六合叢談》上發表科學文章的同時，也發表過很多宣傳基督教的文章，如《馬達加斯加島傳教述略》、《景教記事》、《門徒傳教四方記》、《上帝無所不知論》、《公會記略》、《鄉人訓子記》等。傳說偉烈亞力在任期間，共計推銷了一百萬部《聖經》，他對於上帝的狂熱由此可見一斑。在《麥都思行略》（一卷四號）一文中，偉烈亞力稱讚麥都思在中國的傳教行為，「蓋上帝特生是人，以出華人於沉淪之地耳」。他翻譯傳播科學的目的，應該與麥都思並無差別。

因為洋人的中文寫作存在著局限，需要中國人的幫助，所以墨海書館周圍聚集著一批華人學人。這批學者有王韜、李善蘭、蔣敦復、管小異、張文虎等，他們主要負責翻譯的中文方面的潤色。這種合作工作的方式，創造出了一個近代中西文化碰撞的場合。這批江南知識份子，既具有濃厚的國學功夫，又是較早接受西學的眼界開放者。整體來說，他們對於西學科學著作抱著濃厚的興趣，而對於基督教的態度沒那麼積極。

管小異寧願放棄科舉，幫助合作翻譯西學，尤其是西醫方面的書籍，但卻堅決不譯《聖經》。蔣敦復幫助後來成為英國駐華使節的威妥瑪編譯中國詩歌，對於傳教卻不以為然。他在《擬與英國使臣威妥瑪書》中有云：「今之教士，其來者有如利、南輩其人者乎？無有也。所論教事荒謬淺陋，又不曉中國文義，不欲通人為之潤色。開堂講論，剌剌不休，如夢中囈，稍有知識者聞之無不捧腹而笑。」在下面的文字中，蔣敦復更從政治高度上提出，中西交往應該本著平等互利的原則，如果西方國家一逞私欲，強加於中國，則沒有什麼好結果：「自今以往，與我中國相待以誠，相守以信，毋為妄舉，毋生侈心。天理人情斟酌盡善，他時換約，去所不便，擇其便者，務令彼我之間均獲利益，誠如是，則中外相安，永保無疆之休。若逞其私智，乘機漸進，欲要吾以必不能從之事，從此外國生事，中國多事，一治一亂，誰強誰弱，天下事未可知也。」[20]

華人之間的情形也不盡一致。王韜一直協助麥都思翻譯《聖經》，後來還加入了基督教。不過，他對於基督教態度猶疑，連麥都思都說他心口不一。論者多認為，王韜的行為有「為稻粱謀」的客觀原因。李善蘭似乎認同於傳教士所宣傳的自然神學，不過他所理解的「上帝之意」卻出自於中國傳統文化。從管小寧、蔣敦復，到王韜、李善蘭，從堅決抵抗到心口不一，到中國化的改造，我們由此可以看到國人文化認同的演變過程。

第三節　政法

一

鴉片戰爭以後，特別是第二次鴉片戰爭以後，中國受到了嚴重的挫傷，從而開始真正覺得有「師夷長技」的必要，這便有了洋務運動興起。外國傳教士對於科學書籍的翻譯，被中國人拿過來，成為官辦洋務運動的重要內容之一。

同時，中國開始建立自己的官方翻譯機構，不過由於中國缺乏外語人才，在這些官方翻譯活動中，外國傳教士仍然佔據重要地位。

最早成立的是京師同文館，時在一八六二年六月十一日。據丁韙良：「回顧同文館的早期歷史，最初建館動機是因為中英條約的簽訂，因為條約中有一個條款規定，英文致中國當局的公函在三年之內暫時附送中文譯本，以便中國政府能在這段時間內培養出一批合格的翻譯人才。按照這個規定，便於一八六二年開設了一個英文館，次年又開設了法文館和俄文館。」[21]初期擔任教習的，是英國傳教士包爾騰。一八六五年起，丁韙良（W. A. P Martin）擔任英文教習。一八六九至一八九四年丁韙良擔任總教習達二十五年之久。翻譯的主體以總教習為主，學生則只能起輔助作用，優秀者能夠達到自行翻譯的水準。據一八七九年《同文館題名錄》：「自升館以來譯書為要務，起初總教習、教習自譯，近來學生則頗可襄助，間有能自行翻譯者。」京師同文館所譯書數量說法不一，大致在二、三十種，所出版的自然科學類書涵蓋多種學科，如《化學指南》、《格物測算》、《全體通考》、《算學課藝》、《星學發軔》、《中西合曆》、《格物入門》等。從外文看，除化學學科以外，其他譯名多與今天不一致，如「全體」是今天的「生理學」，「算學」是今天的「數學」，「星學」為今天的「天文學」，「格物測算」為今天的「數學物理」，「格物入門」則是「自然哲學」。

京師同文館畢竟只是一所官辦的外語機構，以外語教學為主，翻譯是副業。中國真正官辦的翻譯機構，應該說是一八六八年成立的江南製造局的翻譯館。據翻譯館譯員陳洙一九〇九年編寫的《江南製造局譯書提要》，該館譯書已達一百六十種。作為由政府創辦的專業翻譯機構，規模之大，時間之長，江南製造局翻譯館是一個首創。江南製造局翻譯館的翻譯採用「西譯中述」的方法，即由外國傳教士口譯，中國人筆錄。據傅蘭雅《江南製造總局翻譯西書事略》，其翻譯方法是：「將所欲譯者，西人先熟覽胸中而書理已明，則與華士同譯，乃以西書之義，逐句讀成華語，華士以筆述之；若有難言外，則與華士斟酌何法可明；若華士有不明處，則講明之。譯後，華士將稿改正潤色，令合於中國文法。」由此看，由於外語水準的限制，江南製造局的翻譯仍以外國傳教士為主。這裏的外國傳教士翻譯人員有傅蘭雅、偉烈亞力、瑪高溫、林樂知等。江南製造局在翻譯書籍的學科門類上，有更大的拓展，其翻譯學科涉及到兵制、船政、工程、礦學、農學、商學、算學、電學、化學、聲學、光學、天學、醫學、圖學等等，規模前所未有。

不過，此時外國傳教士已經不滿足於僅僅翻譯科學著作，而是開始把興趣轉向政法、社會科學方面的翻譯。「再疆域化」中的「疆域」，不僅僅是指地理和物理的疆域，更指政治和法律方面的疆域。

這一時期影響最大的政法類著作，是丁韙良翻譯的《萬國公法》。《萬國公法》的底本是美國人惠頓（Henry Wheaton）的《國際法原理》（*Elements of International Law*），這是當時西方國際法的權威著作。丁韙良在幾名中國人的協助下將書譯成，於一八六四年在總理衙門資助下印行。全書分為三卷，第一卷題為「釋公法之義，明其本源，題其大旨」，第二卷題為「論諸國自然之權」，第三卷題為「論諸國平時往來之權」，第四卷題為「論交戰條規」。書中首次向中國人介紹了西方國際法的一些主要原則，如國家主權原則、國與國之間的平等原則、遵守國際公允和雙邊條約原則等。隨同這些基本原則而來的，還有法治、憲政等現代觀念。這是中國近代以來第一本國際法譯本，對於中國法學及政治都產生了重要影響，中國現代法學中的很多詞彙都是最早從這裏產生的。

中國一向以來以「天朝上國」自居，周邊都是「蠻夷」，因此只有朝貢體系，並無國際法的概念。當然也有一種看法，認為中國在春秋戰國時期已經有初步的國際法。即使如此，後來隨著大一統中國的建立，這種法律也遺失了。正如丁韙良所說：「從某種意義上說，和其他的科學知識一樣，中國在法律這方面是落後的。它應當完全感謝從西方引入這些知識。但奇怪的是，這個帝國竟然兩千年之久沒有任何鄰國，只有諸侯國。難道沒有一種法律概念來制約這些平等國家之間的交往嗎？事實是這樣的，當中國廣袤的疆域被一系列實際上彼此獨立的小國所覆蓋的時候，那裏確實有一種法律雛形，但這些小國消失之後，法律也就過時了。」[22]對於丁韙良翻譯的《萬國公法》，國人表現出矛盾的態度。一方面，出於實用的目的，朝廷很歡迎這一著作。清朝對外事務總管奕訢在給同治帝的奏摺中稱：「竊查中國語言文字，外國人無不留心學習……往往辯論事件，援引中國典制律例相難。臣等每欲借彼國事例以破其說，無如外國條例俱係洋字，苦不能識。……外國有通行律例，近日經文士丁韙良譯出漢文，可以觀覽……檢閱其書，大約俱論會盟戰法諸事……衡以中國制度，原不盡合，但其中間亦有可操之處。……臣等公同商酌給銀五百兩，言明印成後，呈送三百部到臣衙門，將來通商口岸，各給一部，其中頗有制伏領事官之法，未始不無裨益。」在與他國打交道的時候，苦不識洋文，不能引用他國法律，因此丁韙良的譯書引起了朝廷的興趣。朝廷撥款五百兩贊助，並且還要將書呈送衙門和各通商口岸。在另外一處奏摺中，奕訢還談到，在與他國交涉的過程中，《萬國公法》果真起到了作用：「即如本年布國在天津海口扣留丹國船隻一事，臣等暗採該律例中之言，與其辯論。布國公使，即行認錯，俯首無詞，似亦一例。」[23] 這裏指的是一八六四年發生的一起外交事件，「布國」指普魯士，「丹國」指丹麥。普魯士新任駐華公使李福斯（Guido von Rehfues）在大沽口捕獲了三艘丹麥商船，清朝總理衙門援引《萬國公法》有關領海主權等條款，與普魯士交涉，認為外國在中國洋面，扣留別國之船，係侵犯中國主權。普魯士公使果然認錯，並且釋放了三艘丹麥商船。

不過，要讓中國人接受以《萬國公法》為代表的西方法律，也並非易事。除了清帝國自我中心的心態之外——丁韙良開始向奕訢推薦《萬國公法》時，奕訢即回答：「中國自有體制，未便參閱外國之書。」《萬國公法》難以讓人信服的另外一個原因，是西方強加於中國這樣一個歷史背景。西方對於中國發動的鴉片戰爭等侵略行為，本身就是違反國際法的，然而在戰爭以後，卻引進國際法逼迫中國遵守不平等條約。說起來，中國最早引進的國際法並非這部《萬國公法》，而是瓦特爾（E. De. Vattel）的《萬國法》。一八三九年林則徐赴廣州查禁鴉片，為瞭解西方相關法律，他邀請美國傳教士伯駕（Peter Parker）和中國人袁德輝翻譯出了瓦特爾《萬國法》的一部分，用以進行外交鬥爭。其結果是，林則徐的國際法慘敗在英國的槍炮之下，這是非常諷刺的。尤其讓中國受到傷害的，是領事裁判權。自一八四三年《中英五口通商章程》後，英國等二十多個國家在中國獲得領事裁判權。所謂領事裁判權，即治外法權，這是公然違反《國際法》有關國家獨立主權之規定的。王韜曾一針見血地指出：「彼所謂萬國公法者，先兵強國富，勢盛力敵，而後可入乎此，否則束縛馳驟，亦惟其所欲為而已。」[24]唐才常在《交涉甄微》中更指出：「《萬國公法》雖西人性理之書，然弱肉強食，今古所同。如英之墟印度，俄之滅波蘭，日本之奪琉球、亂朝鮮，但以權勢，不以事理，然而公法果可恃乎？」[25]

事實上，西方列強也不無擔心《萬國公法》在中國產生的負作用。衛廉士在一八六五年給美國國務卿的信中表達出這種擔憂：「支那國的官員和日本的官員如果潛心研究這本書的話，就會做出他們的努力，把國際法的慣例和原則也適用於他們與外國的交涉中。這些官員就會逐步意識到，他們與西方國家簽署的條約中，所謂治外法權的原則其實是篡改了西方和歐洲國家之間通行的慣例。他們會奇怪，西方人的目的為什麼不在於把東方民族提升到他們自己的水平，反而倒行逆施，非把治外法權強加於人，瓦解當地人民的生存方式？」丁韙良本人還提到，翻譯《萬國公法》受到了法國臨時代辦克士可吉（Kleczkowski）先生的反對。克士可吉對美國駐北京公使蒲安臣表示：「這個傢伙是誰？竟然想讓中國人對我們歐洲的國際法瞭若指掌？殺了他！——掐死他！他會給我們找來無數麻煩的！」[26]

在《萬國公法》正文的卷首，畫有東半球和西半球兩幅地圖，這兩幅地圖為惠頓原書所無，是譯者丁韙良加上去的。地圖旁邊有說明，說明東半球包括「中華、日本……」等國家，西半球包括「美利堅、墨西哥……」等國。丁韙良很瞭解中國，必須首先打破中國世界主宰的幻想，中國才會接受與世界打交道的規則。不過，世界仍有主宰，那就是西方的基督教的神，「五洲之外，汪洋大海，島嶼甚多。然而天下邦國，雖以萬計，而人民實本於一派，惟一大主宰，造其端，佑其生，理其事焉。」[27]事實上，在丁韙良眼裏，世界公法最終來自於上帝，因此在中國翻譯傳播《萬國公法》可以讓中國人接受上帝及基督教。在一八六三年給一位寧波的傳教士的一封信中，丁韙良說：「我從事這項工作，並沒有得到任何人的暗示，但是我毫無懷疑它可以讓這個無神論的政府承認上帝及其永恆正義，也許還可以向他們傳授一些帶有基督教精神的東西。」[28]

《萬國公法》雖然最早進入中國，朝野人士也多有認識，然而清政府法律並未因之有多少改變。而在《萬國公法》從中國傳到日本後，卻迅速地被接納吸收。及至二十世紀初，中國留學生才從日本重新引進。

二

除了《萬國公法》之外，京師同文館翻譯出版的政法類書還有《公法會通》、《法國律例》等，江南製造局翻譯館翻譯出版的政治類書籍有《佐治芻言》、《美國憲法纂釋》、《公法總論》等。總體來說，京師同文館和江南製造局翻譯館的翻譯以科學製造類為主，政法類書籍畢竟是少數。

不過，在這些官方翻譯機構之外，外國傳教士西書翻譯機構仍然十分活躍。十九世紀後期影響最大的翻譯機構和報刊，是廣學會及其《萬國公報》。廣學會的前身是一八八七年成立於上海的同文書會，一八九四年易名為廣學會。廣學會前期核心人物是韋廉臣（Alexander Williamson），一八九〇年韋廉臣去世，由李提摩太（Richard Timothy）接任，李提摩太在任二十五年，是廣學會最重要的人物。

廣學會與墨海書館類似，屬於基督教團體。不過，在墨海書館所出版的書籍中，基督教類書佔據大半，而在廣學會所出的書籍中，非宗教類書已經佔據大半。據統計，一八八八年至一九〇一年間，廣學會出版各類著作一百三十四種，其中宗教著作三十四種，只佔總數的百分之二十五・四。在非宗教書籍中，墨海書館的貢獻主要是自然科學書籍，廣學會則已經不同，它所出版的自然科學書籍著作僅十種，占百分之七・五，而出版的社會科學書籍卻有七十八種，占百分之五十八・二。一八八八年至十九世紀末，廣學會出版的較為知名的社會科學著作有：花之安《自西徂東》（一八八八）、李提摩太《七國新學備要》（一八八九）、韋廉臣《治國要務》、李提摩太《救世教益》（一八九〇）、李提摩太《中西四大政考》、《養民有法》（一八九二）、花之安《性海淵源》、艾約瑟《福國養民策》（一八九三）、林樂知《中西互論》、李提摩太《百年一覺》、《列國變通興盛記》（一八九四）、李提摩太《泰西新史攬要》、《西鐸》（一八九五）、林樂知《中東戰紀本末》、《文學興國策》（一八九六）、林樂知《中東戰爭梗概》、《新政策》（一八九七）、林樂知《新學彙編》、李提摩太《地球一百名人傳》（一八九八）、李提摩太《大同學》、林樂知《保華全書》（一八九九）等。其間多數是編譯，也有一些是個人撰寫的，不過那個時代的編譯和個人撰寫其實並無多大區別。這些著作很多都是先在《萬國公報》上登載，然後輯集出版的。

在廣學會翻譯出版的著作中，影響最大的是李提摩太的《泰西新史攬要》。《泰西新史攬要》原名「十九世紀史」（*History of the Nineteenth Century*），作者是英國人Robert Mackenzie，一八八九年倫敦首版。此書分別描繪了十九世紀英國、法國、德國、奧地利、義大利、俄羅斯、美國等國的歷史進程，顯示近代列強變革和崛起的歷史。李提摩太認為此書提煉近代歷史精華，見解精闢，作為中國改革治世的參考是最為合適的：「夫西國之廣興多在近百年中，是書擷近人著作之菁華，刪其繁蕪，運以才識，國分事系，殫見洽聞，故欲考近事無有出其右者，欲治近世亦無有出其右者。」[29]《泰西新史攬要》敘述歐洲歷史的目的，在於總結強盛之道。書中認為，歐洲各國原來困於舊制，而在「立新政」以後方得大興，這「新政」的內容便是建立民主政體，「按民心治國」。經過改革，歐洲之民脫離專制，成為自主之民：

「從前歐民一百八十兆皆如奴僕聽主人之約束，而不敢違背者，今則悉由自主。」如果擔心「自主而無識」，那麼方法便是普及教育，便得「人人識字，人人明理」。書中的核心觀念便是強調變通和改革：「夫世間弊病甚多，不能盡除，時日既常有變通，法令亦必隨之而變通，始為無負乎時日。」[30]李提摩太很自信地認為，《泰西新史攬要》一書在中國的作用勝過「精兵億萬，戰艦什佰」，它是中國的「暗室之明燈，迷津之片筏」、「求國之良藥，保國之堅壁，療貧之寶玉。」此書看起來是一部史書，事實上旨在政治。

一八九三年，李提摩太著手翻譯這本書；一八九四年，此書以《泰西近百年來大事記》為題在《萬國公報》上連載發表；一八九五年，《泰西新史攬要》正式出版。此書很快成為暢銷書，一時洛陽紙貴。《泰西新史攬要》初印三萬冊，這在今天也是一個很大的數字，居然還供不應求，只得一版再版。一八九八年增出普通版，初印五千冊，兩個星期之內就賣掉四千本，以致社會上出現了盜版。僅杭州一地，就有不少於六個盜版本的存在。一本《泰西新史攬要》在上海賣兩元，在西安卻能賣上六元。廣學會從各個銷售點所獲得的年利潤超過了來自於英格蘭和蘇格蘭的捐助。《泰西新史攬要》獲得了清廷上層的注意，李提摩太也因此受到重視。一八九四年，時任湖廣總督的張之洞給廣學會損資一千兩；一八九五年，張之洞於二月五日和十七日兩次約見李提摩太，請教有關中日戰爭等問題。李鴻章反覆閱讀過《泰西新史攬要》，並要求他的幕僚們讀這本書。根據李鴻章的建議，李提摩太還會見過光緒皇帝的師傅孫家鼐。孫家鼐對李提摩太說，有兩個月的時間，他每天都在為皇上讀《泰西新史攬要》。

《泰西新史攬要》在西方學界被認為只是一部三流的歷史著作，它之所以在中國取得如此強烈的反響，完全因為李提摩太「取之有道，用之有方」。這部書對於十九世紀西方歷史的研究未必深刻，不過它將近代西方的強大歸結為政治改革的結果，鼓吹變法，並詳細展示了西方社會變革的過程和方法，這正符合甲午戰爭以後中國的社會心理。《泰西新史攬要》一書的出版可謂生逢其時。甲午戰爭意味著晚清洋務運動的失敗，晚清社會正處在不知何從何去的徬徨之中，這本書所提出的政治改革的主張，契合了歷史的要求，因而能夠引起社會的強烈興趣。無怪乎梁啟超讚揚這本書：「述百年以來，歐美各國變法自強之跡，西史中最佳之書也。」[31]

不過，細究起來，李提摩太給中國提供的改革方案與歐洲的經驗並不完全相同。歐洲各國的歷史改革，無非取消專制，建立民主政體。中國的改革，按照李提摩太的建議，卻首先是向西方開放，甚至把中國交給西方。李提摩太最為痛恨的，便是中國對於西方的封閉和抵抗。在《泰西新史攬要》〈譯本序〉的開頭，李提摩太便批判中國的「閉關自守」，為西方列強對於中國的侵略辯護：

> 何圖近代以來良法美意忽焉中改，創為閉關自守之說，絕不願與他國往來，他國不乏修心樂道之人，更動輒加以疑忌，可惜孰甚焉。至西人之通商於中華者，固為利而來也，然以有易無，以羨補不足，中華亦何嘗不利，乃中國偏欲恃其勢，遇理遏抑而壓制之。泰西各國素以愛民為治國之本，不得不藉兵力以定商情，且曰中國不願與他國交，於上天一視同仁之意未有合也，遂屢有棄好尋仇之禍，他國固不得謂悉合也。然閉關開釁之端則在中國，故每有邊警，償銀割地，天實為之，謂之何哉？[32]

西方國家以武力侵犯中國，這種侵犯卻沒有過錯，因為中國人不願意與他國交往，違反了上天一視同仁的原則。李提摩太的帝國主義面目，在此顯露無遺。在回憶錄《親歷晚清四十五年》中，他在解說這一點的時候說：「他們不僅在反對外國人，更是在反對上帝確立的宇宙規則。他們一再遭受的屈辱是上天對他們的懲罰。」[33]反對西方，就是反對上帝確立的宇宙規則，這裏的上帝，自然是西方的上帝，而宇宙的規則，也是由西方人指定的。

接著李提摩太給中國的變革提了三個建議：第一，「知萬國今成一大局，遇事必合而公議，直如各省之服從皇帝……」；第二，「知今日治國之道，泰西各國救世教一也，中國儒教二也，土耳基回教三也。而宰治之最廣者實推救世教……」：第三，「知今日興國之道，有斷不可省者四大端：道德一也，學校二也，安民三也，養民四也」。前兩個建議，一個讓中國歸於世界，一個推廣基督教，都是西方對中國清帝國的「規訓」[34]。第三才是模仿西方，進行中國的內政變革。

一八九五年一月，正值甲午戰爭期間，張之洞召見李提摩太徵求意見。李提摩太向張之洞所提交的對策，更加荒唐。其主要內容是：在一定期限內，讓某一外國政府控制中國的外交權力，並且控制中國的鐵路、礦山、工業等各個部門，讓外國主宰中國的改革，直至期限結束後，外國政府返還中國的利益[35]。這個建議理所當然被張之洞拒絕。據李提摩太回憶：張之洞表示，他不主張把中國變成哪個國家的保護國，當然可以建立互惠互利的盟國關係。張之洞的態度，具有一定代表性。國人對於歐洲歷史所提供的變革思想有興趣，對於西方的控制卻本能地加以拒絕。

在李提摩太看來，中國當然與歐洲不一樣。中國一直封閉自大，現在需要重新認識自己的疆域。世界的中心不再是中國，而是歐洲。在這新的世界秩序中，中國只能是西方的附屬。

從十九世紀初到十九世紀末，清帝國逐步衰落，被西方列強一步步地「去疆域化」，而在隨之而來的「再疆域化」的過程中，從《聖經》到科學，到法政，傳教士的翻譯起到了舉足輕重的作用。

1 Deleuze and Guattari, *Anti-Oedipus, Capitalism and Schizophrenia,* Frist published 1984 by The Athlone Press Ltd, edition 2004, P. 37

2 James L. Hevia, *English Lessons, The Pedagogy of Imperialism in Nineteenth-Century China,* Duke University Press, 2003.

3 Edward W. Said, *Culture and Imperialism,* Published by Vintage 1994. P. xiii.

4 艾莉莎・馬禮遜，《馬禮遜回憶錄》第一卷（北京外國語大學中國海外漢學研究中心翻譯組，大象出版社，二〇〇八年九月），頁一七八。

5 同前註，頁一三六、一三一、二二七。

6 同註四，頁八七。

7 同註四，頁八二、八九。

8 同註四，頁一〇九、一五〇。

9 同註四，頁一〇六。

10 熊月之，《西學東漸與晚清社會》（上海人民出版社，一九九四年八月），頁七。

11 同註四，頁一五七。

12 同註四，頁一六五。

13 米憐（Willam Milne），《新教在華傳教前十年回顧》（大象出版社，二〇〇八年五月），頁四一。

14 同註四，頁一五九。

15 艾莉莎．馬禮遜《馬禮遜回憶錄》第二卷（北京外國語大學中國海外漢學研究中心翻譯組，大象出版社，二〇〇八年九月），頁二。

16 同前註，頁四。

17 同註十五，頁五六。

18 《東西洋考每月統計傳》，《前言》（中華書局，一九九七年六月），頁一二。

19 同前註，頁六。

20 參見周振鶴，《〈六合叢談〉的編纂及辭彙》，選自沈國威編著，《六合叢談・附解題・索引》（上海辭書出版社，二〇〇六年十二月），頁一三九—一七八。

21 丁韙良，《花甲記憶》（廣西師範大學出版社，二〇〇四年五月），頁一九九—二〇〇。

22 同前註，頁一六〇。

23 《籌辦夷務始末》（同治期），第二十七卷，頁二五—二六。

24 王韜，《弢園文錄外編》卷五（中華書局，一九五九年），頁三六。

25 《唐才常集》（中華書局，一九八〇年），頁四四－四五。

26 參見劉禾，《帝國的話語政治》（三聯書店，二〇〇九年八月），頁一六五－一六六。

27 何勤華點校，《萬國公法》，北京崇實館一八六四年刻印本（中國政法大學出版社，二〇〇五年五月）。

28 同註二十六，頁一五八。

29 （英）麥肯齊著，李提摩太、蔡爾康譯，《泰西新史攬要》，《近代文獻叢刊》（上海書店出版社，二〇〇二年一月），頁一－四。

30 同前註，頁四〇六－四〇八。

31 夏曉虹輯，《飲冰室合集・集外文》下冊（北京大學出版社，二〇〇五年一月），頁一一六四。

32 （英）麥肯齊著，李提摩太、蔡爾康譯，《泰西新史攬要・譯本序》。

33 李提摩太，《親歷晚清四十五年——李提摩太在華回憶錄》，國家清史編纂委員會・編譯叢刊（天津人民出版社，二〇〇五年五月），頁二一〇。

34 同註三十二。

35 同註三十三，頁二一七－二一八。

第三章　政治動員

第一節　政治小說

近代中國最早的文學翻譯思潮，是梁啟超倡導的政治小說。外國文學首先是作為一種政治動員的力量，登上中國歷史舞臺的。

論及外國文學在中國的引進翻譯，最早仍然要追溯到外國傳教士。早在明代天啟年間，利瑪竇和龐迪我（Didaeus de Pantoja）就分別在《疇人十篇》和《七克》中介紹並翻譯伊索寓言。一六二五年，法國傳教士金尼閣（Nicholas Trigault）口述、中國傳教士張賡筆記的《況義》面世，這是中國的第一部《伊索寓言》單行譯本。近代以來，仍然是傳教士首先介紹翻譯外國文學作品。一八四〇年，一位英國人羅伯特・湯姆（Robert Thom）和中國的「蒙昧先生」翻譯了一部更為完整的《伊索寓言》，名為《意拾喻言》。一八五三年，美國傳教士賓威廉（William Burns）翻譯了英國作家班揚（Jonh Bunyang）的宗教文學作品《天路歷程》。創刊於一八五七年的《六合叢談》曾發表過由艾約瑟編譯的系列文章「西學說」，介紹了西方古典文學和文化。一八七三年，《瀛寰瑣記》上連載了由英國人利頓（Edward Bulwer Lytton）撰寫的長篇小說《昕夕閒談》，譯者蠡勺居士，論者一般將此書視為中國人翻譯外國長篇小說的開始。不過，《昕夕閒談》只譯了原書的一半，譯者「蠡勺居士」到底是誰尚有不同說法。據韓南推斷，這部小說的中譯可能是申報業主英人美查口述，申報主筆蔣其章筆錄的。

晚清第一部完整的外國長篇小說翻譯，應該說是美國人愛德華・貝拉米（Edward Bellamy）的*Looking Backward*。此書原作出版於一八八八年，一八九一年即被翻譯過來。一八九一年十二月至一八九二年四月，它以「回頭看紀略」為題刊載在三十五至三十九冊的《萬國公報》上，譯者署名析津，據分析是李提摩太。一八九四年，廣學會出版了李提摩太的單行譯本，書名為《百年一覺》。一九〇四年，這部小說以《回頭看》之名連載於《繡像小說》（二十五至三十六）的「政治小說」欄。《百年一覺》（一九六三年商務版譯本譯名為《回顧》）原作於一八八八年出版後風行一時，在美、英各地銷售一百萬冊以上，並且被譯成德、法、俄、意、阿拉伯、保加利亞等國文字。《百年一覺》的轟動，更多地來自於其政治效應。《百年一覺》出版的十九世紀末期，美國處於自由資本主義危機時期，顯露出種種社會問題。小說中為社會問題所困擾的主人公朱利安・韋斯特一覺睡了一百一十三年，醒來已是二〇〇〇年，此時所有的社會矛盾都已經解決。小說解決資本主義社會問題的主要方案，是實現工商國有化，因此它堪稱是一部空想社會主義小說。

這部看起來頗為奇特的小說，對於晚清思想家產生了很大的吸引力。譚嗣同《仁學》有云：「若西書中《百年一覺》者，殆與《禮運》大同之象焉。」[1] 康有為坦認，他的《大同書》直接受到了《百年一覺》的影響：「美國人所著《百年一覺》書，是大同影子。」[2] 梁啟超對於《百年一覺》也很欣賞，《讀西學書法》有云：「廣學會近譯有《百年一覺》，初印於《萬國公報》中，名《回頭看紀略》，亦小說家言。懸揣地球百年以後之情形，中頗有與《禮運》大同之義相合者，可謂奇文矣。」[3]從歷史上看，梁啟超與李提摩太關係曾經相當密切。李提摩太在京期間，梁啟超曾給他做過祕書。那麼政治小說《百年一覺》是否對梁啟超後來倡導政治小說有關呢？大概是有的。不過，《百年一覺》中美國資本主義社會的問題與晚清中國社會相距較遠，它只是激發起晚清思想學遙遠的大同夢想。那個時期，梁啟超等人正熱衷於政治變法，尚未提及文學，因此《百年一覺》並不是梁啟超倡導政治小說的直接動因。

時至十九世紀末期，晚清有識之士才開始逐漸意識到文學在社會啟蒙中的重要作用。一八九七年十月十六日至十一月十八日，《國聞報》連續發表了署名「幾道、別士」（嚴復、夏曾佑）的文章《本館附印說部緣起》。在此文中，嚴復、夏曾佑指出了小說在傳播和教化上具有獨特優勢：三國故事並不傳於《三國志》，而是傳於小說《三國演義》，梁山好漢並非傳於《宋史》，而是傳於小說《水滸》，「夫說部之興，其入人之深，行世之遠，幾幾出於經史上，而天下之人心風俗，遂不免為說部所持」。正是出於小說的巨大影響，《國聞報》附印「說部」：「本館同志，知其若此，且聞歐、美、東瀛，其開化之時，往往得小說之助。是以不憚辛勤，廣為採輯，附紙分送。或譯諸大瀛之外，或扶其孤本之微。文章事實，萬有不同，不能預擬，而本原之地，宗旨所存，則在乎使民開化。」可惜的是，《國聞報》並未實際附印任何「說部」，徒然留下《本館附印說部緣起》這樣一篇重要的文獻。

對於以文學啟蒙大眾的真正重視，時間在戊戌變法之後。戊戌變法的失敗讓梁啟超等人認識到，僅僅依賴於上層，而不啟蒙大眾，變法很難成功。梁啟超流亡到日本後，創立了《清議報》。在《〈清議報〉敘例》中（一八九八年十二月二十三日），梁啟超談到：世界各國之文明進步，無不是國民拋頭顱、灑熱血奮鬥而來，我國國民卻不思進取，未見有為自由、為國政而犧牲者。現譚嗣同等人已經為變法而流血，如同「一聲春雷，破蟄啟戶」，下一步就是動員廣大民眾之跟進，「是以聯合同志，共興《清議報》，為國民之耳目，作維新之喉舌。嗚呼！我支那四萬萬同胞之國民，當共鑑之；我黃色種人欲圖二十世紀亞洲自治之業者，當共贊之。」梁啟超創辦《清議報》的目的，即在於喚醒國民，共赴中國之變法。

喚醒國民的重要方法，即在於文學啟蒙，具體做法就是翻譯外國政治小說。梁啟超翻譯政治小說的具體緣起，來自於他在赴日本途中一次偶然閱讀。據載，戊戌政變後，梁啟超在日本公使館的安排下，登上塘沽口外的日本軍艦。倉皇出逃的梁啟超「一身之外無文物」，在軍艦上很無聊，日艦艦長隨手扔給他一本日本政治小說《佳人奇遇》，供他消遣。梁啟超看到這本書後，大感興趣，覺得這是一部可以激勵中國大眾的佳作。他不憚於自己的日語之差，隨閱隨譯。後來，《佳人奇遇》譯文刊登於《清議報》創刊號上（一至三十五冊）。梁啟超還同時發表了一篇倡導政治小說的《譯印政治小說序》，闡述其翻譯政治小說的宗旨。梁啟超在這篇《譯印政治小說序》中，強調各國政治改革與小說啟蒙的直接關係：「在昔歐洲各國變革之始，其魁儒碩學，仁人志士，往往以其身之所經歷，及胸中所懷，政治之議論，一寄於小說。於是彼中輟學之子，黌塾之暇，手之口之，下而兵丁，而市儈、而農氓、而工匠、而車夫馬卒、而婦女、而童孺，靡不手之口之。往往每書出，而全國之議論為之一變。彼美、英、德、法、奧、義、日本各國政界之日進，則政治小說為功最高焉。英某名儒曰：『小說為國民之魂』，豈不然哉！豈不然哉！」梁啟超的這一說法，與嚴復、夏曾佑所說的「且聞歐、美、東瀛，其開化之時，往往得小說之助」及「使民開化」的思想是一致的。不過，因為明確地強調翻譯外國小說，特別是政治小說，借鑑外國新思想，他對於嚴復、夏曾佑在文中所談到的中國古典小說的影響予以了否定。他以「誨盜誨淫」四個字，輕易否決了以《水滸傳》和《紅樓夢》為代表的中國古典小說，後來「五四」時期陳獨秀、周作人等人對於古典文學的偏激否定原來淵源有自。

早在一八九六年的《變法通議》中，梁啟超就寫過「論譯書」一節。那個時候，梁啟超就呼籲廣譯西學，認為「譯書為強國第一要義」，不過他列舉了兵學、外交、歷史、農學、礦學、政學等等翻譯篇目，卻未提及文學。如此看，梁啟超對於文學啟蒙功能的認識是後來的歷史變化所促成的。無怪乎他在稱讚西方政治小說《百年一覺》的時候，並未想起來要去模仿和提倡。

《清議報》譯印政治小說，開始就是為了刊登《佳人奇遇》這篇翻譯小說，而梁啟超的《譯印政治小說序》即是以《佳人奇遇》為對象有感而發的，後來他的確直接將《譯印政治小說序》移作了《佳人奇遇》的序。《佳人奇遇》究竟是一部怎樣的小說？何以能吸引梁啟超呢？分析《佳人奇遇》，大概能夠明瞭晚清「政治小說」翻譯的思想內涵。

柴四郎的《佳人奇遇》初版於一八八五年，最後兩卷直到一八九七年才出齊。此書面世後，在日本大受歡迎，以致當時有「《佳人奇遇》一出，洛陽紙價為貴」的說法。日本作家井伏鱒二、島崎藤村、德富蘆花等都曾回憶《佳人奇遇》在社會上受到歡迎的情形。不過，這部小說並不以藝術性馳名，相反，它的藝術上的粗糙在日本受到了很多批評，它的影響來自於其「政治性」。

小說以日本青年東海散士的遊歷及其與幽蘭、紅蓮女士的愛情際遇為線索，串起了不同國家和地區的反抗壓迫、爭取解放的故事。小說一開始，東海散士遊歷於美國費城的獨立閣，偶遇歐洲「二妃」，並聽見她們對於美國人從英國暴政下取得獨立戰爭勝利的長篇大論。次日，東海散士扁舟湖上，再次巧遇在湖邊結廬而住的二位女士。這兩位女士，年幼的叫幽蘭，是西班牙人，年長的叫紅蓮，乃愛爾蘭人，她們都是因為國內反抗鬥爭而流亡國外的。小說借助於兩位女士之口，對於西班牙和愛爾蘭反抗外族侵略的歷史進行了詳細的介紹，而這不免又要引出東海散士「亡國的遺臣」的經歷。小說的前幾章，就在這長篇大論的歷史介紹中過去了。接下來，東海散士又去拜謁了費城的芙公祠堂，由此引出了波蘭的革命史。又一日，東海散士在報紙上看到「埃及元帥刺飛侯檄於四方」的消息，引出了埃及抗擊英國殖民侵略的歷史。

後來又出現了一位來自於匈牙利的骨數斗夫人，由她帶出了匈牙利人民抗擊普魯士侵略的歷史。如此這般，小說枝節橫生，被不同民族的反抗暴政的歷史所淹沒。東海散士與幽蘭、紅蓮的愛情本來是一條吸引人的線索，不過有始無終。小說的重點不在愛情，而在於政治反抗。對於戊戌變法之後內憂外患的中國人來說，這些政治反抗的故事無疑具有吸引力，容易激發起國人的愛國鬥志。後來在出版《清議報全編》時，梁啟超曾談及這一點：「本編附有政治小說兩大部，以稗官之才，寫愛國之思。二書皆為日本文界中獨步之作，吾中國向所未有也，令人一讀，不忍釋手，而希賢愛國之念自油然而生。為他書所莫能及者三。」[4]

毫無疑問，《佳人奇遇》對於梁啟超的吸引力，就在於這種政治反抗和愛國主義。不過，在我看來，能夠讓梁啟超「每移我情」的，除此之外可能還有更深一層的東西，那就是小說在政治上的「立憲」主張。在《佳人奇遇》中，我們可以明確地感覺到作者在政治上是主張立憲思想的。小說的一開始，在由幽蘭引出的西班牙戰事中，正面主人公幽蘭的老父即是一位反對共和、主張立憲的將軍。這位老人認為：以共和而建民政者，成功者惟美國，其原因在於美國人民「本生長於自由自在之俗，沐浴於明教禮義之邦，捨私心，執公議，而泥虛理而務實業」。而美國之鄰國墨西哥則因為民情不同，「朋黨相忌，首領相仇」，所建共和之國大為失敗，五十三年來更換統領五十三人，平均一年一帝。墨西哥乃西班牙後裔，風教人情，無不相同，因此西班牙只能立憲，不能共和。幽蘭老父接著又說到了法國大革命，在法國大革命勝利後，「其時將軍羅柄斗氏，被以紫袍，將欲立為民政之首領」，將軍卻推辭不就，主張法國宜於立憲，而不適合共和。他說：「我國之氣象風教，奈何不適於自治之用，故宜迎賢主，以倡立君公議之明政，是我法國之妙策也，抑亦國民之幸福也？」在其他地方，也很容易感受到小說主張立憲、反對共和的傾向。小說在描繪波蘭戰事時即提到，「波蘭人新創起憲法，廢共和之政，設立憲公議之制，選皇子而奉戴之」。惟俄國反對，芙公在參加了美國獨立戰爭後，又回國率軍抗擊俄敵。另外，東海散士與幽蘭、紅蓮談話間，紅蓮高歌《終命之詩》。這些詩出自俄國大學生，他們「奉書於俄帝，促立憲公議之政」，結果被囚，臨刑之前以血寫下這些詩，紅蓮等人即以此詩彼此激勵鬥爭之志。戊戌變法之後，梁啟超思想憤激，《佳人奇遇》中所描述的歷史上的愛國革命自然讓他神往。不過，革命的結果，梁啟超終究鍾情於立憲。他覺得，如果中國像小說中其他國家一樣不屈不撓地奮鬥，憲政終於會實現。

一九〇一年十一月，《清議報》出版一百期，報館特意舉行了百期紀念活動，梁啟超專門寫了一篇《〈清議報〉一百冊祝辭並論報館之責任及本館之經歷》。在概括《清議報》時，他特意提到了報上所刊載的兩篇政治小說：「有政治小說《佳人奇遇》、《經國美談》等，以稗官之才，寫政界大勢，美人芳草，別有會心，鐵血舌壇，幾多健者，一讀擊節，每移我情，千金國門，誰無同好。」[5]可惜，不久報館著火，《清議報》被迫停刊。

次年，即一九〇二年四月，梁啟超創立《新民叢報》。從創刊號起，梁啟超連續刊登了《新民說》。前面我們談到，在《〈清議報〉敘例》中，梁啟超曾反省中國變法失敗的原因在於國民之落後，需要喚醒民眾。《新民說》即是沿著這一思路而來的。梁啟超強調國民覺悟對於一個國家的重要性：「國也者，積民而成。國之有民，猶身之有四肢、五臟、筋脈、血輪也。」文章具體分析了中國國民需要改進的問題，如缺乏公德和群體觀念，沒有國家思想，沒有進取冒險精神等等。這種國民素質決定了中國的衰落，因此，國家之富強，「新民為今日中國第一急務」。

至於「新民」的方法，梁啟超仍然首推小說。一九〇二年十一月，梁啟超創辦《新小說》，並發表大作《論小說與群治之關係》，掀起了「小說界革命」的狂瀾。在我看來，《論小說與群治之關係》其實只是《譯印政治小說序》的進一步延伸。《論小說與群治之關係》對於小說何以有不可思議之支配力的論述，顯然由《譯印政治小說序》中所說的「凡人之情，莫不憚莊嚴而喜諧謔」而來，不過作者進行了更為深入的闡釋發揮，譬如提出了小說支配力的四種具體方式「熏」、「浸」、「刺」、「提」等。《論小說與群治之關係》對於國民思想與中國古典小說關係的論述，也與《譯印政治小說序》中對於中國古典小說「誨盜誨淫」的概括相一致，只不過分析更為詳細，將其思想影響具體區分為「狀元宰相」、「佳人才子」、「江湖盜賊」、「妖巫狐鬼」等。當然，較之《譯印政治小說序》，《論小說與群治之關係》將小說地位抬得更高，論述力度也更大。文中開頭便說：「欲新一國之民，不可不先新一國之小說。故欲新道德，必新小說；欲新宗教，必新小說；欲新政治，必新小說；欲新風俗，必新小說；欲新學藝，必新小說；乃至欲新人心，欲新人格，必新小說。」文章的結尾說：「故今日欲改良群治，必自小說界革命始；欲新民，必自新小說始。」斬釘截鐵，不容商議！《論小說與群治之關係》論述的範圍也更廣，不限於政治小說，也不限於翻譯小說，是故《新小說》雜誌所刊登的既有「論說」，又有翻譯與創作，既有「政治小說」、「歷史小說」，也有「偵探小說」、「科學小說」等。

不過，梁啟超最熱衷的仍然是政治小說。在《新小說》中，梁啟超最為看重的是他的政治小說《新中國未來記》。梁啟超談到，這部小說他已經醞釀五年，始終無暇寫作，不過他堅信這部小說對於中國前途大有裨益，因此不如「限以報章，用自鞭策」。他甚至說：《新小說》之創辦，就是為刊登《新中國未來記》這部小說，「《新小說》之出，其發願專為此編也」，可見這部小說的重要性。對於這部小說的考察，應該有利於明瞭《新小說》的政治傾向。

《新中國未來記》是很有名的小說，內容無須多說。小說採用了未來倒述的方式，假設六十年後，在中國慶祝維新五十年大典上，全國教育會會長文學大博士孔老先生回顧維新成功的過程，表彰仁人志士「為國忘身，百折不回，卒成大業」的功績。本文最感興趣的，是其政治路徑。從小說中我們得知，「新中國」之成功，原因很多，但貢獻最大的是六十年前成立的「立憲期成同盟黨」。小說提到，六十年前（事實上就是小說寫作的當時），黨派林立，有強學會、保國會、志普會、保皇會、哥老會、三合會、大刀會、革命黨等等，其中保皇會「興於海外，響應者百餘埠，聲勢最大」。不過，這「立憲期成同盟黨」卻能夠將各黨派中人網羅起來，同心協力，終成大業。無疑，立憲仍然是梁啟超矢志不移的宣傳方向，小說中的黃克強和李去病分別代表立憲和革命兩種傾向，他們來回駁難，佔據了小說的大量篇幅，當然最後主張改良的黃克強勝出。

《新中國未來記》中對於立憲與革命的討論，與梁啟超在《佳人奇遇》中的思想一脈相承。《新中國未來記》對於法國大革命「互相殘殺，屍橫遍野，血流成渠，把全個法國，都變做恐怖時代」的批評，與《佳人奇遇》對於法國大革命的觀點是一致的。而《佳人奇遇》中對於西班牙不適用於美國的共和制的評論，則在《新中國未來記》中移到了中國的頭上。小說中，李去病在提到美國民主的時候，黃克強反駁說：「你講美國，這和我中國的問題更遠得很了。美國本是條頓人，向來自治性質是最發達的。他們的祖宗，本是最愛自由的清教徒，因受不得本國壓制，故此移植新地。到了美洲以後，又是各州還各州，自己有議事堂、市公會等，那政治上的事情，本來是操練慣的。所以他們一旦脫了英國的羈絆，便像順風張帆一般，立刻造起個新國來。你想現在我們的中國，是和他比得麼？中國人向來無自治制度，無政治思想，全國總是亂糟糟的，毫無一點兒條理秩序，這種人格，你想是可以給他完全的民權嗎？」意思是說，中國的國情和美國不同，不能共和而只能立憲。

《新中國未來記》對於民族主義革命，多有批駁。在談到排滿的時候，黃克強即不同意：「講到現在的朝廷，雖然三百年前和我們不同國，到了今日，也差不多變成了雙生的桃兒，分擘不開了。至於他那待漢人的方法比之胡元時代，總算公允了許多。」「但使能夠有國會有正常有民權，和那英國日本一個樣兒，那時這把交椅，誰人坐它不是一樣呢？若說嫌它不是同一民族，你想四萬萬民族裏頭，卻又哪一個有這種資格呢？」以革命的手段推翻滿族皇帝，這是梁啟超所不同意的，為此他不惜為滿族辯護：一是滿族對於漢人並不壞，二是三百年以來滿漢已經融合，三是如果實行了憲政，誰當皇帝不一樣嗎？《新中國未來記》反對革命還有另一個理由，即革命容易遭致社會混亂，導致外國干涉。文中認為，革命不是一蹴而就的，「擾亂一起，政治不能平定，轉請各國代剿，或者外國不等政府照會，便逕行代剿起來，這都意中事哩。到那時候，這瓜分便認真實行了。卻不是救國志士，倒變成亡國罪魁了麼？」「況且不單如此，就是各省紛紛並起，那各省人的感情的利益，總是不能一致的，少不免自己爭競起來，這越發鷸蚌相持，漁人獲利，外國乘勢誘脅，那瓜分政策更是行所無事。英國來印度，不就是用了這相法兒嗎？」

有關於《新中國未來記》的淵源，常常被提及的兩部日本政治小說是矢野龍溪的《經國美談》和末廣鐵腸的《雪中梅》。矢野龍溪屬於日本改進黨，他寫作《經國美談》的目的即在於反映改進黨漸進主義與激進主義的抗爭。改進黨反對革命破壞的手段，主張改良政治，這自然很符合梁啟超的胃口。梁啟超在《清議報》上一共只刊登了兩部翻譯的政治小說，一部是《佳人奇遇》，另一部即是由周宏業翻譯的《經國美談》。末廣鐵腸的《雪中梅》開始便設想日本已經到達二〇四〇年，日本全國慶祝立憲一百五十周年，然而由此回顧憲政歷程，這與《新中國未來記》的開頭十分相似。《雪中梅》也是梁啟超喜歡的作品，它後於一九〇三年由熊垓翻譯出版。

梁啟超「政治小說」的立憲傾向，在《新小說》翻譯的另一部「政治小說」《回天綺談》中也得到了明顯體現。《新小說》「政治小說」欄一共只刊登過兩部作品：一至三號連載了梁啟超的《新中國未來記》，四至六號刊登了玉瑟齋主人的《回天綺談》。至《新小說》第七號，《新中國未來記》又回來了，不過僅此一期，後來「政治小說」欄就消失了。玉瑟齋主人譯述的《回天綺談》，寫的是英國十三世紀爭取憲政的歷程。小說見證了世界上第一個立憲國家的艱難歷史，並頗多對於憲政的辯護說明。在小說的最後，改革黨人匯聚倫敦城，革命一觸即發。「那年輕氣盛的人，心醉盧騷民約的議論，又見各國革命革得這樣爽快，忘了本國數千年的歷史，又不暇計及國民知識的程度、各國的窺伺的危險，非說今日自當革命，就說今日不可不革命。」改革黨首領賓勃魯侯卻認為：革命就是造反，不能輕易言革命，不如我們率領幾千同志面謁約翰陛下，陳述人民慘狀、國家恥辱，請求他驅逐奸臣，錄用新黨，這樣的話，「一則不致苦毒生靈，一則不怕外國干涉」。最後，面謁果然奏效，約翰皇帝同意放權，立憲成功。《回天綺談》對於英國憲政的歷史敘述，與《新中國未來記》中對於憲政一廂情願式的想像完全一致。

從《清議報》到《新小說》，梁啟超以其翻譯和創作，掀起了晚清「政治小說」的熱潮。「政治小說」中的「政治」，泛泛而言指的是反抗政治鬥爭和愛國主義，正如梁啟超介紹《新小說》時所云：「本報宗旨，專在借小說家言，以發起國民政治思想，激勵其愛國精神。」[6] 狹義而言，是指「立憲」。理解了這一點，我們就會明白「政治小說」何以會發生？又何以會退潮？

一八九四年，興中會成立，孫中山開始醞釀反清革命思想，這大致與康梁「公車上書」時間相當。不過，那時候孫中山的革命思想尚沒有什麼影響。一八九八年戊戌變法及一九〇〇年自立軍起義失敗後，國人開始覺得改良的道路行不通，革命派的影響由此擴大。整體來說，十九世紀末和二十世紀初，康、梁立憲改良的思想仍然十分強大，梁啟超主辦的《清議報》、《新民叢報》主導著社會變革的輿論。

轉捩點大致發生在一九〇三年，標誌性事件是「拒俄義勇軍事件」和「蘇報案」。這一年，侵佔中國東北的沙俄軍隊拒絕按協議撤兵，激起全國範圍內的拒俄運動。中國留日學生組織「拒俄義勇軍」，要求出兵抗俄，不料遭到清政府的鎮壓，此謂「拒俄義勇軍事件」。同一年，清政府勾結上海租界工部局逮捕在《蘇報》上宣傳革命的章太炎和鄒容，致使鄒容死在獄中，此謂「蘇報案」。這兩個案件，導致了民眾對於清政府的絕望。鼓吹革命的著述開始面世，如鄒容的《革命軍》、陳天華的《猛回頭》、章太炎的《駁康有為論革命書》等著述流行一時。一九〇三年；傾向於革命的報刊也開始多了起來，如《蘇報》、《民國日日報》、《覺民》、《中國白話報》等。一九〇四年，與中會等革命團體出現。一九〇五年同盟會的成立，則意味著統一的革命團體及理論綱領的出現。

從政治小說到虛無黨小說的轉變，即出現於這種歷史背景上。虛無黨小說是二十世紀初重要的翻譯及創作思潮，但文學史卻對它定位模糊，阿英甚至將其與偵探小說相提並論。事實上，虛無黨小說是立憲政治破產、革命興起的產物。如果說政治小說對應於「立憲」，那麼虛無黨小說則對應於「革命」，兩者之間有著內在邏輯關係。

第二節　虛無黨小說

一八九八年的《清議報》和一九〇二年的《新小說》，引領了以立憲改良為政治傾向的「政治小說」。一九〇三年十月，《新小說》在辦了七期之後，由於梁啟超赴美而轉入吳趼人之手。吳趼人對於政治小說並無興趣，從第八期開始，《新小說》轉而以《痛史》、《二十年目睹之怪現狀》等社會小說的長篇連載為主，政治小說消失了。

一九〇三年五月，繼《新小說》之後的第二個小說期刊李伯元主編的《繡像小說》創刊。李伯元也是一個通俗及社會小說家，《繡像小說》以他的《文明小史》等社會小說為主，不過也刊登了一些政治小說。從第一期開始，《繡像小說》將《清議報》翻譯的矢野龍溪的《經國美談》改編成新戲，連續刊載。

從第二十五期開始，《繡像小說》重新刊載了政治小說《回頭看》，此即前面提到的美國小說《百年一覺》，《繡像小說》這次刊載的是白話漢譯。從二十七期開始，《繡像小說》刊登了日本青軒居士的政治小說《珊瑚美人》。這部小說一開頭便提到法國大革命，將其看作歐洲的「大亂」，弄得歐洲「個個搖頭咋舌」，這種反對革命的態度，與梁啟超的政治小說相一致。《新小說》第一期曾刊載過一篇歷史小說《洪水禍》，描寫法國「革命時代空前絕後之慘劇，使人股栗」[7]，不過再無下文。總體來說，在思想傾向上，《繡像小說》與《新小說》有一定的承接關係，並沒有出現什麼革命思想。

晚清以來的第三份小說期刊是一九〇四年九月創刊的《新新小說》，轉折從這裏開始。《新新小說》的主幹是陳景韓（冷血），他曾於一九〇〇年進武昌武備學校，後因參加革命會黨被清政府偵察捉拿。《新新小說》的名字顯然據梁啟超的《新小說》而來，不過覺得《新小說》已經不「新」了，故有「新新」小說。事實的確如此，從政治傾向上看，從《新小說》到《新新小說》，立憲改良變成了排滿革命，而在翻譯和創作方面，來自日本的政治小說被來自俄國的虛無黨小說所代替。

《新新小說》的第一篇小說《中國興亡夢》也是政治小說，不過此中的政治已經與梁啟超《新中國未來記》中的「政治」大大不同。如果說梁啟超還在保皇，希望皇帝讓權，主動立憲，那麼《中國興亡夢》則已經對皇帝絕望，寄希望於民眾武裝起來，推翻滿清政府。這篇小說描寫的，正是拒俄運動。《中國興亡夢》寫一群自發抗擊俄寇的民間「俠勇軍」，他們對於清廷為何賣國求榮有自己獨特的解釋。俠勇軍的統帥談到：盜匪戰於中國，主人卻袖手旁觀，足見政府之昏淫，不過這不足為奇，因為這塊土地原來就不是屬於他們的。滿人霸佔了漢人的土地，「敲骨剝髓」，作為主人的漢人豈能容之，「吾屬既居是土，實受其禍，焉能聽客所為。孺子勉之哉，吾屬但盡吾力，以行吾志。天苦佑漢族，當不令吾屬終沉淪也。」這裏已經將清朝政府視為霸佔中國領土的異族，呼籲居住在這片土地上的漢人趕走包括清廷在內的侵略者。如果說，梁啟超等人還在為法國大革命而恐懼，《新新小說》則已經開始歡呼法國大革命的「濺彼民賊之穢血，以糞我田」。《新新小說》第二期開頭就翻譯刊載了「法蘭西革命歌」的五線譜和譯詞，以此激勵中國青年的奮起。

《中國興亡夢》刊載於《新新小說》第一、二期，其後，《新新小說》開始長篇刊載冷血翻譯的《虛無黨奇話》，直至終期（中有空缺）。《虛無黨奇話》的第一回題為〈政府……地獄〉，刊登於《新新小說》第三期。小說的男主人公（小說中以中國人口吻自稱「不才」）是一個俄羅斯境內的猶太人，生活在彼得堡的一個有名望的家庭裏。「不才」的父親和俄皇不和，被定罪為虛無黨，發配至西伯利亞。他的母親只好領著妹妹到了一個偏僻的鄉村，妹妹要飯的時候被知縣污辱，並被污為虛無黨而受笞刑。男主人公「不才」前去救助，也被抓捕入獄。《虛無黨奇話》第二回題為「西比利亞之雪」，刊於《新新小說》第四期，寫主人公在西伯利亞不堪折磨、逃脫出來的過程。

接下來的《新新小說》第五期，沒有接著刊登《虛無黨奇話》，而是重新刊登了《中國興亡夢》，不過欄目標題已經從「政治小說」改為「理想之俠客談」，編者大概決意要與「政治小說」告別了。至《新新小說》第六期，又出現了《虛無黨奇話》。不過這次刊載的〈（第三）我友伯爵夫人〉，在內容上卻與第三期的〈西比利亞之雪〉接不上。此後《新新小說》第七、八、九期均沒有看到《虛無黨奇話》，而在終刊號第十期，《虛無黨奇話》重新出現，題為〈（第三）伯爵夫人（一）〉。從內容上看，第十期的〈（第三）伯爵夫人（一）〉才是接續第四期的〈西比利亞之雪〉的。〈（第三）伯爵夫人（一）〉寫主人公在逃脫的過程中，受到虛無黨人的搭救，從而加入了虛無黨。至此，小說內容轉到了另一個故事，即作為虛無黨人的主人公如何受命除去出賣了虛無黨人的伯爵夫人，最後小說並沒有終篇。

從敘述上看，《虛無黨奇話》強調了兩個方面的主題：第一，虛無黨是被專制政府逼迫出來的。小說中的主人公一家原是良民，俄皇垂涎其財產，將主人公的父親污陷為虛無黨，後來又將其妹妹及其本人也污為虛無黨。在主人公被真正的虛無黨搭救後，對方告訴他：凡被俄羅斯政府殘害的人都是虛無黨的知己，「不才聽了虛無黨三字，不覺一時神經鼓動，心中又悲又喜。悲的是一時勾起了前事，父親為這三字被放至西比利亞，至今死多活少，香妹又因此三字受罪獄中，不才好好的一個人家都被這三字拆破。想到此處，能勿悲傷？喜的是，不才受了這千辛萬苦，千仇萬恨，今日逃出了虎穴，便聽了有這報仇之處，不才自思此身不死，此仇必報。世上如無這虛無黨，不才也必千回百折經營這樣的死黨，稍扶世界人道，現在忽然無端遇到了他們，既救我身體又償我志願，不才聽了安不喜？」正是在這樣的情況下，主人公義無反顧地加入了虛無黨。虛無黨人就是這樣被政府逼入了絕境，才鋌而走險的。第二，這種專制暴虐的政府必須以暴力推翻。小說中提出了一個問題，「諸君是願為專制國的人民，還是願為自由國的人民？」如果不願意為專制政府下的臣民，那麼就「萬萬不能再不改革了」；而「如欲改革，實萬萬不能不推倒現在的俄羅斯專制暴虐政府了」，而「欲推倒這政府，實萬萬不能再愛惜生命了。」俄國虛無黨人的崇尚暴力，即是由此而生的。

翻譯虛無黨小說，旨歸當然還在中國。一九〇四年這一年，陳景韓不但在《新新小說》上翻譯連載《虛無黨奇話》，還另外翻譯了幾部俄國虛無黨小說，編為小說集《虛無黨》一書，署名冷血，由開明書店刊行。陳景韓在為這部書所寫的《譯虛無黨感言》中，表達了他翻譯虛無黨小說的原因：「我譯虛無黨，我怒，怒俄國政府無道。我譯虛無黨小說，我喜，喜俄國政府雖然無道，人民尚有虛無黨，以抵制政府。」「我欲人民是虛無黨，我人民是虛無黨，何至政府待我人民如今日？」在他看來，俄國政府固然無道，卻有幸產生了虛無黨，中國的專制堪比俄國，民眾卻還沒有革命的覺悟。

《虛無黨》這部小說集包括三部小說：杜衣兒的《白格》、渡邊為藏的《綺羅沙夫人》和田口掬汀的《加須克夫》。小說集以第三篇《加須克夫》為主，篇幅佔據了全書的一半以上。這部小說與《虛無黨奇話》有點相像，也是寫主人公被逼迫成為虛無黨的故事。加留蘇因為反對壞黑壞州州官的苛政，被加以虛無黨之名流放於西伯利亞・加須克夫是哥薩克步兵中隊長，因反對大隊長無故虐殺士兵而被污為虛無黨。加須克夫的妻子愛伴殺了欺辱她的聯隊長，隨丈夫去了西伯利亞。而在西伯利亞，他們果然真正地要加入反抗政府的虛無黨了。陳景韓在小說最後的批註中，表達了自己對於這些虛無黨人的熱愛，又遺憾地說：「我想我國決無愛伴，我想我國決無加須克夫，我想我國決無加留蘇，我想我國決無虛無黨。」[8]這幾句分行書寫、重點強調的句子，表達出譯者對於虛無黨的嚮往以及對於中國現實的憤激和失望。

晚清第四個小說期刊，是一九〇六年十一月創刊的《月月小說》。《月月小說》總撰述為吳趼人，總譯述為周桂笙。吳趼人與周桂笙並非革命派，《月月小說》也不像《新新小說》那樣激進，不過《月月小說》仍然設有「虛無黨小說」的專欄。周桂笙本人從創刊號起就親自翻譯了虛無黨小說《八寶匣》，此後刊物又陸續刊登了陳景韓的虛無黨小說。有趣的是，《月月小說》同時也設有「立憲小說」的專欄，不過，這裏立憲小說的主旨不是提倡立憲，而是諷刺立憲。

一九〇六年，迫於各方壓力，清政府於九月一日（光緒三十二年七月十三日）清廷頒發上諭，宣佈「預備立憲」。這讓梁啟超等立憲派興奮不已，但不久他們就失望了，因為清政府的預備立憲與立憲派的理想相去甚遠。清政府的立憲強調君權的絕對地位（其結果就是後來的「皇族內閣」），而且清政府立憲「預備」時間之長，達九年之久，這些都讓立憲派很不滿意。立憲派發動了多次社會請願活動，都遭到了清政府的彈壓。總撰述吳趼人親自撰寫數篇諷刺立憲的小說，發表在《月月小說》上，如刊登於《月月小說》第一號的《慶祝立憲》、刊登於《月月小說》第二號的《預備立憲》等。比較有趣的，是發表於《月月小說》第五號上的一篇由吳趼人撰寫的滑稽小說《立憲萬歲》。話說天上的玉皇大帝聽說下界實行了立憲，心想是不是天上也要跟著立憲呢？因為不知道立憲是什麼東西，他派諸路神仙去下界調查，調查的結果是：地界此番立憲，不過名目改換而已。天上於是按照下界立憲方式，分設各部，乙太白金星為禮部大臣，以二郎神為陸軍部大臣，以東海龍王為海軍部大臣……，各種神仙一律照舊供職，殿上歡呼「立憲萬歲」，害怕立憲連累飯碗的眾畜生也都鬆了一口氣，一片大喜，同聲高呼萬歲。這是一篇幻想小說，以天上立憲的虛驚一場戲謔人間立憲的荒謬。

我們注意到，吳趼人諷刺的是假立憲，而不是立憲本身，但清廷既已無望，勢必助長革命之說，《月月小說》此時刊載虛無黨小說專欄顯得順理成章。不過，《月月小說》所刊載的虛無黨小說，較之於《新新小說》，政治性稍弱而趣味性更強。

吳趼人、周桂笙講究趣味性，常被目為通俗文人。他們接手《新小說》後，停止了政治小說，重要原因是不喜歡政治小說在藝術上的粗糙。政治小說差不多成為歷史演繹，而且動輒大段對話，闡述政治主張，這些在他們看來都是無趣的。《月月小說．序》指出：「吾感乎飲冰子《小說與群治之關係》之說出，提倡改良小說，不數年而吾國之新著新譯之小說，幾汗萬牛充萬棟，猶復日出不已而未有窮期也。」不過，論者對這些小說卻不敢恭維，「今夫汗萬牛充萬棟之著作，詰曲聱牙，其能體關係群治之意者，吾不敢謂必無，然而怪誕支離之著作，詰曲聱牙之譯本，吾蓋數見不鮮知！凡如是者，他人讀之不知謂之何，以吾觀之，殊未足動吾之感情也。於所謂群治之關係，杳乎其不相涉也。」文章提出，「讀小說者，其專注在尋繹趣味」，沒有趣味性，小說則無從動人。與直白的政治小說相比，虛無黨小說較具故事性，它不但有暗殺、爆炸等神祕故事，還能加上言情、偵探等因素，可以敷衍出更大的空間。

周桂笙是偵探小說翻譯家，《月月小說》第一、二期連載的他所翻譯的虛無黨小說《八寶匣》與陳景韓所翻譯的《虛無黨奇話》、《加須克夫》等虛無黨小說風格不太一樣。如果說，《虛無黨奇話》、《加須克夫》是沉重的苦難／反抗的故事，那麼《八寶匣》則是一部刺激的驚險小說。小說寫俄國虛無黨人冒用澳洲冒險家賴柴洛夫之名，通過俄國駐英國大使向俄皇轉贈在澳洲發現的金剛鑽石。虛無黨人在八寶匣中暗藏機關，企圖謀殺俄皇。沒想到，俄國使館武官生了貪念，將八寶匣私自截走，結果在打開匣子的時候被毒針射死。俄皇就此逃過一劫。小說採用第一人稱限制視角，寫「我」一步步被賴柴洛夫誘騙入圈套的過程，扣人心弦，驚心動魄，直到最後才真相大白。譯者在最後附言中說：「虛無黨何以不生於他國，而為俄專有，則為專制政府之所意圖製造而成，可斷言也。」「觀此專制之君，貪黷之臣，抑亦可廢然返矣。」這裏既有惡有惡報的道德寓意，也有對於專制、貪黷的政治批判。

《八寶匣》之後，《月月小說》所刊載的虛無黨小說全部出自陳景韓一人之手，計有《女偵探》（虛無黨叢談之一）（第十三、十四、十五號），《爆烈彈》（第十六、十八號）、《殺人公司》（第十七號）、《俄國皇帝》（第十九、二十一號），其中後兩篇看起來都沒有結束。陳景韓筆下的虛無黨小說，也並不都如《虛無黨奇話》和《加須克夫》那般沉重。《女偵探》即是一部兼具言情因素的虛無黨小說。小說的主人公接受任務，暗殺一個出賣了虛無黨人的貴婦人。在和這個貴婦人接觸的過程中，主人公居然對她產生了感情，於是躊躇萬端，下不了殺手。《爆烈彈》則是一部兼具偵探因素的虛無黨小說，寫虛無黨人在製造運送炸彈暗殺俄皇的過程中，與俄國偵探鬥智鬥勇的故事。這些較為軟性的故事，大概適合《月月小說》的口味。當然，陳景韓也並非刻意專為《月月小說》改變風格，《新新小說》第六期所刊載的「虛無黨奇話」《（第三）我友伯爵夫人》的故事，即與《女偵探》大同小異，大概是《女偵探》的雛形。《月月小說》上冠之以「虛無黨小說」卻未見虛無黨的《殺人公司》，則是一篇較「硬」的俠義小說。

《女偵探》，《爆烈彈》、《殺人公司》、《俄國皇帝》這幾篇小說都署名「冷」，沒有注明是翻譯，不過它們應該不是創作，而是譯述。這是晚清寫作的風尚，不足為奇。不過，虛無黨的故事的確影響到晚清的小說創作。虛無黨題材的小說最有代表性的有兩部：一是一九〇二年刊載於《新小說》的嶺南羽衣女士所寫的《東歐女豪傑》；二是一九〇五年小說林出版社出版的曾樸所寫的《孽海花》。

前文我們提到，一九〇二年梁啟超主編的《新小說》倡導政治小說，此處又說《新小說》刊載虛無黨題材的小說《東歐女豪傑》，未免讓人覺得有點奇怪。這裏需要補充的是，《東歐女豪傑》是國內最早的虛無黨題材的創作小說；不過，同時需要說明的是，這部小說雖然描寫虛無黨，卻並不屬於本文所說的對應於「革命」的虛無黨小說，反而是主張立憲的政治小說。《孽海花》的寫作晚於《東歐女豪傑》，它對於虛無黨的理解已經大不相同。在此，討論《東歐女豪傑》和《孽海花》對於虛無黨的不同想像和建構，可以確證本文所說的政治小說與虛無黨小說的差別。

嶺南羽衣女士係一筆名，一般認為是康門嫡傳弟子羅普，還有一種說法是張竹君。可以肯定的是，梁啟超在《新小說》創刊號以顯要位置刊登《東歐女豪傑》，其作者應該是康梁弟子，至少是政治傾向相近的人。《東歐女豪傑》正面描寫了以蘇菲亞為代表的俄國虛無黨人反抗專制、追求自由平等的經歷，並通過明卿這個中國女性的視角，將俄國與中國進行了對比，以喚醒國人。小說的主要情節是：蘇菲亞去礦區演講，發動群眾，被俄羅斯警方拘捕，其後寫虛無黨人的營救活動。不過，《東歐女豪傑》並不像後來的虛無黨小說那樣主要表現虛無黨人暗殺、反抗等暴力革命行為。仔細辨析，我們會發現，在涉及暴力革命的話題時，小說中的虛無黨人反倒並不贊成。

文中蘇菲亞在礦區有一段演講，最直接地表達了作者筆下的虛無黨人的政治主張。蘇菲亞問礦工：「你們的糧食還能吃多少天？」礦工回答：「沒幾天。」蘇菲亞問：「你們東家又怎麼樣呢？」回答：「十年八年也吃不完！」蘇菲亞說：「他們的財產是從哪裏來的呢？少數人佔據了大眾的土地，讓我們替他們做牛做馬，這太不公平了！」「我們既已看得這個事情不平了，為什麼還要忍著氣容著它呢？」「我們平民一心一德，這卻什麼事情做不來？」迄今為止的對話，很像我們熟悉的革命小說中的情節，然而後面的結論卻出乎我們的意料。按照革命黨人的邏輯，答案即是以暴力奪回屬於民眾的財富。小說提供了這一種方式，認為合理，卻嫌過於激烈：「有一種性急的人，憋著一肚皮氣，說道：他們貴族既然把我們生來應有的土地偷去了，搶了去，我們就應該把他當著拿賊贓一樣辦法，把他籍沒了，歸還自己才是。只是依我看來，這個辦法雖然有理，卻未免太過激烈了。倒不如我們平民立了一個大公局，定了一個公價，把他們貴族那些土地都買了來，當做我們平民大眾的公有產業，這才千妥萬當的哩。」蘇菲亞這裏所說的「大公局」，指的是政府，也就說仍然需要依靠政治，而不是推翻政府，至於政府如何能夠成為「大公局」，文中則沒提。

另外一個表明了作者筆下虛無黨人政治主張的地方，是蘇菲亞幼年的朋友晏德烈在奧特士沙大學駁斥老師君權神授觀點的長篇大論，這段話大概可以看作對於蘇菲亞觀點的補充。晏德烈認為：隨著民權的蘇醒，君權至上的時代早已過去。十八世紀以來，平等、自由、博愛的思想日益普及，革命風潮湧起。不過，可惜的是，「法國大革命的結局太過讓人害怕」。為不至於太過激烈，理想的結果是民黨和君主各讓一步，「只求和那政府立了幾條各各自治的憲法，就可以上下相安無事，把那國家的生機發達起來」。這裏的答案，也就是立憲。那麼君主同意立憲嗎？這是問題的關鍵，晏德烈談到：「有那些識時務的君相，知道這個趨勢萬無可抗的道理，因就快快准了民間的請求，至若那些不知死活的強橫民賊，一意要和平民作對，那就不免鬧出一場流血的事情，到底是天理難容，眾怒難犯，不過多死幾個世濟其凶的平民公犯。他那從民間偷來的贓物，仍是不能夠像似從前無拘無束的享受。」如果專制君主一意孤行，會激起革命，不過小說作者認為，不必要激起革命，因為立憲是大勢所趨，不但於民有利，於君也有利，只要讓君主明白這一點，立憲應該會實現：「試計這百年內外，地球上大小各國立憲的大事情，豈不有了三百五十一件嗎？這不是天下大勢再不能和那專制惡魔相容的大證據嗎？原來立憲的制度，雖是有益平民，若在利害上算計起來，那政府已經佔了便宜不知多少？這就似天下合兵來攻，京城失守，卻得和聯軍立得對等條約，不致亡國，又不致受城下盟的恥辱一般，我想現在各國做君相的，除非被阿鼻地獄的鬼卒攝了魂去，沒有不喜喜歡歡，樂得用著這個計策，和平民講和的呢。」

上述政治主張，與其說是俄國虛無黨人的看法，不如說是嶺南羽衣女士及梁啟超等立憲黨人的政治想像。一九〇三年底，梁啟超曾在《新民叢報》發表《論俄羅斯虛無黨》一文。文中稱讚虛無黨：「虛無黨之事業，無一不使人駭，使人快，使人歆羨，使人崇拜。」然而他認為虛無黨的理想是無法實現的：「俄羅斯暗殺之事，所以屢試而大效未睹者，因其貴族所處之勢，騎虎難下，而虛無黨所希望，又屬萬難實行耳。」他認為，原因在於虛無黨人對於俄羅斯貴族過於苛刻，他們倡導均富主義，讓貴族沒有退路，只能全力抵抗。「彼貴族若降心相從，則不惟失其正常這勢而已，而又將失其衣食之源泉，其不得不竭全以相抵抗，勢使然也。」而如果能夠與貴族達成妥協，使「其肥甘輕暖、姬妾子孫、田廬僮僕自若也」，則貴族為了避免不測的命運，可能會「奉身而退」，革命遂成功，「虛無黨之敵之地位而非若彼也，則虛無黨奏凱歌之時，蓋已久矣」。[9] 應該說，梁啟超對於虛無黨的政治主張及其與自己改良政治的差別是很清楚的，而《東歐女豪傑》則直接將自己的改良政治主張投射到虛無黨人的身上了。

按照梁啟超的上述講法，立憲政治是易於實行的，因為沒有剝奪君王貴族的利益，沒有造成流血。戊戌變法在中國的失敗，看來並沒有讓他清醒。梁啟超認為失敗的原因主要是因為西太后及其舊臣過於頑固，他仍把希望寄託在皇帝身上，甚至試圖去運動日本政府幫助光緒復位。在《東歐女豪傑》上一段文字中，有談虎客的眉批：「做君主的不肯立憲，予民以權，正是第一等不受抬舉的賤骨頭。」這段批註，也反映出梁啟超本人對於清廷恨鐵不成鋼的憤激之情。

《孽海花》開始由金松岑撰寫，第一回和第二回發表於一九〇三年十月東京出版的《江蘇》上。一九〇四年，金松岑將一、二回，連同自己寫好的三、四回交給曾樸，由曾樸續寫，曾樸邊修改邊撰寫，於一九〇五年正月出版前二十回。如上所說，《東歐女豪傑》面世的一九〇二年是改良主義盛行的時代，一九〇三政治氣氛開始轉折，一九〇四則已經是《月月小說》刊載虛無黨小說、倡導任俠革命的時候。《孽海花》的寫作，正趕上革命的時代。

《孽海花》的初作者金松岑，本身就是一個革命者。《孽海花》第一回和第二回所發表的刊物《江蘇》，正是革命黨的刊物。此刊在發表《孽海花》之前的一九〇二年七月第四期上，曾發表過署名「轅孫」的《露西亞虛無黨》一文。該文大力謳歌了虛無黨的破壞主義：「凡一國國民，當晦盲否塞沉酣不醒之時，不挾猛烈之勢行破壞之手段，以演出一段掀天撼地之活劇，則國民難得而蘇。此變革腐敗之政體，喚醒全國之民氣，所以重破壞主義也。」作者將俄羅斯與中國做了比較：同處於專制統治下，俄羅斯君主與國民同屬斯拉夫民族，其國民尚「不忍受、不甘受專制之荼毒，乃甘擲十百千萬之頭顱以購求自由，無壯無少無男無女，皆敢懷炸彈、袖匕首，劫萬乘之尊於五步之內，以演出一段悲壯之歷史，其功效所及將造成他日共和之新露國。」中國處於異族的專制統治之下，「維揚十日，嘉定三屠，清夜自思猶不寒而慄焉」，國民卻「受其敲扑而不知痛，受其壓制而不知苦」。文章激昂地鞭策國人「觀於露西亞虛無黨我同胞亦可以知所奮矣！嗚呼，述英雄之偉業，藉文字為鞭策之資；傷祖國之淪亡，發大聲以醒同胞之夢」。一九〇四年，金松岑還親自翻譯出版了介紹近世無政府主義著作《自由血》（上海鏡今書局），書中所提到的蘇菲亞、海富孟等虛無黨人的名字後來都出現在小說《孽海花》中。《自由血》一書後面還附有《孽海花》出版廣告，介紹小說《孽海花》中將出現俄國虛無黨等歷史事件。《孽海花》在有關虛無黨的情節上，明顯受到了《自由血》等相關文章的影響。

《孽海花》對於俄國虛無黨政治主張的介紹，與《東歐豪傑傳》已有明顯差異。小說第九、十回，雯青在出洋的船上初次遇見虛無黨人夏雅麗，不明白她屬於什麼黨，便向俄國大博士畢葉士克請教，小說藉由畢葉士克的口對虛無黨做了長篇大論的介紹：首先是目標，即無政府的絕對平等：「講起這會，話長哩。這會發源於法蘭西人聖西門，乃是平等主義的極端……無國家思想，無人種思想，無家族思想，無宗教思想；廢幣制，禁遺產，沖決種種網羅，打破種種桎梏；皇帝是仇敵，政府是盜賊。」這種無政府思想，正是為梁啟超所堅決反對的。他在《論俄羅斯虛無黨》一文中曾對此予以反駁：「虛無黨之手段，吾所欽佩；若其主義，則吾所不敢贊同也。」「誠以無政府者，不徒非人道，抑亦非天性也。若其共產均富之主義，則久已為生計學者所駁倒，盡人而知其非，更無待喋喋焉矣。」[10] 其次是手段，即暴力革命，畢葉士克介紹說：「現在的政府，他一概要推翻；現在的法律，他一概要破壞。擲可驚可怖之代價，要購一完全平等的新世界。」小說最高潮的地方，就是對於夏雅麗「左手持炸彈，右手揕帝胸」刺殺俄皇場面的描寫。夏雅麗犧牲後，一九〇一年三月二十二日，她的男友阻擊文部大臣波別士，為夏雅麗報了仇。一九〇四年五月十一日，魯翠再次爆裂皇帝。時間居然已經到了寫作的當下，顯然在喻意晚清中國革命黨人。俄國虛無黨人革命形象活躍於晚清文壇的時候，正是中國革命黨人在行動的時候。一九〇四年上海暗殺團成立，是為光復會的前身，蔡元培、陳獨秀、章士釗、劉師培等都是其成員。一九〇五年九月二十四日，清政府出洋考察的五大臣在北京車站被吳樾所炸。吳樾在遺書稱，中國革命進入了「暗殺時代」。這種暴力革命，自然為梁啟超等改良主義者所反對。一九〇三年以後，改良派與革命派展開了大辯論，辯論的主要問題之一便是是否應該以暴力手段推翻清政府，辯論的結果是：革命派越來越為社會認同，梁啟超的改良派逐漸受到冷落。

政治小說之於立憲，虛無黨小說之於革命，體現出歷史與文本互動關係。正是由於立憲的需要，政治小說被翻譯過來，它與創作小說一起建構了立憲政治的文化秩序；而在革命派出現的時候，政治小說淡出歷史的視野，俄國虛無黨人流行於世。虛無黨小說的流行，既顯示出晚清革命的需要，又反過來激勵了革命本身。

1 《譚嗣同全集》下冊（中華書局，一九八一年），頁三六七。
2 吳熙釗點校，《康南海先生口說》（中山大學出版社，一九八五年），頁三一。
3 夏曉虹輯，《飲冰室合集・集外文》下冊（北京大學出版社，二〇〇五年一月），頁一一六九。
4 梁啟超，《本編之十大特色》，《清議報全編・卷首》（一九〇二年）。
5 梁啟超，《〈清議報〉一百冊祝辭並論報館之責任及本館之經歷》，《清議報》第一〇〇冊。
6 梁啟超，《中國唯一之文學報〈新小說〉》，《新民叢報》第十四號，一九〇二年八月十八日。
7 同前註。
8 冷血，《虛無黨》（開明書店，一九〇四年），頁一三一。
9 《新民叢報》第四十、四十一期合本，一九〇三年十一月。
10 同前註。

第四章　文化協商

第一節　《茶花女》與言情小說

一

林譯《巴黎茶花女遺事》初版於一八九九年，翻譯的時間卻在此前。林紓翻譯《巴黎茶花女遺事》的時間，有阿英、楊蔭深和錢鍾書三種說法[1]，不過綜合起來大體在一八九七至一八九八年之間。梁啟超在《清議報》上發表《譯印政治小說序》和翻譯《佳人奇遇》，時在一八九八年底。由此看，林紓翻譯《茶花女》並沒有受到梁啟超的影響。據記載，林紓翻譯《茶花女》，事出偶然。一八九七年夏，林紓新喪偶，心情底落。他接受了他的朋友王壽昌的建議，翻譯小仲馬的小說《茶花女》，聊以寄情。《巴黎茶花女遺事》面世後，不脛而走，風行海內，一時洛陽紙貴，這是大大出乎林紓意料之外的。一九〇一年，在

《〈譯林〉敘》中，林紓談到自己為「開民智」而欲譯拿破崙和俾斯麥的時候，時間在梁啟超提倡政治小說之後，難免有事後追述的味道。不過即在這篇文章中，他仍然承認《茶花女》的翻譯是一個意外：「余老矣，不圖十餘年莫況之志，今竟得之於此。」[2] 這就是說，林紓翻譯《茶花女》，是一個偶然的事件，是中西文化的不期而遇。

在當時，林紓算得上是一個開明人士。與那一時期先進的中國人一樣，林紓目睹神州陸沉，要求變法維新。《〈譯林〉敘》云：「亞之不足抗歐，正以歐人日勤於學，亞則昏昏沉沉，轉以歐之所學為淫奇而不之許，又漫與之角自以為可勝。此不習水而鬥游者爾。吾謂欲開民智，必立學堂，學堂功緩，不如立會演說，演說又不易舉，終之唯有譯書。」[3] 在林紓看來，近代中國落後的重要原因之一，正在於排斥西學，他翻譯外國小說就是為了引進西學。在《英孝子火山報仇錄・序》（一九〇五）中，林紓批評執政者排斥西學的態度：「若秉政者斥西學，西學又烏能昌！」認為「西學可以學矣！」[4]

然而，林紓所說的「西學」，程度又很有限。從根本上說，林紓是一個深受儒家思想薰陶的文人。《畏廬文集・序》第一句話就是：「畏廬，忠孝之人也。」從《畏廬文集》、《畏廬續集》、《畏廬三集》中，我們能看到大量的「孝子」、「貞女」、「烈婦」傳，可見其傳統思想之濃烈。在思想文化上，林紓學嗜宋學，文尊古文。他曾於七十歲的時候寫下《答徐敏書》（一九二一），自敘自己的思想歷程：「僕四十五以內，匪書不觀。已而八年讀《漢書》，八年讀《史記》，……至於韓柳歐三氏之文，楮葉汗漬近四十年矣。此外則《詩》、《禮》二經，及程朱二氏之學，篤嗜如飫粱肉，他書一無可嗜。」[5]

論者往往引用《橡樹仙影・序》（一九〇六）中的下面一段話，說明林紓對於宋儒的諷刺：「宋儒嗜兩廡之冷肉，凝拘攣曲局其身，盡日作禮容，雖心中私念美女顏色，亦不敢少動，則兩廡冷肉蕩漾於其前也。」[6] 卻沒有注意到林紓在《答徐敏書》一文所說的自己對於程朱理學「篤嗜如飫粱肉」的話。事實上，林紓本人之於「美女顏色」，正是以宋儒為榜樣的：克制自己，以盡禮道。林紓為自己所寫的自傳《冷紅生傳》，不足千字，卻寫了好幾個自己力拒豔情的故事。一是年少時代，「嘗力拒奔女，嚴關自捍，嗣相見，奔者恆恨之」；二是悼亡之後，有「豔名震一時」的名妓，「必欲從余」，林紓「不與相見，同輩恆以為忍」[7]。言語之中，林紓不無得意於自己的道德高尚。小仲馬的小說《茶花女》恰恰寫的正是一個巴黎名妓的愛情故事，林紓如何看待這其中的「禮」與「情」的關係呢？這很讓人好奇。

在對待女性的態度上，林紓的思想並不保守。在一八九七年出版的《閩中新樂府》中，林紓就提出了「興女學」的思想。在一九〇六年《紅樵畫槳錄・序》中，他呼籲：「嗚呼！婚姻自由，仁政也。苟從之，女子終身無菀枯之嘆矣。」這在當時已經算是積極的思想。不過，林紓同時又強調，必須「律之以禮」，「愛而弗亂」[8]。傳統的制約仍然強大。這就使得林紓一方面能夠接受《茶花女》這樣一個法國愛情故事，另一方面又會從中國文化傳統出發接受和改造這個故事。被改寫的《茶花女》，就是在這樣一種情形下出現的。

在林譯《茶花女》中，存在著大量的刪節和改寫，法國故事的中國化改造，正在經由這種翻譯的過程而實現的。讓我們通過譯文的對比分析，討論這種翻譯的文化置換。

小說第十章，馬克對亞猛談到她過去的情人，亞猛憤而要離去。馬克對他說：

英譯：

I'd never met you before today and I don't have to justify my actions to you...[9]

意思是：

我今天才遇見你，沒必要對你辯護我的行為。

林譯為：

君今日方邂逅我，我何能於未識君前為君守貞？[10]

林紓的翻譯，沒有太大的問題，不過將「辯護我的行為」譯為「為君守貞」，卻將馬克的行為具體化了，說明了林紓對於馬克行為的理解，這種理解來自於中國傳統對於女性德性的要求。

接下來，有一段亞猛和馬克親熱場面的描寫：

英譯：

Imperceptibly, I had drawn closer to Marguerite, I had put my arms around her waist and could feel her supple body pressing lightly against my clasped hands.

"If you only knew how much I love you!" I whispered.

"Do you really mean it?"

"I swear it."

"Well, if you promise to do everything I say without arguing, without finding fault or asking questions, I will love you, perhaps."[11]

意思是：

不知不覺地，我挨近了馬克，摟住了她的腰肢，感覺她柔軟的腰肢緊貼在我的手臂上。

「你知道我多麼愛你！」

「真的嗎？」

「我發誓。」

「好吧，如果你答應什麼都聽我的，不埋怨，不挑剔，不盤問，我可能會愛你。」

出人意料的是，在林譯中，第一段亞猛擁抱馬克的一段完全被刪除了。通篇來看，這種做法在小說中並不少見。大致上男女親熱的場面，都被譯者刪除了。看來，林紓不太能接受這些「非禮」的行為。「你知道我多麼愛你」一句，被林紓譯為：「我之心為君死矣。」這句譯文稍稍有點脫離原意，不過參考其他地方的譯文，我們會發現，問題並不在於林紓此處的翻譯是否準確，而是他迴避「愛」這樣的字眼。「愛情」在中國文化中，大概是陌生的字眼。關於這一點，我們可以看一下小說的第十七章。這是小說情節的轉折所在，其時馬克正式與公爵斷絕關係，一心一意愛亞猛，文中頗多亞猛和馬克的愛情表白。凡碰到「我愛你」之類的句子，林紓都左支右絀，用各種譯法對付過去。高潮的時候，亞猛對馬克說：「我們相親相愛，其他與我們有什麼關係？」馬克回答：「噢，我愛你，我的亞猛。」她用雙臂摟住亞猛的脖子輕聲說：「我愛你，我從不相信我能夠如此地愛上一個人。」如此密集的熱烈表達愛情的句子及動作，大概太讓林紓為難了，他乾脆將這些句子全部刪除了。

對於西洋人的熱烈愛情，林紓顯然還不太能接受，那麼他所強調的是什麼呢？我們看一下林紓怎樣翻譯上述亞猛與馬克對話的最後一句：「好吧，如果你答應什麼都聽我的，無怨言，不挑剌，不盤問，我可能會愛你。」林紓的譯文是：「君異日見我，勿問他事，則我可以長侍君矣。」將「我愛你」譯為「長侍君」，這裏強調的不是心理上的愛情，而是行為上的忠貞，表現了中國古代的夫權思想。

第十八章末，配唐建議，馬克一方面接受公爵的資助，另一方面與亞猛偷情，亞猛當即拒絕。他說：

英譯：

Not only did love and self-respect make it impossible for me to act along these lines, but I was further convinced that, having got to the stage she had now reached, Marguerite would rather die than accept such an arrangement.[12]

意思是：

不但我的愛和自尊讓我不可能這樣做，進一步想，現在的馬克寧死也不會接受這樣的安排。

林譯是：

匪特余觥觥男子不屑蒙恥為此，即馬克之心，刀斧臨頭，亦斷不遽貶其節。[13]

「貶其節」完全是林紓的附會，這樣一種翻譯將現代愛情置換成了中國古代的貞女守節。再加上「刀斧臨頭」，讓人想起中國古代的節婦烈女。

第二十五章，亞猛的父親偷偷找馬克談話，希望她放棄亞猛。馬克最後接受了亞猛父親的勸說，決定以自己的犧牲換取亞猛的前途及其妹妹的婚姻。她對亞猛的父親說：

英譯：

Well, Monsieur Duval, kiss me once as you would kiss your daughter, and I will swear to you that your touch, the only truly chaste embrace I ever received, will make me stand strong against my love. I swear that within a week, your son will be back with you, unhappy for a time perhaps, but cured for good.[14]

意思是：

好，Monsieur Duval先生，請再吻我一次，就像你吻你的女兒一樣。我向你及你的吻發誓，我所得到的這個最純潔的擁抱，會給我戰勝愛情的力量。我發誓，在一個星期內，你的兒子會回到你的身邊，短時間內他可能會感到不幸，不過以後永遠就得救了。

林譯：

然則請翁親吾額，當為翁更生一女。吾受翁此親額之禮，可以鼓舞其為善之心，即以貞潔自炫於人，更立誓不累公子也。[15]

林譯的後幾句，完全改變了原意。「戰勝愛情的力量」變成了「為善之心」，道德化的「善」在這裏代替了「愛情」，而「為善之心」的內容是「貞潔」，這無中生有地杜撰出來的「貞潔」，清楚地表露了林紓對於馬克的理解，這也是他對於小說主題的理解。

如上所述，林紓在翻譯中以中國傳統範疇重新構築了法國愛情小說《茶花女》。原作《茶花女》的核心詞彙是愛情，林譯《茶花女》的核心詞彙卻是忠貞。原作也說到忠貞，不過是單純地對於愛情的忠貞。林譯的忠貞，卻指向「禮法」、「倫紀」、「節義」、「隱德」等範疇，具有強烈的社會道德含義。

林紓對於所譯小說的主題理解，我們一般可以參考他為這部譯作所寫的「序言」，在那裏他會有所說明。林紓對於前期翻譯小說多有「序言」，偏偏翻譯《茶花女》的時候並無準備，文前只有一個簡短的說明：

曉齋主人歸自巴黎。與冷紅生談巴黎小說家均出自名手，生請述之；主人因道仲馬父子文字，於巴黎最知名；茶花女馬克格尼爾遺事，尤為小仲馬極筆。暇輒述以授冷紅生，冷紅生涉筆記之。[16]

這段文字交代了他翻譯《茶花女》的緣起，談到這部小說與原作者小仲馬在法國的知名地位，並未涉及到譯者對於小說主題的理解。不過，一九〇一年林紓為《露漱格蘭小傳》所寫的「序」中卻有諸多篇幅談論《茶花女》，我們在這裏可以看到他翻譯《茶花女》時的想法。這篇「序」的開頭說：

余既譯《茶花女遺事》，擲筆哭者三數，以為天下女子性情，堅於士夫，而士夫中必若龍逢、比干之摯忠極義，百死不可撓折，方足與馬克競。蓋馬克之事亞猛，即龍、比之事桀與紂，桀、紂殺龍、比而龍、比不悔，則亞猛之殺馬克，馬克又安得悔？吾故曰：天下必若龍、比者始足以競馬克。[17]

至此，我們恍然大悟！林紓說：「余譯馬克，極狀馬克之忠。」而「馬克之忠」所喻示是中國古代士大夫的「忠君」之「忠」，因此在他心目中，只有龍逢、比干之事桀與紂可與馬克相比。龍逢是夏朝的忠臣，因為進諫夏桀被殺。比干是商朝的忠臣，因為進諫被商紂王殺而剖心。我們明白了，馬克之忠貞，已經被林紓從愛情之忠上升為君主之忠。就林紓而言，那就是對於彼時風雨飄搖中的清王朝和光緒皇帝的忠誠。

這種聯想，並非出自推測。一九〇〇年，林紓在《〈譯林〉敘》中也簡單提起過自己翻譯《茶花女》的狀況。文中說：

時余方客杭州，與二君別，此議遂輟，其經余渲染成書者，只《茶花女遺事》二卷而已。嗚呼今日神京不守，二聖西行，此吾曹銜羞蒙恥，呼天搶地之日，即盡譯西人之書，豈足為補？[18]

這一年八月，八國聯軍入京，慈禧及光緒一行倉皇出京。林紓翻譯《巴黎茶花女遺事》恰在此時。他「銜羞蒙恥，呼天搶地」，悲痛皇室之遭遇，而馬克對於愛情之忠貞，恰恰寄託了他對於光緒皇帝的愚忠。人們大概沒有注意到，林紓一直就是大清及光緒皇帝的忠諫之士。一八八四年，中法戰爭爆發，船政大臣何如璋率福建水師，兵敗馬江。林紓與好友衝入欽差行列，在欽差大臣左宗棠馬前遞狀，控告何如璋貽誤戰機。一八九八年五月，「百日維新」前一個多月，林紓和高鳳岐等人共赴御史臺，聯名上書，請皇帝下罪己詔，以圖自強。辛亥革命以後，清帝遜位。為了表現自己的孤忠，他每年都去拜謁光緒的崇陵，以布衣身份混同於前清遺老之間，格外引人注目。一九一三年，林紓在《謁陵圖記》中記述當時的情景：「嗚呼！滄海孤臣犯雪來叩先皇陵殿，未拜，已哽咽不能自勝，九頓首後，伏地失聲而哭，宮門二衛士，為之愕然動容。」[19] 原來，能夠和「馬克之忠」相媲美的，除了古代的龍逄、比干，還有現代的林紓。無怪乎林紓在翻譯《茶花女》的時候，「擲筆哭者三數」，他哭的不只是馬克！

我們知道，十九世紀以來，中國對於西學的翻譯引進，經歷了從科學技術到法政制度的過程，中國文化的道德倫理層面一直並未受到多少觸動。《茶花女》的到來，是中西文化在情感心理層面的第一次碰撞，其結果是《茶花女》的中國式改寫。

林紓如此解讀《茶花女》，並非因為他特別落後，而是時代使然。林紓的時代，讓他只能以這樣的方式接受《茶花女》。在我們看起來落後的林紓，在同時代人看來，有時卻顯得激進。典型的例子，就是林紓對於《迦茵小傳》的翻譯。

一九〇一至一九〇二年，上海《勵學譯編》一至十二期刊載了「蟠溪子」和「天笑生」翻譯的小說《迦因小傳》。《迦因小傳》為英國哈葛德（H. Rider Haggard）的小說，譯者「蟠溪子」和「天笑生」為楊紫麟和包天笑的筆名。兩位譯者聲稱在書攤上只找到了小說的「下部」，缺少「上部」，向國外郵購未得，因此只譯出了「下部」。該書於一九〇三年由上海文明書局出版了單行本。林紓是哈葛德的愛好者，他在譯哈葛德《埃司蘭情俠傳》和《金塔剖屍記》的時候，在《哈氏叢書》中赫然發現全本《迦因小傳》，便補譯了上部，將「迦因」改為「迦茵」，以示區別，於一九〇五年由商務印書館出版。

《迦因小傳》中的女主人迦因與亨利相愛，受到亨利母親的阻攔，為了亨利的前程，迦因犧牲了自己的生命。這個女性自我奉獻的故事，有點類似於《茶花女》，也受到讀者的歡迎。不過，林紓的「補足」不但沒有獲得好評，反而惹了大禍。林紓譯出來的「上部」，暴露了迦茵未婚先孕及與亨利有一私生子的事實，而原來的譯本是特意隱諱這一細節的。未婚先孕及私生子是大違中國傳統道德的，這讓喜愛迦因的讀者及評論家很難接受。林紓的新譯本，在社會上受到了尖銳的批評。松岑認為林紓補出《迦因小傳》的上部，實在不妥：「《迦因》小說吾友包公毅譯，迦因人格向為吾所深愛，謂此半面妝文字勝於足本。今讀林譯，即此下半卷，內知尚有懷孕一節。西人臨文不諱，然為中國社會計，正宜從包君節去為是。此次萬千感情，正讀此書而起。」[20] 寅半生更是毫無客氣地批評林紓：「嗚呼！迦因何幸而得蟠溪子為之諱其短而顯其長，而使讀迦因小傳者咸神往於迦因也；迦因何不幸而復得林畏廬為之暴其行而貢其醜，而使讀迦因小傳者咸輕薄夫迦因也。」「今蟠溪子所謂《迦因小傳》者，傳其品也，故於一切有累於品者皆刪而不書。而林氏之所謂《迦因小傳》者，傳其淫也，傳其賤也，傳其無恥也。」[21]《迦因小傳》的經歷，說明了林紓的時代對於西方愛情小說接受的限度。

二

《茶花女》雖然傳誦一時，當時卻並沒有帶動言情小說的中興。阿英在《晚清小說史》中指出，當時

「兩性私生活描寫的小說，在此時期不為社會所重，甚至出版商人也不肯印行。雜誌《新小說》、《繡像小說》所刊載的作品，幾無不與社會有關。直到吳趼人創『寫情小說』，此類作品復又抬頭，為後來鴛鴦蝴蝶派小說開了先路」。[22]原因很簡單，晚清小說的興起，看中的是其政治功能，「政治小說」的倡導，「小說界革命」的展開，無不緣於此。

阿英有關於吳趼人創立「寫情小說」的說法，並不完全準確。事實上，梁啟超早在一九〇二年就提出了「寫情小說」的概念。在《新民叢報》第十四期上介紹《新小說》的宗旨和欄目的時候，即擬刊登「寫情小說」：「人類有公性情二：一曰英雄，二曰男女。情之為物，固天地間一要素矣。本報竊附《國風》之義，不廢《關睢》之亂，但意必蘊藉，言必雅馴。」[23]梁啟超在倡導新小說的時候，並未放棄言情小說的維度，只不過他對於中國古代言情小說持批判態度，而新的言情小說又一時難以產生。因此，「言情小說」有欄無題，標明「題未定」。

直到《新小說》第七期（一九〇三年九月），才出現第一篇「寫情小說」《唐生》，作者署名平等閣。《唐生》是一部頗為特別的小說。男主人公唐生是生長於美國三藩市的華裔青年，女主人公漪娘是美國本地白人，兩人青梅竹馬，互相愛慕。庚子事變之後，八國聯軍破京師，越來越多的美國報紙嘲笑中國，華人在美國境遇惡化。唐生憎恨美國人的行為，同時又為不連累漪娘，決定和漪娘分手。漪娘熱愛中國，不接受分手。她說：「妾已是支那人，則不應尚謂之為美國人。今郎因不喜於美國之故，而亦若有不滿於妾者，不亦冤乎！」漪娘以「支那人」自居，並以「妾」自稱，但沒有打動唐生。漪娘絕望而歸，開煤氣自殺。死前留下兩封信：第一封信寫給她的父親，信中譴責美國人「輕慢」中國，認為自己死於美國人的手下；第二封信寫給唐生，恨自己不能生於支那，與唐生「侍巾櫛，偕永好」。唐生後將漪娘的遺物捐於三藩市華人小學，「以竟女崇拜支那之遺志也」[24]。看得出來，儘管作者在文後強調這是一個來自於三藩市華人報刊的真實故事，事實上這是一部想像性很強的小說。中國在庚子之變中遭受了美國的羞辱，唐生卻在中美愛情中掙回了顏面，讓美國人對於中國俯首稱臣。小說很短，卻有長長的文後自評。在自評中，作者以「檀香山紐絲綸土人」為美國人所滅為根據，讚揚唐生拒婚為「保國存種之大義」。《唐生》與其說是一部愛情小說，不如說是一部愛國小說，它是一個十足的民族國家寓言。

晚清寫情小說與此前狹邪小說的區別在於將時代背景和社會政治內容引入小說，將個人私情與國家大事聯繫起來，如此一來個人私情就被社會化了。吳趼人在《恨海》（一九〇六）開頭的這段著名的有關於「情」的議論，可以代表當時寫情小說對於「情」的理解：

> 我素常立過一個議論，說人之有情，係與生俱生，未解人事以前便有了情。大抵嬰兒一啼一笑都是情，並不是那俗人說的「情竇初開」那個「情」字。要知俗人說的情，單知道兒女私情是情；我說那與生俱來的情，是說先天種在心裏，將來長大，沒有一處用不著這個「情」字，但看他如何施展罷了。對於君國施展起來便是忠，對於父母施展起來便是孝，對於子女施展起來便是慈，對於朋友施展起來便是義。可見忠孝大節，無不是從情字生出來的。至於那兒女之情，只可叫做癡。更有那不必用情，不應用情，他卻浪用其情的，那個只可叫做魔。[25]

這段議論的要旨，在於將「情」從私人之情中解脫出來，延至君王、國家、父母、朋友等等，而兒女之情反倒只是「癡」與「魔」。林紓在《巴黎茶花女遺事》中所暗示的愛情之忠貞與臣子之忠貞的象徵關係，在這裏被坐實了。

一九〇七年，一部中國式的《茶花女》面世，那就是鍾心青的《新茶花》。《新茶花》直接摹仿《茶花女》，演繹愛情故事。可以說，在林譯《巴黎茶花女遺事》出版八年之後，《新茶花》再一次以創作的形式重新改寫了法國小說《茶花女》。

《新茶花》並不掩飾自己對於《茶花女》的模仿，反倒處處與《茶花女》進行類比，因而兩部小說具有可資直接比較的互文性。小說一開始，「我」在「茶花第二樓」得到《新茶花》書稿，「我好僥倖，走到此處，卻得了這本稿子。如今待我攜回去，託申江小說社刻印出來，給大家看，只怕也不輸冷紅生的《茶花女》哩！」「冷紅生」是林紓翻譯《巴黎茶花女遺事》的筆名，《新茶花》明確提出這部譯作，有意與其競賽。而至《新茶花》結尾的時候，小說借助於兩個人物議論武林林與馬克的高下，並得出結論，認為東方茶花勝過西方茶花，因為「馬克雖好，我還嫌他決絕亞猛一層，並不是十分不得了的事情。或者還可婉曲周旋，何必遽爾絕情呢？至於林林，卻是除此一著，實在無可解免。據我看來，還是武林林為優。」

小說中的主人公熟讀《茶花女》，直接以馬克、亞猛自居。小說第十三回在藉元戚之口介紹武林林的時候說：「還聽得他在家裏，最喜歡看的是《巴黎茶花女遺事》，常說青樓中愛情最深的，要算是馬克格尼爾姑娘，卻並世又生了一個亞猛，兩美相臺，演出這一椿韻事，可惜東方偌大一個繁華世界，卻沒有這樣兩個人，豈不使花叢減色，所以他立志要學馬克，那一本小說書，從頭到尾，背都背得出，只是還沒有知心的，也可當那亞猛的，也是一樁缺憾。」男主公項慶如聽了以後拍手大笑道：「那東方亞猛除了我，還有誰人，我們就找他去。」二人的見面，也與《茶花女》一樣，項慶如去戲院見武林林。戀愛的過程，也處處比照馬克與亞猛。在剛剛相戀的時候，武林林說：「亞君，此地不過如馬克在恩說街的時候罷了，至於匏止坪之樂境，我生平沒有過，能得找一塊清靜地方，你我兩人閒處其中，日日的看花飲酒，這種境界，我眠思夢想了許多時，不知到了什麼時候，才可以如願了？」慶如道：「你要享這種清福，卻也不難，只消過了節，除去牌子，或是新聞，或是愛文牛路，或是仁壽里，租幾間房子，住上幾個月，豈不同匏止坪一樣，我又沒有什麼事，可以一天到晚陪你的。只是要盼到天長地久，不要像馬克末後便好了。」兩人試圖將馬克和亞猛匏止坪之愛，複製於上海弄堂之中。在項慶如家道中落時，武林林像馬克一樣不嫌棄對方，而是像馬克一樣當盡自己的首飾衣服替他還帳，並節衣縮食，維持兩人的愛情。甚至於連亞猛的眼淚滴在馬克的手上的細節，也在小說中被如法炮製。

兩人的愛情，照例有了破壞者，不過在這裏出現了一點差異。武林林與項慶如愛情的破壞者，不是項慶如的父親，而是垂涎於武林林美色的京官王大人及其走狗上海的華大人。武林林與項慶如相好後，王大人和華大人因為垂涎武林林，以「匪黨」之名誣陷項慶如，抓捕了項慶如。武林林為了營救項慶如，被迫嫁給華大人。武林林在做出自我犧牲的時候，正是以馬克自許的：「林林當下又哭了一場，想起巴黎茶花女，因要保全亞猛名譽，仍為馮婦，我此刻為慶如的性命，也另嫁他人，情事十分相類，可見得我取這個樓名時，已經有了讖了，又想馬克當決絕亞猛時，已將自己當作已死，我此刻何嘗將死的人，然則今天便是我的死期。」（第二十八回）王大人、華大人的角色，及其「匪黨」的罪名，意味著矛盾的性質發生了變化。馬克與亞猛愛情的破壞者是亞猛之父，他是愛兒子的，問題只出在馬克的妓女身份上。因為按照社會習俗，如果亞猛娶了馬克，前途會受到影響。項慶如與王大人、華大人的關係卻完全不同。項慶如的身份是日本留學生，是晚清新派中人。王大人是六部尚書，華大人是上海道臺，代表著專制腐敗的官府。與馬克、亞猛與父親的矛盾不同，項慶如與王大人、華大人的衝突，是情敵之爭，也是政治之爭。

這裏就牽涉到《新茶花》與《茶花女》最大的不同，即《新茶花》不僅僅是一部愛情小說，同時又是一部政治小說。《新茶花》有大量的時事描寫，內容之多幾乎要淹沒愛情的線索。小說第一回寫敘述者夢中得書稿《新茶花女》，欲與《茶花女》比肩。接下來，筆鋒一轉，就進入了時事。第二回一開頭，寫蘇州城裏幾個少年新黨，聚在一處，議論新聞報上所刊載的清廷官員聯名保薦康有為、梁啟超的事情。接下來，康有為在上海露面，在酒席上長篇大論地發表自己有關於變法的思想。其後就發生了戊戌政變，革命黨人接著也出現了。先是公一被劫，革命黨向他講「不破壞就不可以享治安」的道理。後來湖州孫求齊投考湖北武備學堂，結交革命黨人。他既抨擊朝廷腐敗，也批評立憲黨人。男主人公項慶如第四回才出場，而小說的女主人公武林林的名字直至第九回才出現，武林林其人至第十三回才正式露面。自第十三回起，小說才開始較為集中地描寫項慶如與武林林的愛情故事。不過其中仍然大量穿插著社會政治事件：如紀鐵山在日本中國留學生中組織抗俄義勇軍，吳樾暗殺五大臣的故事也被小說演義出來。

小說對於愛情的描寫是與對政治時事的描寫聯繫在一起的，人物對於愛情的看法也與新思想及愛國主義密切相關。項慶如之所以愛慕武林林，是因為她不但「生得風流」，而且思想「高尚」。她對於時事的見解議論，連留學生們都驚歎。小說認為：「好色與愛情卻還有些分別，好色是軀殼上的事，愛情是精神上的事，兩相比較，自然是精神更重了。所以一個女子雖是姿色可觀，思想卻十分腐敗，那種色就不足好了。」這種對於女性思想進步的要求，大概是《茶花女》中的亞猛所沒有想到的，也是馬克所不具備的。小說中項慶如是隱而不仕的，反倒是武林林勸項慶如上進。小說中武林林與項慶如有一段有關於出仕與否的對話：

> 林林道：「有了學問，原為圖謀公益起見，做了官，豈不更易做些事業？難道一定要發財麼？」慶如道：「這句卻通，但必須國家真真立憲，大家熱心公益，那時方才可以做官，方才有些事業做出來。若政府仍是腐敗，社會仍是惡濁，就叫做一木不能支大廈，任你英雄好漢，做了官，也就一籌莫展了。」林林笑道：「你這句話我要駁了，古人常說英雄造時世，時世雖不好，果是英雄，自然能把他翻過來。若個個不做官，如何能造時世呢？」[26]

項慶如認為社會過於污濁，不願意同流合污，武林林卻主張入世做官，英雄造時事。武林林心存高遠之志，卓而不群，不像一個妓女，而像新女性，這大概要讓《茶花女》中的馬克自愧弗如。

《新茶花》對於《茶花女》看起來亦步亦趨，事實上在愛情觀上兩者之間仍有較大的距離。《茶花女》中馬克與亞猛追求的是純粹的愛情，《新茶花》卻將個人私情與改良社會、愛國愛民聯繫起來。在第四章中，項慶如談到《茶花女》的時候，提倡真正的愛情，不過旨歸仍在於改良社會：「你看過新出的巴黎《茶花女》小說嗎？……所以兄弟頗想提倡一種花叢教育，以人人有真愛情為目的，倒也是改良社會的一份子。」[27]項慶如有感於《茶花女》中的愛情，不過他所想到的對於愛情的培養，卻有更高的目的，即改良社會。在另外一個地方，項慶如談到：愛女色是愛國心的體現，只有愛美人，才能愛國家：「你想想一個美人在人群中自然是最可愛的東西，然而我四萬萬同胞的祖國自然更可愛了。愛美人既竟盡我的愛情，愛國家豈有不竟我的愛情麼？」[28]將愛「美人」與「愛我四萬萬同胞的祖國」聯繫起來，將「愛情」與「愛國」相提並論，看起來十分悖謬，不過這正是晚清政治小說乃至寫情小說的邏輯。

個人主義的愛情在晚清中國的被改寫和肢解，是早已被註定的。如果說，林紓將愛情的忠貞翻譯為「忠君」，那麼《新茶花》則將愛情理解為「愛國」。嬗變的原因，是時代的變化。隨著革命的興起，清王朝合法性的崩潰，愛情的主題產生了嬗變。在一九一二年影響巨大的哀情小說《玉梨魂》的結尾，被稱為「東方仲馬」的敘述者在描寫完何夢霞與梨娘的愛情悲劇後，一定要讓何夢霞死在武昌起義的戰場上。這個時候，足以證明愛情價值的，已經不是忠君，恰恰相反成了推翻君主的革命。不過，不變的是，個人愛情的價值總需要道德名節或君王社稷大業來證明。《玉梨魂》的末尾有云：「夫殉情而死與殉國而死，其輕重之相去為何如？」《茶花女》在中國屢被改寫，原因蓋出於此。

第二節 《毒蛇圈》與偵探小說

一

《毒蛇圈》刊載於《新小說》。由於梁啟超赴美，《新小說》從一卷八號起（一九〇三年十月五日）改由吳趼人接編。梁啟超編《新小說》以政治小說與社會小說為主打，也發表偵探小說，連載了由「披發生」譯述的偵探小說《離魂病》。吳趼人接編《新小說》後，風格發生變化，以譴責小說為主，連載發表了《痛史》、《二十年目睹之怪現狀》、《九命奇冤》等小說，不過仍然重視偵探小說，連載了偵探小說《毒蛇圈》。

《毒蛇圈》自吳趼人接手的一卷八號開始刊載，一直到終刊的二十四號（其中第十、十五、二十、二十二期空），仍未完成。《毒蛇圈》署「法國鮑福原著」，「上海知新室主人譯」，「趼廛主人」評點。「上海知新室主人」即周桂笙，「趼廛主人」即吳趼人。周桂笙與吳趼人是好友，在《新小說》中彼此配合，至一九〇六年編《月月小說》時更成為正式搭檔。不過，兩人雖然彼此交好，思想卻並不完全一致。在吳趼人和周桂笙對於《毒蛇圈》的翻譯和評點中，我們可以看到：偵探小說一方面翻譯西方法律制度等「現代性」面向，批判中國傳統，另一方面又從中國傳統出發，選擇、改寫西方現代性。在這裏，翻譯成了文化衝突與協商的場所，也成了我們考察中國現代思想生產的線索。

《毒蛇圈》的男主人公名叫瑞福，婚後不到十年喪妻，一直和女兒妙兒生活在一起。有一天，瑞福去參加一個同窗酒宴，喝得有點多了。夜裏回家的路上，碰到一個人，請他幫忙抬擔架送病人上醫院。前面來了員警，這個人撇下瑞福跑了。員警發現，擔架上躺著的是一個死去的女人。瑞福被捲入了謀殺案之中。為了證明自己的清白，他帶員警去找歹徒的住所，又被歹徒潑傷了雙眼。瑞福的遭遇讓女兒非常傷心，徒弟陳家鼐等開始查找兇手。小說隨後圍繞著偵破案件而展開。

中國古來有公案小說，卻無偵探小說。兩者的背後，是不同的制度和文化。公案小說講的是清官斷案，法律的公正性依賴於清官的智慧；偵探小說講的是蒐集證據，背後是一套現代訴訟程序。清官並不常有，而現代訴訟制度卻可靠得多。偵探小說的翻譯給我們帶來的是一套嶄新的西方法律理念，並由此反襯出中國司法現實的黑暗。在第六回〈棄屍骸移禍鐵瑞福　舁死人同投警察衙〉的回評中，趼廛主人評點道：

> 瑞福已到警察署矣，幸哉！瑞福之托生於法蘭西也，設生於中國而遇此等事，則今夜釘鐐收禁，明日之跪鐵鏈、天平架，種種非刑，必不免矣。吾每讀文明國之書，無論為正史為小說，不禁為我同胞生無限感觸，此其一端也。

在趼廛主人看來，如果在中國遇到這種情況，瑞福必被屈打成招。而法蘭西人瑞福的遭遇，則給我們帶來一個新的司法景觀。這種讓人景仰的制度，是由西方「文明國之書」所帶來的。吳趼人將法蘭西稱為「文明國」，無形中帶出了一個中／西、文明／野蠻的基本預設。

譯者周桂笙對於偵探小說所代表的中西法律制度差異有著明確的認識。在他看來，西方國家尊重人權，訴訟要請律師，定罪必有證據。證據是西方訴訟制度中最為關鍵的東西，因此才有專事蒐集證據破案的偵探角色的出現。而在中國，定罪取決於長官意志，動輒拷打刑求，是不需要偵探的。差不多在翻譯《毒蛇圈》的同時，周桂笙在一九〇四年為福爾摩斯探案集所寫的「弁言」中，明確地表達了西方偵探小說所帶來的「現代性」意義：

> 吾國視泰西，風俗既殊，嗜好亦別。故小說家之趨向，迥不相侔，尤以偵探小說，為吾國所絕乏，不能不讓彼獨步。蓋吾國刑律訟獄，大異泰西各國，偵探之說，實未嘗夢見……至於內地讞案，動以刑求，暗無天日者，更不必論。如是，復安用偵探之勞其心血哉！至若泰西各國，最尊人權，涉訟者例得請人為辯護，故苟非證據確鑿，不能妄入人罪。此偵探學之作用所由廣也。[29]

自吳趼人第八期接手《新小說》後，與《毒蛇圈》同時連載的還有另一部翻譯小說，名為《電術奇談》。《電術奇談》標為「寫情小說」，事實上也涉及偵探內容。在這部小說中，周桂笙與吳趼人的角色換了過來，吳趼人譯述（東莞方慶周原譯），周桂笙評點。在《電術奇談》第二十三回的評點中，周桂笙也談到了西方審訊制度及偵探的功用：

> 觀其訊此一案，經若干見證，若干駁詰，然後定案。判斷時，復以陪審官意見，當眾宣佈。一若仍恐犯人尚有冤誣也者，而犯人於應受之刑法之外，別無絲毫痛苦。嗚呼！其視地獄威逼者為何如耶？然而策偵探之力不及此，此偵探之所以可貴也。

因為中國的「刑律訟獄，大異泰西各國」，所以偵探小說為中國所絕對沒有。晚清以來所引進的西方偵探小說，不僅僅只是一個新的小說品種，而是象徵著一個全新的正義觀念和法律系統。正義、法律的差異並不是孤立的，而來自於西方與中國「風俗既殊」的文化差異。由此，除偵探、法律之外，《毒蛇圈》也很注意發現西方在社會制度及風俗方面的優越性，並針對中國社會進行針砭。

小說第二回〈掉筆端補提往事　避筵席忽得奇逢〉寫到，瑞福是一個技藝精湛的石匠，不過尚未得到過業內「獎勵的寶星」。他去參加酒會，為的是希望憑藉同窗的介紹得到這樣一個榮耀。譯到這裏，譯者忍不住加了一句對於中國現狀的批評：「又不比得中國的名器，只要有上了幾個臭銅錢，任憑你什麼紅頂子、綠頂子都可以捐得來的，這個卻是非有當道的賞識了自己的技藝不可。」在法國，如果想得到榮譽必須以自己的技藝征服同行，獲得賞識。這讓譯者想起中國的捐官制度，在中國，只要有錢，什麼都可以捐來。比較之下，清濁自分。在小說第五回中，還有對於中國捐官制度的進一步發揮。歹人請瑞福幫忙抬擔架，瑞福從來沒抬過擔架，抬的時候卻無端聯想起中國給官老爺抬轎子的轎夫，「往常聽得人家說，東方支那國的官員，不是由國民公舉的，只要有了錢，就可以到皇帝那裏去買個官來做。做了官，可以任著性子刻削百姓。百姓沒奈他何，反而要怕他。他出來拜客，還坐著轎子，叫百姓抬著他跑路，抬得不好，還要打屁股。我今夜這種抬法，如果到了支那去，不知合式不合式？可惜沒去看過。」在西方，官員是公選出來的，自可以為民服務；在中國，既用錢買官，買的自然是威風和報償，把百姓當牛作馬是必然的後果。一個小小的轎夫，折射出來的卻是中西不同的選官制度。讓法國的石匠瑞福聯想起中國官老爺的轎夫，本來是十分勉強的聯想，大概是譯者實在忍不住，要藉瑞福的口戲謔中國的官僚制度。

瑞福有一個徒弟叫陳家鼐，在小說中他是給瑞福奔跑破案的主角。小說第十一回〈顧蘭如呈身探瑞福　陳家鼐立志報師仇〉介紹陳家鼐的時候，寫到他自小學石匠，專門鑿墳墓上的石件。提到墓葬，譯者順帶介紹起了中西不同的墓葬制度：

> 他們在這上頭，也是用的合群主義。大抵一處地方，有一處的公墳，此種公墳就由大家公舉了董事經理，永遠栽培得花木芬芳，就如公園一般。這個法子比了交託自家子孫還可靠得萬倍呢。因為自己子孫保不定有斷絕的日子，即不然，也有敗壞的日子。那董事卻是隨時可以公舉，更換的更換，補充的補充，永遠不會敗壞的。有了這麼一個大大的原因，所以他們歐美的人，看得自己的子孫是個國中的公產，同他自己倒是沒有什麼大關係的了。所以無論男也罷，女也罷，生下來都是一樣地看待。不分軒輊的。倘是不用這個法子，死了之後，除了子孫，請教還有那個來管你呢？所以就要看重子孫了。

在譯者看來，西方是社群公墓，老人的後事可以不必依賴子孫，因此父母將子女只看作國中的公產；而中國的墓葬是家庭式的，老人的後事依賴自己的後代，因此父母看重子孫，並且重男輕女。譯者通過小小的墓葬方式，推演到西方的個人本位及其「合群主義」，並反省了中國的家族制度。

小說第三回〈賞知音心傾世侄　談美術神往先師〉寫瑞福在酒會上遇見白路義暢談石匠工藝，提到在法國這一行業中有一位先師，名叫「密確而」（Michael Angelo）。譯者在這裏解釋：「密確而」之於法國木業，「就猶如中國木工祭魯班，馬夫敬伯樂，鞋業祀孫臏，星家拜鬼谷的意思」，譯者接著又借題發揮：「不過，他們是追念古人的精神，中國人是一味對著那偶像叩頭，這還不算數，還要不倫不類地把伯樂的偶像塑成三頭六臂，稱他做伯樂大帝，把魯班稱作工部尚書。就這一點分別，可是差得遠了。」譯者認為，法國人敬重的是先師的技藝和精神，而中國人卻將先師偶像化，這又是一處借題發揮批判中國人的偶像崇拜和迷信思想。

在中國歷史上，晚清是一個大轉折年代。末落的中華帝國初次向世界敞開，國人處處新奇，在器物、政治、文化諸層面都為西方的現代性所吸引，並發展出對於中國文化的批判。不過，對於西方現代性的接受是有過程的，接受程度也並不一致。《毒蛇圈》的翻譯是為我所用的，小說一方面翻譯現代性，批判傳統，另一方面卻又以傳統來選擇和切割西方現代性。

第十回〈孝娃娃委曲承歡　史太太殷勤訪友〉寫瑞福被歹徒傷了眼睛，回來之後妙兒很難過，半夜伺候父親。父親也很自責，疼惜女兒。趼廛主人在此評點道：「真能體貼，真是孝女。」「一個的是慈父，一個的是孝女，你看他家庭之間何等客氣？何等和氣？卻又處處都從天性中流露出來，並無絲毫偽飾，於澆漓薄俗中，以沙內淘金之法淘之，恐亦不可得。」以中國傳統「孝」的觀念詮釋法國小說，無疑是生硬的。評點者試圖向我們說明，中國傳統「孝」的觀念是普遍的，西方也不例外。在這第十回的尾評中，趼廛主人寫道：「此一回專寫妙兒之承歡，瑞福之體貼，無論狂妄之輩，講家庭革命者，所攀不得到……真是一篇教孝教慈之大文章。」評點顯然是有針對性的，針砭的是中國的「家庭革命」者。

第十一回在介紹瑞福的徒弟陳家鼐時，趼廛主人接著上回又評道：「上回極寫父女之誼，此回卻又極寫師生之誼。是直今日社會之教科書也。然而吾必有議其後者，曰：『奴隸性質』。」在這裏，評點者直接諷刺了中國的新學。評點者料到，必有新學少年輕視他所稱讚的師徒之誼，引用時髦西學口號貶之為「奴隸性質」。不過，讓評點者得意的是，他所發現的這段「教孝教慈」的文字來自法國小說。法國是「新學」發源地，足見中國的新學少年並未真正瞭解西學真諦。

在原文不甚符合自己想法的情況下，吳趼人不惜增刪原文，以使其成為十足的「教孝教慈」的教科書。小說第八回寫瑞福因喝酒而晚回家，女兒妙兒在家裏坐立不安，十分擔心，而看見父親回來眼睛受了傷，哀痛而哭。此時趼廛主人評點道：

後半回妙兒思念瑞福一段文字，為原著所無。竊以為上文寫瑞福處處牽念女兒，如此之般且摯，此處若不略寫妙兒之思念父親，則以慈孝兩字相衡，未免似有缺點。且近時專主破壞秩序，講家庭革命者，日見其眾。此等倫常之蟊賊，不可以不有以糾正之。特商於譯者，插入此段，雖然原著雖缺此點，而在妙兒，當夜吾知其斷不缺此思想也，故杜撰亦非蛇足。

原來妙兒思念父親一段，居然是吳趼人要求譯者杜撰出來的，為的是與前一段父親牽念女兒相照應，以達到「慈」與「孝」的平衡。吳趼人大概自己也覺得這種翻譯不合常規，在評點中給這段增加的文字做了辯解。他認為原著雖無此段文字，但在他看來，父親深夜不歸，妙兒必有擔心，因此雖是杜撰，卻符合情理。評點者居然能夠很有把握地了解法國小說中瑞福女兒的孝順心思，並且按照自己的想法補充原文，這在翻譯史上，堪稱奇文。

然而，法國小說畢竟是法國小說，有些地方的確與中國觀念相悖，無法進行同化。這個時候，評點者便明析中西差異，並且以中國傳統道德作為標準進行度量。小說第十一回寫陳家鼐為了弄清真兇，進入了戲院，請一位「明眸皓齒」的女子跳舞，女子「滿口應承」。譯者插入一段中西風俗差異的介紹：「此是法國的風俗如此，並無生熟男女的界限。要在中國是萬萬做不到的。」評點者對中西文化差異做了一個概括：「西國好作樂，中國重禮制」。評點者認為西方國家好「作樂」，這種評點說不上正面，不過仍然是一種客觀概括。第十一回快要結束的地方，小說描寫法國戲院的結構場面。譯者插入了一段介紹：此戲院大抵與當時上海的新戲院相彷彿，只不過更為「巨麗」。兩旁包廂之中均為貴族婦女，大半與男子並坐。中庭之上，奇奇怪怪的男女混雜在一起，她們並非優伶，而多是聽戲之人，也有藉此勾搭婦女者，「進入其中，相遇之下，即可牽手狂跳，以為笑樂」。至此，趼廛主人評點道：「觀於此，足見所謂文明國、自由國之風俗矣。今之心醉崇拜自由者，得毋亦以此故乎？或曰：若腦筋中舊習未鏟除，故以為異，而不滿之耳。誠然，則吾不敢辭。」他認為，中國如今之崇拜自由等風氣，大概就是從這裏來的，不過，他明確表示看不慣這種風氣，願意以「守舊」者自居。

一旦小說中的法國社會出現了負面現象，評點者就會敏銳地抓住，進行批評，並上升到理論高度，證明當今中國新學少年所崇拜的西方文明並非盡善盡美。小說第十八回出現了一個反面人物阿林，阿林只顧自己尋歡作樂，卻拋棄妻子和孩子。妻子毛毛找到他，要錢給孩子買點吃的。阿林口袋裏明明有錢，卻不給妻子，還惡言相加，打罵妻子，並揚言要把孩子送進育嬰堂去。當時中國新學少年正崇拜西方「自由結婚」，批評中國包辦婚姻，吳趼人終於發現了反面材料：原來西方「自由結婚」也會出現這種糟糕的結果。他在尾評中寫道：

> 又曰「自由結婚」，吾驟聞之，吾心醉之，吾崇拜之。竊以為夫婦為人倫之始，使得自由，自可終身無脫輻之占，家庭之雍睦，可由是而起也。乃觀於此回，而為嗒然。此書吾閱之未終篇，其結果如何？未之知也。然觀於此阿林毛毛之問答，固儼然夫婦矣。乃若是，乃若是，自由國之人民，豈猶有問名、納采、父母命、媒妁之縟節以束其自由耶？彼此未相習即結婚耶？今而後知文野之別，僅可以別個人，而斷不能舉以例一國。如謂可以例一國也，則如此人者，胡自而來也？吾豈欲於此小節處，故為齗齗辯哉？吾惡夫今之喜言歐洲文明者，動指吾祖國為野蠻也。故舉此以叩之。

在評點者看來，阿林和毛毛的例子，說明西方之「自由結婚」並不像少年新學者們說得那麼神奇。阿林、毛毛並非包辦婚姻，而是自由結婚者，試看今天的結果如何？在吳趼人看來，這對於中國當下盲目追求西方「自由結婚」者是一個警示。吳趼人自辯，自己並不是排斥西方、回歸傳統，而是批評那些絕對以歐洲為文明、以中國為野蠻的新學少年。

我們可以看到，對於西方現代性的翻譯，小說採取了切割的態度。整體而言，在政治、法律、社會諸層面以西方為先進，而在倫理、道德諸層面則仍然堅持傳統文化。

二

翻譯與文化協商，不僅體現在觀念的層面，也體現在敘事的層面。

《毒蛇圈》原是法國現代小說，卻被譯者周桂笙改寫成了中國古典章回體小說。周桂笙根據原著章節，自行歸納出相對完整的章回，並根據原文的意思提煉出每回雙句對偶的標題，如第一回〈逞嬌癡癡佳人先快婿　赴盛會老父別閨娃〉，第二回〈掉筆端被提往事　避庭席忽得奇逢〉等。每一回仍然採用說書人的口吻，以「且說……」、「話說……」、「卻說……」開頭，而結尾處每回末有「欲知後事如何，且聽下文分解」之類的收束語。如第二回〈掉筆端被提往事　避庭席忽得奇逢〉的開頭是：「卻說叫來的馬車本來早已停在門前，瑞福出門，即使上車。」結尾是：「瑞福定睛將這美少年仔仔細細上下打量一遍，卻原來是一個素味生平，絕不相識的人。要知此人是誰？且待下回分說。」第六回〈棄屍骸移禍鐵瑞福舁死人同投警察衙〉的開頭是：「且說那警察兵聽見瑞福說連他自己在甚麼地方都不曉得，反來問人，不覺好笑……」結尾是：「此時他的心思略停一停，抖一抖精神，要進去見警察長。不知見了之後，這件事弄得明白否？且聽下回分說。」

在上文中，我們已經看到，《毒蛇圈》的翻譯文本採用了中國傳統小說評點的形式，這種評點既有總評、回評，又有眉批、夾批、旁批等，用以發表評點者的感想。需要說明的是，《毒蛇圈》第一、二回均無評點，從第三回才開始插入「趼廛主人」的評點。對此，在第三回的回評中，吳趼人做了說明：「譯者與余最相得，偶作一文字，輒彼此商榷。此次譯《毒蛇圈》，諄諄囑加評語。第一、二回以匆匆付印故，未及應命，請自此回後為之。」

第三回的第一個評點也是全文的第一個評點，是對於譯者批評中國酒席繁文縟節的一個眉批。小說寫瑞福參加的酒席格局，除幾位貴官達人、牧師教習幾位上座之外，其餘座位都任由選擇，無論座次。譯者感慨，幸虧有這種自由座次的方法，否則不可能這麼快吃上飯。接著就對比了中國的酒席：「倘是同中國一般的繁文縟節，一個個的定席，一個個的敬酒，臨了還要假惺惺地推三阻四做出那討人厭的樣子，以為是客氣的，也不管旁邊有個肚子餓透了的，嗓子裏伸出個小手來，巴不能夠搶著就下肚，在那裏熬著等他。要是這麼著，只怕這第宴會還要鬧到天亮呢。」趼廛主人在此評道：「偏要插此閒筆罵世，不怕世人惱耶？」這裏首先是譯者脫離原文，有感而發，批評中國酒席的客套風氣，評點者在這裏反而只是附和譯者的批評。對於這種譯者隨意發揮的現象，趼廛主人在這一回的回評中有所說明：「中間處處用科諢語，亦非贅筆也，以全回均似閒文，無甚出入，恐閱者生厭，故不得不插入科諢，以醒眼目。此為小說家不二法門，西文原本不如是也。」趼廛主人首先說明，小說西文原文並非如此，這些感想都是譯者的衍文，不過他對此的評價卻正面的，覺得譯者在文插科打諢是為了活躍氣氛，並稱之為小說家的「不二法門」。

這種做法，我們固然可以歸結為晚清譯者對於翻譯的不嚴格態度，不過從文體的角度說，譯者其實是將西方小說原文改造成了全知視角的傳統章回說書體，譯者本人轉換成了傳統說書人，由此自然獲得了置身於原文之外發表評論的合法性。小說第四回〈醉漢深宵送良友　迷途黑夜遇歹人〉寫瑞福喝了酒之後坐馬車回家，中途變了主意，下來繞路步行，由此引發了一場災禍。在此，譯文有云：「倘使瑞福就此坐了馬車回去，便也平安無事了。得他平安無事時，這部《毒蛇圈》的小說也不必作了。誰知他驀地裏變了一個主意。這個主意一變卻累得法國的『鮑福』作出了一部《毒蛇圈》，中國的『知新主人』又翻譯起來，『趼廛主人』批點起來，『新小說社記者』付印起來。大家忙個不了，為甚麼呢？都是他的主意變得不好。」小說第二十二回〈杯酒淋漓好男兒入彀　金光閃爍美女關心〉寫家鼐為了打探兇手，在舞場和一位名叫寶玉的女子跳舞，並將撿來的戒指帶在手上吸引她的注意。這位女子果然留心到這個戒指，讓家鼐脫下來給她看。在此，譯文寫道：「想諸位看官都是明眼人，也早猜到了幾分，到底是些甚麼緣故？做書的人，他既然如此做法，我譯書的人，如今也還不便替他揭破一切。」在這裏，我們很清楚地看到，周桂笙事實上在這裏兼任了兩個角度，一個是譯者，另一個卻是說書人。這兩個角色是相容的。他可以一方面翻譯，另一方面又隨時跳出來發表感想。

需要指出的是，在《毒蛇圈》中，傳統章回體的形式並未淹沒西方小說的文體現代性。作為從事寫作的中國傳統文人，周桂笙和吳趼人對西方現代小說不同的敘事特徵無疑是敏感而好奇的，他們在文中很注意揭示西方小說的新形式。《毒蛇圈》全文開始之前有一譯者總評：

> 譯者曰：我國小說體裁，往往先將書中主人翁之姓氏、來歷敘述一番，然後詳其事蹟於後；或亦有用楔子、引子、詞章、言論之屬以為之冠者。蓋非如是則無下手處矣。陳陳相因，幾於千篇一律，浩如煙海當為讀者所共知。此篇為法國小說鉅子鮑福所著。其起筆處即就父母問答之詞，憑空落墨；恍如奇峰突兀，從天外飛來；又如燃放花炮，火星亂起。然細察之，皆有條理。自非能手，不敢出此。雖然，此亦歐西小說家之常態耳。爰照譯之，以介紹於吾國小說界中，幸弗以不健全譏之。

《毒蛇圈》的開頭是一倒敘結構，由瑞福父女對話開始，然後才交代背景。這種小說結構，很難變更，譯者只好原樣照譯。這是全書唯一沒有用「且說」、「話說」開頭的一回——事實上，譯者把大段對話置於前面，接著還是用了「且說」來介紹對話的背景：「且說當時他父親站在大鏡子面前，望著自己的影兒，在那裏整理他胸前白襯領上的帶結兒……」對於這種與中國古典小說不同的小說敘事形式，譯者予以了正面評價，認為這種倒敘對話形式能夠產生「奇峰突兀」的效果，並且說明這是歐洲小說的常見形式，希望中國讀者不要因為沒見過世面而譏諷它不健全。難得的是，譯者明確地將其與中國古典小說模式進行對比。總評認為，中國古典小說都是開頭交代人物事件，由楔子、引子、詞章等開始，千篇一律，《毒蛇圈》的這種倒敘對話的方法打破了中國小說的這種陳陳相因。

《毒蛇圈》中類似這種欣賞西方現代小說並對照中國小說的地方，還有另外幾處。第三回第三段寫瑞福與白路義談話，開始還有白路義「問道」，瑞福「答道」等前綴，後來乾脆完全以引號間隔兩人的對話，省略了任何說明。趼廛主人注意到這種中國人不熟悉的獨特形式，事先以「夾批」提示，「以下無敘事處，所有問答，僅別以界線，不贅明其誰道，雖是西文如此，亦省筆之一法也。」還是第三回，文中描寫瑞福的少年朋友白路義的時候，插言道：「可惜他生長在法蘭西，那法蘭西沒有聽見過甚麼美男子，所以瑞福沒得好比他。要是中國人見了他，作起小說來，一定又要說甚麼『面如冠玉，唇若塗朱，貌似潘安，才同宋玉』的了。」這裏諷刺的，是中國文學中人物描寫的套話。趼廛主人在此評點調侃：「公亦在此譯小說，何苦連作小說的都打趣起來？」

在傳統文學形式佔據文壇的二十世紀初，《毒蛇圈》所表現出來的文體自覺無疑是很有價值的。更有意義的是，周桂笙與吳趼人不但翻譯介紹西方現代小說形式，還自己身體力行地運用新形式，進行文體創新。《毒蛇圈》最直接的影響，就是吳趼人本人的小說《九命奇冤》。

《毒蛇圈》剛剛連載到第七、八回的時候，吳趼人便忍不住技癢，自己開始寫《九命奇冤》，與《毒蛇圈》共時刊載於《新小說》第十二號上。此後《毒蛇圈》、《九命奇冤》同時連載於《新小說》，直至《新小說》二十四號終刊。最後，《九命奇冤》三十六回全部刊載完畢，而《毒蛇圈》只刊載到二十三回，不了了之。《九命奇冤》欄目署「社會小說」，作者署「嶺南將叟重編」。《九命奇冤》的底本是安和所著的《警富奇書》，寫的清代梁天來的公案故事。可能是吳趼人看了偵探小說《毒蛇圈》之後，受到啟發，想到重編古代公案故事，進行新的嘗試。

《九命奇冤》的開頭，直接模仿了《毒蛇圈》開頭對話體倒敘的寫法，它不像尋常古典小說那樣由引子、詞章開始，交代事件人物，而是異峰突起地由對話開始，並且對話之間並無任何交代，沒有說明誰和誰說話，也沒有「問道」、「答道」之類的綴語，而是直接以引號隔開對話：

「噲！夥計！到了地頭了。你看大門緊閉，用甚麼法子攻打？」

「呸！蠢材。這區區兩扇木門，還攻打不開麼？來！來！！來！！！拿我的鐵錘來。」

「砰訇、砰訇！好響呀！」

「好了。好了。頭門開了。呀，這二門還是個鐵門。怎麼辦呢？」

「轟！」

「好了，好了。這響炮是林大哥到了。林大哥，這裏兩扇鐵牢門，攻打不開呢。」

「唔！俺老林橫行江湖十多年，不信有攻不開的鐵門。待俺看來。呸，這個算甚麼，快拿牛油柴草來。兄弟們一齊放火，鐵燒熱了，就軟了。」

……

這段攻打石室的對話完了，後面有一段解釋：「嗳，看官們，看我這沒頭沒腦的忽然敘了這麼一段強盜打劫的故事。那個主使的甚麼凌大爺，又是家有銅山金穴的，志不在錢財，只想弄殺石室中人。這又是甚麼緣故。想看官們看了，必定納悶。我要是照這樣沒頭沒腦的敘下去，只怕看完這部書，還不得明白呢。待我且把這部書的來歷，與及這件事的時代出處，表敘出來，庶免看官們納悶。」如此，小說才進入正文，「話說這件故事，出在廣東……」從頭交代凌貴興與梁天來兩家的矛盾緣起。大致意思是：梁天來家的一處石室妨礙了凌貴興家的風水，凌貴興想把古室買下來，梁天來不同意，凌貴興就仗勢欺人，武力強奪。這一交代，延續了十五回，直到十六回〈區爵興當筵儼行軍令　凌祈伯臨陣卻用火攻〉，才回到眾強盜打劫石室的事情，這個時候故事才和開頭銜接起來：「這裏外面打劫的情形，開書第一回已經表過。今不再提。且說……」從「看官們」、「話說」等語彙看，小說仍然是傳統說書人的形式，不過異峰空起地插入一個對話體倒敘開頭，不能不讓人驚訝。吳趼人在這裏用了兩個「沒頭沒腦」，表達這種敘事方法給中國讀者的感覺，說明他的確在有意引用新技巧。對話體倒敘的寫法，在中國文學中沒有見過，《九命奇冤》的這種移植是很具創新的，當然不算太諧調。《毒蛇圈》在開頭引了瑞福和女兒的對話後，其後接著交代他們倆對話的來由，其後又順理成章地介紹了故事背景。《九命奇冤》則在十五回以後，才回應開頭的對話，顯得有點生硬。

對話倒敘的開頭之外，需要提到的是《九命奇冤》在小說結構上的創新。對於中國古典文學的現代轉型來說，這一點至關重要。胡適曾在《五十年來中國之文學》一文中指出，中國小說歷來缺乏結構佈局。長篇小說原從演義來，某一朝代的歷史「演」完了，平話也就結束了。後來出現了虛構的演義，仍然沒有佈局，如《水滸傳》，「可以插入一段大名府，也可以插入一段打青州；可以添一段捉花蝴蝶，也可以再添一段捉白菊花……割去了，仍可成書；拉長了，可至無窮。」《儒林外史》雖然開了一種新體，卻仍然沒有結構。中國小說較為出色的是《金瓶梅》和《紅樓夢》，「拿一家的歷史做佈局，不致十分散漫，但結構仍舊是很鬆的；今年偷一個潘五兒，明年偷一個王六兒；這裏開一個菊花詩社，那裏開一個秋海棠詩社；今回老太太過生日，下回薛姑娘做生日……翻來覆去，實在有點討厭。」[30]魯迅在《中國小說史略》中也曾談及中國小說的這一特徵，他認為，《儒林外史》的缺陷是「惟全書無主幹，僅驅使各種人物，行列而來，事與其來俱起，亦與其去俱訖，雖去長篇，頗同短製，但如集諸碎錦，合為帖子，雖非巨幅，而時見珍異，因亦娛心，使人刮目矣。」[31]《九命奇冤》受到《毒蛇圈》的影響，在結構上有了根本性的變化。《九命奇冤》雖然有三十六回之長，但全文緊扣著凌貴興與梁天來兩家的衝突這一中心事件展開。官司從知縣打到廣州府衙門、到臬臺衙門、再撫院，直至雍正皇帝那裏，層層遞進，環環相扣，直至「九命奇冤」得到伸張，小說才結束。這種中心事件結構，便與中國傳統小說的散體敘事方式大不相同。用胡適的話來說：「用西洋偵探小說的佈局來做一個總結構，繁文一概削盡，枝葉一齊掃光，只剩下這一個大命案的起落因果做一個中心題目。有了這個統一的結構，又沒有勉強的穿插，故看的人的興趣自然能自始自終不致厭倦。」由此，胡適斷言：「故《九命奇冤》在技術一方面要算最完備的一部小說了。」[32]

胡適甚至宣稱：「《九命奇冤》或算是中國近代的一部全德的小說。」如果就技術而言，這一說法大概是適當的。如果就觀念上說，這「全德」二字用在《九命奇冤》身上則有點言過其實。《九命奇冤》雖然部分地學到了《毒蛇圈》的技術，卻未能獲得西方偵探小說所代表民本與司法理念。《九命奇冤》雖然揭示了清代官場的層層黑暗，然而，最終還是依靠制臺孔大鵬這樣的清官乃至天子雍正皇帝出面，了斷一切。《九命奇冤》雖然模仿《毒蛇圈》，卻不是偵探小說，而仍是公案小說。

三

我們注意到，在《毒蛇圈》的翻譯中，凡褒揚西方現代性的，多出自周桂笙的譯文，而以傳統批評新學少年者，多來自趼廛主人的評點。譯者周桂笙和評點者吳趼人都是西方現代性的嚮往者，因此在翻譯評點的時候能夠互相配合。他們倆的配合，不只於《毒蛇圈》和《電術奇談》，周桂笙的《新庵譯屑》也是由吳趼人評點的。不過，細察之下，還是能發現他們思想之間的不一致。周桂笙更為激進，而吳趼人相對保守。他們雖然都主張學習西方文明，吳趼人卻反對以「自由」、「家庭革命」之名破壞中國傳統倫理道德。翻譯與評點之間的同異，構成了一種文本的張力。《毒蛇圈》的翻譯，不但體現中西方文明之間的碰撞，同時也體現了中國內部的文化衝突。

在小說《毒蛇圈》中，吳趼人是評點者，周桂笙是譯者，再加上吳趼人是《新小說》總編，而周桂笙只是來幫忙的，吳趼人自然處於主導位置，而周桂笙較為被動。不過，在由吳趼人譯述，周桂笙評點的小說《電術奇談》中，周桂笙還是有了表達自己不同看法的機會。在《電術奇談》第六回中，阿卷告訴鳳美，男人在喝了酒之後往往撒酒瘋：「莫說是尊卑秩序，就是他的老子在跟前，他也不認得甚的。沒有人勸他還好，倘是有人勸了他，他還說甚麼這是我的自由，你們生就奴隸性質的人，不要同我多說的呢。」上文談到，《毒蛇圈》第十一回吳趼人在褒揚瑞福師徒關係的時候，就提到必有新學少年引用時髦西學口號稱之為「奴隸性質」，由此看，這段文字應該是《電術奇談》的譯述者吳趼人的衍義發揮。吳趼人在這裏將西方的「自由」、「奴隸」等話語視為酒後瘋言，大概實在讓評點者周桂笙難以忍受。周桂笙在這段話旁邊調侃式地質問：「自由、奴隸兩名，我常聽見人說，莫非都是醉話？」儘管很委婉，不願意傷及友情，但周桂笙還是明確地表達了自己與吳趼人的思想分歧。這還僅僅是開始，隨著時代的變化、思想的發展，兩個人的分歧愈來愈明顯。

從一九〇三年評點《毒蛇圈》，到一九〇四年刊載《九命奇冤》，直至一九〇六年一月《新小說》終刊，幾年間吳趼人的思想有了很大的變化。《新小說》終刊兩個月之後，即一九〇六年三月，吳趼人在上海廣智書局出版《中國偵探案》。在這本書中，吳趼人對於西方偵探小說的態度已經大大不同。

在《中國偵探案》的「弁言」中，吳趼人認為，偵探小說既不足「動吾之感情」，也未能「藉之以改良吾之社會」。他訪求偵探小說的讀者，問他們為甚麼閱讀偵探小說，答曰：「偵探手段之敏捷也，思想之神奇也，科學之精進也，吾國之昏官、憒官、糊塗官所夢想不著也，吾讀之，聊以快吾心。」或又曰：「吾國無偵探之學，無偵探之役，譯此者正在輸入文明。而吾國官吏意氣用事，刑訊是尚，語以偵探，彼且瞠目結舌，不解云何。彼輩既不解讀此，豈吾輩亦彼輩若耶？」前面我們已經談到，這是晚清社會對於西洋偵探小說的基本看法，即以偵探小說所代表的西方法律制度批評中國之司法腐敗。沒想到，這個時候的吳趼人已經不再接受這種看法了，他認為這是盲目崇外的表現，「嗚呼！公等之崇拜外人，至矣盡矣，蔑以加矣。」我們在這裏也不禁也要「嗚呼」了，吳趼人在《毒蛇圈》第六回以西方「文明國」為參照、批評中國野蠻刑訊的評點，我們至今還歷歷在目。

即在文法上，吳趼人也開始回歸保守。他所不以為然的現象之一是：「取吾國本有之文法而捐棄之，以從外人也。」所舉的例子是，我國本已有「嗚呼」、「噫」、「嘻」、「善乎」、「悲夫」等表達讚歎的語氣詞，今人卻捨棄不用，而運用西式標點：「譯者亦必捨而勿用，遂乃使『！』『！！』『！！！』等不可解之怪物，縱橫滿紙；甚至於非譯本之中，亦假用之，以為不若是，不足以見其長也者。」吳趼人對此表示憤怒之極：「吾怒吾目視之，而眥為之裂；吾切吾齒恨之，而牙為之磨；吾撫吾劍而斫之，而不及其頭顱；吾拔吾矢而射之，而不及其嗓咽。吾欲不視此輩，而吾目不肯盲；吾欲不聽此輩，而吾耳不肯聾；吾欲不遇此輩，而吾之魂靈不肯死。吾奈之何？吾奈之何？」這段狀寫自己痛恨之情的文字，不可謂不深切。不過，吳趼人似乎過於健忘了，他自己在《九命奇冤》和一段對話倒敘中，就運用了『！』『！』『！！！』，時間不過在兩年前。

事實上，吳趼人蒐集出版《中國偵探案》的目的，正在於證明偵探小說中國古已有之，不必仰洋人鼻息。他說：「公等且崇拜之，此吾不得不急輯此《中國偵探案》也。僕有目，公等亦有目；僕有神經，公等亦有神經；僕祖中國，公等未必不祖中國。請公等暫假讀譯本偵探案之時晷，之目力，而試一讀此《中國偵探案》，而一較量之：外人可崇拜耶？祖國可崇拜耶？」吳趼人在此又設定了一個「祖國」／「外國」的二元對立，在此對立中，他鮮明地站在「祖國」的一面，這與他從前所設定的西方「文明」／中國「野蠻」的二元對立看起來似乎截然相反。

吳趼人的思想轉變，應該與對一九〇五年清廷立憲騙局的失望有關。不過，吳趼人前後思想事實上也有一致的地方。前面我們已經談到，吳趼人從一開始起，就並非盲目地接受西方現代性，而是有自主選擇性。譬如在倫理道德的方面一直堅持中國舊傳統。在有條件地接受西方思想這一點上，吳趼人在《中國偵探案》中事實上並無變化。《中國偵探案・弁言》開頭便說：「孔子曰：『三人行，必有我師焉。』以人遇人且如是，況以國遇國乎？萬國交通，梯航琛賮，累繹以及，以為我資，捨短求長，吾未敢以為非也。」他甚至批評那些盲目自大、排斥外國的人，「沾沾之儒，動自稱為上國，而鄙夷外人。吾嘉其志矣，而未敢韙其言也。大抵政教風俗可以從同者，正不妨較彼我之短長，以取資之。」[33]在他看來，需要批評的是那些盲目的崇洋媚外者。只不過，他現在的排斥標準較從前要嚴格得多，這裏面包括他從前所肯定的西方偵探小說觀念及西式標點等。

與吳趼人相比，周桂笙對於西方偵探小說及其所代表的法治精神始終態度積極。他不但翻譯偵探小說，還自己嘗試寫作中國自己的偵探小說。發表於一九〇七年的《上海偵探案》便是他的嘗試之作，這也是中國最早的偵探小說之一。這篇《上海偵探案》，由「引」和「金約指案」[34]兩部分構成。奇怪的是，小說正文「金約指案」約五千多字，而「引」的部分居然有四千多字。正文「金約指案」的開頭事實上仍在長篇議論，直至兩千字以後，才以「且說有一天……」進入正文。也就是說，引言的部分比正文還要長。這引言，儼然就是一篇有關「西方偵探小說於中國政治社會之意義」的申論。

在吳趼人聲稱偵探小說中國古已有之的時候，周桂笙明確表示，吳趼人所輯錄的《中國偵探案》算不上是偵探小說，而仍然只是中國的公案小說：「我們《月月小說》社裏的總撰述，彙成一冊題曰《中國偵探案》。其間案情，誠有極奇極怪、可驚可愕、不亞於外國偵探小說者，但是其中有許多不能與外國偵探相提並論的，所以只可名之為判案斷案，不能名之為偵探案。雖間有一二案，確曾私行察訪，然後查明白的，但此種私行察訪，亦不過實心辦事的人，偶一為之。並非其人以偵探為職業的，所以說中外不同，就是這個道理。」《上海偵探案》當時刊載於吳趼人總編的《月月小說》第七期上，周桂笙時任《月月小說》譯述，且與吳趼人兩人交好，因而他在批評了吳趼人之後，趕緊又掉過筆來，恭維了吳趼人幾句：「然而此等著述，著實令人可敬，比了那些動不動盲從著去崇拜外人的少年，豈非有天淵之隔了。」雖然如此，周桂笙在基本立場上仍是不通融的，他接著又指出：「以我在下的淺見看起來，偵探是吾中國自古就有的，不過，向來的作用，是和今世文明國的偵探截然不同的。」

我們看到，被吳趼人所拋棄了的「文明」／「野蠻」的視角在周桂笙這裏仍然持續著。周桂笙這一次論述偵探小說的意義，上升到了更為宏觀的層面，即重點強調司法獨立的重要性。周桂笙從進化的角度，看待三權分立和司法獨立。在他看來，二三百年前，西方也與中國一樣，司法歸於行政，結果是官員目無法紀、作威作福。後來，西方人創立了司法獨立的制度，從此官員與百姓在法律面前平等。如果沒有犯罪，皇帝、總統也不能把你怎麼樣。有沒有犯罪由法律決定，又不得刑訊逼供，只能由偵探蒐集證據破案解決。在當時的清王朝，「刑法不平，官吏貪污，最為人民之害。各省禍亂頻興，莫不由此。」在周桂笙看來，其根源正在於司法不獨立，「然其大本大原，均須從司法獨立上做起。」一九〇五年清王朝宣佈預備立憲，周桂笙認為應該由此建立司法獨立制度，然而這是不可能的，原因在於「與官吏不便」：「吾國現在自從明詔下頒預備立憲以來，釐定官制大臣，本亦創議司法獨立制度，不過，此事既為百姓有益，即與官倒不便，所以有意圖反對不願仿行者。」在周桂笙看來，退一步想，即便頒佈了司法獨立制度，沒有相應的政治體制，仍然實施不了，「即便上頭毅然決然不聽浮議，就把司法獨立的制度開辦起來，一面議院不設，立法的機關不備，沒有民黨以為之監督，要想推行盡利，媲美泰西，恐怕也是沒有的事。」

看起來，吳趼人與周桂笙的思想都與清廷的預備立憲有關，只不過兩個人分別後退和前進了一步。失望之餘，吳趼人乾脆反對西化，魯迅引《新庵譯屑》中的話概括他的思想，就是「主張恢復舊道德」。周桂笙則希望更徹底地輸入西方政治制度，追隨泰西。

周桂笙認為，寫官吏判案斷案的不能算偵探小說，只有寫偵探的才能稱為偵探小說。不過，尷尬的是，現代意義上的偵探，中國幾乎沒有。只有像上海這樣的都市，有了租界以後，陸續有了一些包探。這些包探在上海被稱為「包打聽」，由一班下流社會中的無賴構成，這與作者所說西方社會偵探的構成正好相反。西方的偵探「大都總是大學堂的畢業生，於格致科學必有幾項專門，不怕煩勞，固不必言，還要不貪功，不圖利，肯熱心公益，捨身社會者，方可以為偵探。」在周桂笙看來，這樣的人即在中國政界也難找，何況偵探。上海的包打聽，都是那幫歪戴帽子、長袖馬褂的混混，這些人只會欺詐下層乞丐妓女，哪能破什麼案件。這篇小說寫上海的一個包探，見到一個小孩子用十二塊洋錢買了一塊銀錶，懷疑是孩子偷的錢，判了他兩年實監。後在另一個案件中，一個犯人供認那個戒指是他丟在路上被小孩撿去的。問官很慚愧，讓領事官註銷了這個小孩子的判案。就這麼簡單的一個故事，完全沒有福爾摩斯式的神采。不過中國的偵探既然如此低能，描寫中國偵探的小說也就只能如此了。中國最早的本土偵探小說於是成為了批判性的譴責小說，這大概也是一種文化協商的結果。

1 參見張俊才，《林紓年譜簡編》，薛綏之、張俊才編，《林紓研究資料》（知識產權出版社，二〇一〇年一月），頁一八。
2 林紓，《〈譯林〉敘》（《譯林》第一期，一九〇一年），陳平原、夏曉虹編，《二十世紀中國小說理論資料》（第一卷，一八九七—一九一六）（北京大學出版社，一九九七年二月），頁四二—四三。
3 同前註。
4 林紓，《英孝子火山報仇錄・序》，陳平原、夏曉虹編，《二十世紀中國小說理論資料》（第一卷，一八九七—一九一六），頁一五五—一五六。
5 林紓，《畏廬三集・答徐敏書》，《林琴南文集》（中國書店，一九八五年三月），頁三〇。
6 林紓，《橡樹仙影・序》，阿英《晚清文學叢鈔》卷三。
7 林紓，《畏廬文集・冷紅生傳》，《林琴南文集》，頁二五—二六。
8 林紓，《紅礁畫槳錄・序》，薛綏之、張俊才編，《林紓研究資料》，頁一八二—一八三。

9 Alexandre Dumas fils, *Camelias*, Translation, Introduction, Note and editorial matter（copyright）David Coward 1986, Oxford University Press.（外語教學與研究出版社，二〇〇六年），頁一〇九。

10 林紓、王壽昌譯，《巴黎茶花女遺事》（商務印書館，一九八一年九月），頁二六。

11 同註九，頁一一〇—一一一。

12 同註九，頁二〇五。

13 同註十，頁五三。

14 同註九，頁二八一。

15 同註十，頁七六。

16 同註十，頁一。

17 同註六。

18 同註二，頁四二—四三。

19 林紓，《畏廬續集・謁陵圖記》，《林琴南文集》，頁五九。

20 松岑，《論寫情小說對於新社會之關係》，《新小說》第十七號，一九〇五年。

21 寅半生，《讀〈迦因小傳〉兩譯本書後》，《遊戲世界》第十一期，一九〇七年。

22 阿英，《晚清小說史》，《阿英全集》第八卷（安徽教育出版社，二〇〇六年五月），頁七。

23 梁啟超，《中國唯一之文學報》，《新民叢報》十四號，一九〇二年。

24 平等閣，《唐生》，《新小說》第七期，一九〇三年九月，頁一一七—一二二。

25 吳趼人，《恨海》，《吳趼人全集》（北方文藝出版社，一九九八年二），頁三。

26 《中國近代孤本小說精品大系：新茶花》第十八回（內蒙古人民出版社，一九九八年一月）。

27 同前註，頁二三。

28 同註二十六，頁二六。

29 周桂生（筆），《〈歇洛克復生偵探案〉弁言》，《新民叢報》五十五號。

30 胡適，《五十年來中國之文學》，胡適、周作人，《論中國近世文學》（海南出版社，一九九四年八月），頁八七、八八。

31 魯迅，《中國小說史略》，《魯迅全集》第九卷（人民文學出版社，一九八一年），頁二二一。

32 同註三十。

33 以上所引吳趼人，《中國偵探案・弁言》，均出自《吳趼人全集》第七卷（北方文藝出版社，一九九八年二月），頁六九—七三。

34 原刊如此，疑為《金戒指案》。

第五章　天演與公理

在馬克思主義進入中國之前，《天演論》與《民約論》被認為是對中國近代思想影響最大的兩部譯著。《天演論》是嚴譯赫胥黎的著作，《民約論》即盧梭的《社會契約論》。兩本書的翻譯出現在同一年，即一八九八年。《民約論》宣傳天賦人權，屬於十八世紀的啟蒙主義思想。《天演論》宣傳進化論，屬于十九世紀的經驗主義傳統。似乎不太有人注意到，兩者在理路上是互相對立的。不過，經由特定的歷史理解和翻譯，這兩本著作卻在中國的特定時刻產生了相容，並極大地影響了中國社會；而隨著歷史的變化，這種相容又發生解體和斷裂，兩種思想的命運隨之產生變化。從翻譯的角度分析《天演論》與《民約論》在中國的理論旅行，再從當代思想回望歷史，會讓我們對於二十世紀中國思想歷程有新的體認。

第一節　《天演論》

嚴復的《天演論》先於一八九七年十二月至一八九八年二月以《天演論懸疏》為題刊於《國聞彙編》第二、四至六冊上，一八九八年四月由湖北沔陽盧氏慎始基齋木刻出版，同年十月天津出版嗜奇精舍石印本。

《天演論》的翻譯底本是英國生物學家、哲學家托瑪斯・亨利・赫胥黎（Thomas Henry Huxley）的著作《進化論與倫理學及其他論文》（*Evolution and Ethics and Other Essay*）。不過，要將這兩本著作進行逐句對照研究，卻很困難，原因是嚴復《天演論》並沒有逐句翻譯《進化論與倫理學及其他論文》，而是把這本書的前兩章打亂了，自己分別以不同的題目進行翻譯、概述和評點，所以有人認為，嚴復的《天演論》並不就是赫胥黎的《進化論與倫理學及其他論文》。馮友蘭先生曾說過：「嚴復翻譯《天演論》，其實並不是翻譯，而是根據原書的意思重寫一過。文字詳略輕重之間大有不同，而且嚴復還有他自己的按語，發揮他自己的看法。所以嚴復的《天演論》，並不就是赫胥黎的《進化與倫理》。」[1] 說嚴復的《進化論》並不是赫胥黎的《進化論與倫理學及其他論文》，多少有點極端，嚴復只不過在翻譯時對原文進行了增刪改動，並附以長長的「按語」，以此傳達了自己的思想。諷刺的是，嚴復正是在《天演論》的「譯例言」中提出了中國翻譯史上最重要的翻譯原則「信、達、雅」，《天演論》本身卻沒有貫徹這一原則。嚴復自述：此書的翻譯，「譯文取明深義，故詞句之間時有所傎倒附益，不斤斤於字比句次，而意義則不倍本文。」他因此自嘲：「題曰達旨，不云筆譯，取便發揮，實非正法。什法師有云：『學我者病，來者方多。』幸勿以是書為口實也。」[2]

赫胥黎出生於一八二五年，是英國著名科學家，擔任過英國皇家學會主席等職。他是達爾文進化論的堅決捍衛者，自稱為「達爾文的鬥犬」。一八六〇年六月三十日，赫胥黎曾與牛津主教威爾伯福斯（Samuel Wilberforce）展開過一場著名論戰，為進化論的公共接受立下汗馬功勞，他也因此揚名天下。一八九三年五月十八日，赫胥黎又在牛津大學羅馬尼斯講座上做了一次演講，題為《進化論與倫理學》。這次演講很成功，事後演講稿以小冊子形式發行，受到讀者歡迎。一八九四年，赫胥黎新寫了一篇〈導論〉，再加上其他文章，題名為《進化論與倫理學及其他論文》，由英國麥克米倫公司正式首版。在這本書中，赫胥黎將達爾文的生物進化論擴至宇宙論，簡明通俗地論述了宇宙間「適者生存」的道理。不過，他卻反對將進化論應用於人類社會。相反，他認為倫理過程是與宇宙過程相反，人類文明與社會進步恰恰是在倫理抵抗宇宙的過程中實現的。

嚴復欣賞赫胥黎對於進化論的生動論述，不過卻不同意赫胥黎反對將進化論應用於人類社會的思想。在後一點上，他贊成受到赫胥黎批評的斯賓塞（Herbert Spencer）的社會進化論觀點。因而，嚴復在譯文中靈活地翻譯赫胥黎，並常以斯賓塞質疑赫胥黎，綜合二者形成自己的觀點。《進化論與倫理學：導論》的開頭如下：

It may be safely assumed that, two thousand years ago, before Caesar set foot in southern Britain, the whole country-side visible from the windows of the room in which I write, was in what is called "the state of nature".

現代譯文：

可以有把握地設想，二千年前，在愷撒尚未登陸英國南部時，如果從我寫作的屋子往窗外看，整個原野還處在所謂的「自然狀態」。[3]

嚴復譯文：

赫胥黎獨處一室之中，在英倫之南，背山而面野。檻外諸境，歷歷如在几下。乃懸想二千年前，當羅馬大將愷徹未到時，此間有何景物。[4]

這是嚴譯《天演論・導言一・察變》的開頭。我們看到，嚴復在這裏把第一人稱改成了第三人稱，這個看似微小的人稱變化，具有重要意義。它意味著，不再是赫胥黎在敘述，而是譯者嚴復在敘述，赫胥黎成了被敘述的對象。譯者站在更高的全能的立場上，介紹、修正和評述赫胥黎。

赫胥黎接下來介紹宇宙進化及生物競爭自存的段落，嚴復以優美的文言予以翻譯，並假中國古代典故加以渲染：「怒生之草，交加之藤，勢如爭長相雄，各據一抔壤土，夏與畏日爭，冬與嚴霜爭，四時之內，飄風怒吹，或西發西洋，或東起北海，旁午交扇，無時而息。上有鳥獸之踐啄，下有蟻蝝之齧傷，憔悴孤虛，旋生旋滅，菀枯頃刻，莫可究詳。是離離者亦各盡天能，以自存種族而已。」「特為變至微，其遷極漸，即假吾人彭、聃之壽，而亦由暫觀久，潛移弗知；是猶蟪蛄不識春秋，朝菌不知晦朔，遽以不變名之，真瞽說也。故知不變一言，絕非天運，而悠久成物之理，轉在變動不居之中。」

其後，赫胥黎說：

> 能夠持久存在的，不是生命形態這樣或那樣的結合，而是宇宙過程本身產生的過程，而生命形態的各種結合不過是曇花一現而已。在生物界，這種宇宙過程最典型的特徵之一就是生存鬥爭，即每一個個體和整個環境的競爭，其結果就是選擇。也就是說，那些存活下來的生命形態，總體上最適應於某個時期存在的各種條件。因此，就這一點而言，也僅僅就這一點而言，它們是最適者。丘陵上的植被被宇宙過程推向頂點，結果就產生了夾雜著雜草和金雀花的草皮。在現在條件下，雜草和金雀花在鬥爭中勝出——它們能夠存活下來，就證明它們是最適於生存的。[5]

嚴復譯文：

雖然，天運變矣，而有不變者行乎其中。不變惟何？是名「天演」。以天演為體，而其用有二：曰物競，曰天擇。此萬物莫不然，而於有生之類為尤著。物競者，物爭自存也，以一物以與物物爭，或存或亡，而其效則歸於天擇。天擇者，物爭焉而獨存。則其存也，必有其所以存，必其所得於天之分，自致一己之能，與其所遭值之時與地，及凡周身以外之物力，有其相謀相劑者焉。夫而後獨免於亡，而足以自立也。而自其效觀之，若是物特為天之所厚而擇焉以存也者，夫是之謂天擇。天擇者，擇於自然，雖擇而莫之擇，猶物競之無所爭，而實天下之至爭也。斯賓塞爾曰：「天擇者，存其最宜者也。」夫物既爭存矣，而天又從其爭之後而擇之，一爭一擇，而變化之事出矣。[6]

赫胥黎的這段話，是為嚴復所欣賞的，嚴復按照自己的理解對此進行了概括和發揮。赫胥黎事實上只是籠統地談了生存競爭，嚴復將此總結為「天演」之下的「物競」與「天擇」兩種，並且將其置於中國傳統的「體」、「用」範疇之中。他沒有翻譯雜草和金雀花種種實例，而是另外對於「物競」與「天擇」進行了闡釋和發揮。嚴復在這裏的發揮，是著重強調了「天擇」的概念。赫胥黎只是從物種競爭的角度提到了「選擇」（selection），並沒有提出「天」的概念。嚴復卻將其看作「天」淘汰萬物的主動行為，顯示競爭的嚴峻性。為彌補赫胥黎的不足，嚴復添上了原文所沒有的斯賓塞有關「天擇」的說法，「天擇者，存其最宜者也」，並解釋說：「夫物既爭存矣，而天又從其爭之後而擇之，一爭一擇，而變化之事出矣。」

嚴復對於天演的理解，事實上與赫胥黎並不完全一致。嚴復所理解的天演就是進化論，赫胥黎的宇宙過程不但包括進化，同時也包括退化。赫胥黎在這一段的下面，接著清楚地闡述了他的「進化」概念：

> 「進化」一詞，現在一般用於宇宙過程，曾經有過一段獨特的歷史，並在不同的意義上被使用。就其通俗的意義而言，它指前進性的發展，即從相對單一的情況逐漸演變到相對複雜的情況，但該詞的內涵已擴展到包括退化現象，即從相對複雜到相對單一的演變過程。

這樣一段對於「進化」論的概念闡述，本來應該是嚴復所需要的內容，但由於這種包括「退化」在內的解釋，不符合嚴復的預期，因此他並沒有翻譯這一段。嚴復又自製了長長的按語，對於進化論的歷史和概念進行重新追溯。

在這篇「復按」中，嚴復將進化論追溯到達爾文的《物種起源》一書，並引用赫胥黎的話稱讚達爾文的貢獻：「蓋自有歌白尼而後天學明，亦自有達爾文而後生理確也。」不過，在達爾文以後的科學家中，他所推崇的並不是他所翻譯的赫胥黎，而是斯賓塞。在「復按」中，嚴復大力推薦了斯賓塞的著作《天人會通論》，稱讚這本書「精闢宏富」、「歐洲自有生民以來，無此作也」。嚴復對這本著作的幾卷內容分別進行了介紹：「其第一書開宗明義，集格致之大成，以發明天演之旨；第二書以開演言生學；第三書以天演言性靈；第四書以天演言群理；最後第五書，乃考道德之本源，明政教之條貫，而以保種進化之公例要術終焉。」[7] 斯賓塞的進化，是由簡至繁前進式的，並且涉及無機、有機及社會一切領域，這顯然更符合嚴復的要求。斯賓塞在《天人會通論》中，將天演運用於社會道德、政教，以達到「保種進化」的目標，這正是嚴復想要表達的。

《導言二．廣義》翻譯的是赫胥黎《進化論與倫理學：導論》第一部分的後半。在這裏，赫胥黎談到，進化論排除了創世說及各種超自然的力量，即使最初有某種超自然力量的推動，它在宇宙進程的過程中也完全被排除了。宇宙的過程只是進化，科學知識讓我們越來越相信，不僅僅是植物，還有動物，還有地球、太陽系、各個星體，都處於進化的過程之中。我們看到，赫胥黎嚴格地將進化限制於植物、動物及宇宙空間裏，並不涉及到人及社會。嚴復的翻譯則進行了變動：「是故天演之事，不獨見於動植二品中也，實則一切民物之事，與太宇之內日局諸體，遠至於不可計數之恆星，本之未始有始以前，極之莫終有終以往，乃無一焉非天之所演也。」[8]顯然，天演延及「一切民物之事」是嚴復加上去的，並不是赫胥黎的意思。

為補充赫胥黎的不足，嚴復在按語中用很長的篇幅重新介紹了斯賓塞有關進化論的觀點：「天演者，翕以聚質，辟以散力」，「所謂質力雜糅，相劑為變者，亦天演最要之義」等等。而在文末，嚴復專門強調：「天演之事，所苞如此。斯賓塞氏至推之農商工兵、語言文學之間，皆可以天演明其消息所以然之故。」[9]嚴復藉斯賓塞之口，強調進化不僅僅適用於動植界，同樣也適用於人類社會。

在《導言五・互爭》中，赫胥黎談人力與宇宙過程相克的道理，嚴復在「復按」中介紹了與之相反的斯賓塞的觀點並評述了赫胥黎的觀點：「於上二篇，斯賓塞、赫胥黎二家言治之殊，可以見矣。斯賓塞之言治也，大旨存於任天，而人事為之輔，猶黃老之明自然，而不忘在宥是已。赫胥黎氏所著錄，亦什九主任天之說者，獨於此書，非之如此，蓋為持前說而過者設也。」[10]儘管介紹了赫胥黎與斯賓塞兩家「言治之殊」，不過嚴復在此還是強調兩者的共同性，認為斯賓塞是大旨「任天」，但人事為輔，赫胥黎的著述，也十有八九「任天」，獨於此書為救「任天」之說過者而著。

到了《導言十五・最旨》，赫胥黎與斯賓塞已經截然相對了，而嚴復明確地傾向於斯賓塞。《最旨》總結了前十四章的內容，然而得出結論：「今者統十四篇之所論而觀之，知人擇之術，可行諸草木禽獸之中，斷不可用諸人群之內。姑無論智之不足恃也，就令足恃，亦將使惻隱仁愛之風衰，而其群以渙。」[11]意思是說，競爭只能運用於「草木禽獸」，而絕不能運用於人類社會，那樣會敗壞仁愛之風，而使得社會渙散。嚴復忠實地譯完赫胥黎文，接著按捺不住在「復按」中詳細介紹斯賓塞與之相反的觀點，批判赫胥黎。在斯賓塞看來，進化同樣適用於人類社會，否則族群無從存在和發展：「天惟賦物以孳乳而貪生，則其種自以日上，萬物莫不如是，人其一耳。進者存而傳焉，不進者病而亡焉，此九地之下，古獸殘骨之所以多也。一家一國之中，食指徒繁，而智力如故者，則其去無噍類不遠矣。」意思是，天賦予生物的特性是繁殖和貪生，生物藉此長進，生物都是如此，人只是其中一種。進步的得以生存和繁殖，不進步的就此滅亡，這就是地下深處古獸殘骨多的原因。一個家庭和國家之中，人口徒然增多，智力卻無長進，這就離滅絕不遠了。嚴復指出，西方談論進化論的人，十有八九都宗師於斯賓塞，他個人當然也佩服斯賓塞：「斯賓塞氏之說，豈不然哉？」[12]

在《導言七・善敗》中，嚴復曾將中國人與歐洲人進行對比。近代以來，歐洲的荷蘭、西班牙、葡萄牙等國，「皆能浮海得新地」，獲得殖民地。英國更不用說。中國人出海，卻毫無所獲，被人驅趕：「吾閩粵民走南洋、非洲者，所在以億計，然終不免為人臧獲，被驅斥也。悲夫！」不過，嚴復稱讚歐洲人的種族強盛，目的不在於為西方殖民侵略辯護，而是要讓生活在天朝大國夢想之中的中國人感覺到生存的危機，為「自強保種」而奮鬥。

這一點，在《導言三・趨異》的按語中，表現得非常明顯：

> 嗟夫！物類之生乳者至多，存者至寡，存亡之間，間不容髮。其種愈下，其存彌難，此不僅物然而已，墨澳二洲，其中土人日益蕭瑟，此豈必虔劉朘削之而後然哉？資生之物所加多者有限，有術者既多取之而豐，無具者自少取焉而嗇。豐者近昌，嗇者鄰滅。此洞識知微之士，所以驚心動魄於保群進化之圖，而知徒高睨大談於夷夏軒輊之間者，為深無益於事實也。[13]

萬物種類很多，能夠存活下來的很少，「存亡之間，間不容髮」。在這種情形下，品種愈低的，生存就愈加困難。美洲、澳洲土人所剩無幾，正是這種生存競爭的結果。生存資源有限，善於生存的人獲取資源而日益豐足，不善於生存的人則會接近滅亡，生存進化競爭之慘烈是驚心動魄的。讓人感歎的是，當時的中國人依然在那裏大談夷夏之別，生活在天朝美夢之中，這是很讓人害怕的。我們看到，嚴復雖然在這裏談論「種族」品質高低，但他並不希望作為劣種的中國被世界淘汰，因此他還是在強調人為進取。他最終並不能完全同意斯賓塞的社會進化論，而是強調可以以人抗天，強調社會進化與自然進化的差別，這樣就又回到了赫胥黎。赫胥黎在《進化論與倫理學》一書中強調人類抗拒宇宙過程的思想，嚴復在譯文中都十分欣賞，並在翻譯中加以闡釋。

在《導言六・人擇》中，嚴復翻譯了赫胥黎對於社會進化與自然進化的基本看法：「天行、人治，常毀而不相成固也矣。然人治之所以有功，即在反此天行之故。」赫胥黎認為：「天行」與「人治」是互相對立的，而人治之成功，恰恰在於對於「天行」的克服。赫胥黎列舉植物之例，說明「天行」與「人治」的關係。從自然進化來看，各種植物在自然中競爭，自生自滅。從人類來看，自然存留下的植物不一定符合人類的需要。人類從自己出發，選擇樹種，精心養育，抗拒自然中的破壞因素，如除草除蟲、躲避風雨等等，使得這些樹得以長成存留下來，這就是「人勝天」之說。一但人放棄了經營，這些樹就可能被流水、風沙等等毀滅，這就是「天勝人」之說。因此，在赫胥黎看來，天人之間，相互制勝，人類應該發揮自己的智慧和勇氣，在利用自然的基礎上，克敵制勝：「所謂人治有功，在反天行者，蓋相輔相裁成，存其所善，而賴天行之力，而後有以致其事。」[14]在「復按」中，嚴復列舉了達爾文《物種由來》一書的理論，支持赫胥黎的看法。

赫胥黎認為人治與植物的情形是一致的。人為了自己的生存，必須驅趕本地的競爭對手，無論是野獸或植物，同時減少內部競爭。建立文明，以求得人自身的生存發展，如添置衣物、建造房屋、築路修橋、衛生預防等等。為此，必須增加人的素質，激勵人的鬥志，這樣才能達到目標。有關於此，赫胥黎只是簡單地說：

> In order to attain his ends, the administrator would have to avail himself of the courage, industry, and co-operative intelligence of the settlers.

現代譯文：

> 為了達到目的，行政長官就必須利用移民的勇氣、勤勉和集體智慧。[15]

嚴復卻在譯文中自己另行增加了不少文字，變成了一大段：

> 且聖人知治人之人，固賦於治於人者也。凶狡之民，不得廉公之吏；偷懦之眾，不興神武之君。故欲郅治之隆，必於民力、民智、民德三者之中，求其本也。故又為之學校庠序焉。學校庠序之制善，而後智仁勇之民興。智仁勇之民興，而有以為群力群策之資，夫而後其國乃一富而不可貧，一強而不可弱也。嗟夫！治國至於如是，是亦足矣。[16]

嚴復藉赫胥黎之口，闡述自己的有關與「民力、民智、民德」及興辦教育的思想。只有經由教育，才能培養出「智仁勇」之民。有了這種國民，一個國家才能富有和強大。有趣的是，在「復按」中，嚴復指出：「此篇所論，如『聖人知治人之人，賦於治於人者也』以下十餘語最精闢。」事實上，這「十餘語」全部是嚴復自己增加的文字。在「復按」中，嚴復對此又進行了發揮：「蓋泰西言治之家，皆謂善治如草木，而民智如土田。民智既開，則下令如流水之源，善政不期舉而自舉，且一舉而莫能廢。」他再次強調「民智」的重要性，認為只要「民智」開了，民眾覺悟提高了，一切都會從善如流。

事實上，斯賓塞雖然強調社會進化，但同樣強調人類自強抗爭。正因為競爭的嚴酷性，人才需要發揮能動性，否則就會被淘汰。《導言十五・最旨》在強調了優勝劣汰之後，所得出的結論恰恰就是競爭自存。在斯賓塞看來，人天生好逸惡勞，如果沒有競爭，人的「耳目心思之力」都會退化。在這種情形下，人必須克服惰性，在競爭中生存：「人欲圖存，必用其才力心思，以與是妨生者為鬥。負者日退，而勝者日昌，勝者非他，智德力三者皆大是耳。」因此，儘管在自然進化是否可以運用到人類社會領域這一點上，赫胥黎和斯賓塞的意見是相反的，但是在競爭自存這一點，兩者又是一致的。這大概是嚴復能既欣賞赫胥黎又欣賞斯賓塞的原因。

《天演論》的時代影響是巨大的，可以說引領了一代社會風氣。我們知道，《天演論》影響的核心內容，可以用「物競天擇，適者生存」來代表。用胡漢民一九〇五年在《述侯官嚴復最近之政見》中的話來說是：

> 自嚴氏書出，而物競天擇之理，釐然當於人心，而中國民氣為之一變。[17]

胡適在《四十自述》中，曾回憶一九〇五年他在上海澄衷學堂時，國文老師教他們《天演論》的情形。他在談到《天演論》的影響時說：

> 讀《天演論》，做「物競天擇」的文章，都可以代表那個時代的風氣。
>
> 《天演論》出版之後，不上幾年，便風行到全國，竟做了中學生的讀物了。讀這書的人很少能瞭解赫胥黎在科學史和思想史上的貢獻。他們能瞭解的只是那「優勝劣敗」的公式在國際政治上的意義。

至於《天演論》所宣講的「物競天擇，適者生存」何以在當時產生如此大的影響，無須多加解釋，胡適的接下來的解釋簡單明瞭：

> 在中國屢戰屢敗之後，在庚子、辛丑大恥辱之後，這個「優勝劣敗」的公式確是一種當頭棒喝，給了無數人一種絕大的刺激。幾年之中，這種思想像野火一樣，延燒著多少年輕人的心和血。「天演」、「物競」、「淘汰」、「天擇」等等術語都漸漸成了報紙文章的熟語，漸漸成了一班愛國志士的口頭禪。還有許多人愛用這種名詞做自己或兒女的名字。陳炯明不是號競存嗎？我有兩個同學，一個叫做孫競存，一個叫做楊天擇。我自己的名字也是這種風氣底下的紀念品。[18]

需要說明的是，嚴復的《天演論》是赫胥黎《進化論與倫理學及其他論文》一書的翻譯，這種翻譯是不準確的，因為「優勝劣敗」恰恰是赫胥黎的這本書所反對的。赫胥黎所強調的，是以「人治」戰勝「天行」。嚴復將斯賓塞引進來，糾正赫胥黎，希望用「物競天擇」鐵律來喚醒國人。然而，他最終也不能完全屈服於社會進化的鐵則，所以又反過來希望以赫胥黎「救斯賓塞任天為治之末流」。嚴復的翻譯，看起來很糾結。

第二節　《民約論》

盧梭的《社會契約論》（*The Social Contract*），面世於一七六二年。日本對於盧梭《社會契約論》的翻譯，早於中國。日本最早的譯本，是一八八二年中江兆民的古漢語譯本，名為《民約譯解》。一八九八年，上海同文書局刻印了中江兆民《民約解釋》第一卷，題為《民約通義》，這是盧梭《社會契約論》在中國的第一次面世。然而，這終非中國人的翻譯。中國人對於《社會契約論》的首次翻譯，是一九〇〇至一九〇一年間楊廷棟在《譯書彙編》上連載翻譯的《民約論》。《譯書彙編》是中國留日學生界最早出版的月刊之一，馮自由稱之為「留學生界雜誌之元祖」，張靜廬稱其「促進吾國青年之民權思想，厥功正偉」[19]。不過，這個刊物卻一直湮沒無聞，雖經吳相湘先生多處搜求，至今只能看到寥寥幾期。筆者所看到的《民約論》譯文只是前九章，也就是說，是原書的第一卷。一九〇二年，楊廷棟所譯全文由文明書店刻印、開明書店和作新社發行，改名為《路索民約論》。這是中國人翻譯的第一種《社會契約論》版本。

楊廷棟的《民約論》譯本是根據日本原田潛的《民約論復議》（一八八三）意譯而來的，翻譯之中並不嚴格對應於原文，而是頗多發揮以至改寫之處。下面我以《譯書彙編》上連載翻譯的《民約論》前九章為對象，分析盧梭《社會契約論》初入中土「理論旅行」的情形。

《社會契約論》第一卷開頭，盧梭就申明自己寫作這本書的意圖：

英文

My purpose is to consider if, in political society, there can be any legitimate and sure principle of government, taking men as they are and laws as they might be. In this inquiry I shall try always to bring together what right permits with interest prescribes so that justice and utility are in no way divided.

何兆武譯文：

我要探討在社會秩序之中，從人類的實際情況與法律的可能情況著眼，能不能有某種合法的而又確切的政權規則。在這一研究中，我將努力把權利所許可的和利益所要求的結合在一起，以便使正義與功利二者不致有所分歧。[20]

楊廷棟譯文：

正道公益，經綸天下，不可偏廢。以之立法，則得其當，而眾人亦因之以安。吾輩推究世之所謂光明正大之國政者，無他，端在保全眾人各自之權利，及眾人一體之利益而已。[21]

盧梭表明，《社會契約論》一書要探討的是「政權規則」，它的英文是principle of government，也可以譯為「政府規則」或「政治規則」等，而研究這一規則的核心是處理「人的實際狀態和法律的可能性」

（taking men as they are and laws as they might be），理想的狀態是使得「正義」（justice）和「功利」（utility）不會出現分歧。楊廷棟的譯文卻出現了較大偏差，他只是強調對於個人及集體的「權利」、「利益」的保護，呼籲一個「光明正大之國政」。而在如何達到這一國政的途徑上，譯文只是泛泛地提出了一個中國式的「正道公益，經綸天下」的觀念。譯者楊廷棟處於晚清時代，面臨的是暴政和壓迫，因此盧梭式的政治理論探討變成了對於權利的保護和對於公道政治的呼籲。

《社會契約論》第一卷第一章「第一卷的題旨」的開始，是如下名言：

英文

Man is born free; and everywhere he is in chains. One thinks himself the master of others, and still remains a greater slave than they. How did this change come about? I do not know. What can make it legitimate? That question I think I can answer.

何兆武譯文：

人是生而自由的，但卻無往而不在枷鎖之中。自以為是其他一切的主人的人，反而比其他一切更是奴隸。這種變化是怎樣形成的？我不清楚。是什麼才使這種變化成為合法的？我自信能解答這個問題。[22]

楊廷棟譯文：

> 人生天地之間，於事物之輕重，行為之取捨，皆不必假手他人，一唯我之所欲，此所謂自由權也。然人或不能保有此權，每至事物行為不能任我自由，而為他人所牽制，即如仰於君長之人，其事物行為較之常人已多束縛。何也？所謂自由權者，皆有不羈獨立之性，一旦為人干涉，則大而生死榮辱，小而起居食息，俱不得少參已見。桎梏之苦，無甚此者。而人或有習不為怪者，竊為余所不解也。[23]

人生而自由（Man was born free），楊廷棟的譯文事實上全部在解釋盧梭的這第一句話，即有關於個人自由權利的思想，此後的內容都一概不見了。盧梭的「無往而不在枷鎖之中」（and he is everywhere in chains）只是一句泛泛而論，卻被譯者具體化和歷史化了。枷鎖的來源具體成為「君長之人」，而人的獨立受到干涉的痛苦，則得到額外的強調：「一旦為人干涉，則大而生死榮辱，小而起居食息，俱不得少參已見。桎梏之苦，無甚此者。」很顯然，楊廷棟的翻譯對原文進行了切割，他所感興趣的主要是有關於天賦人權的部分，強調個人自由及其個人自由不能實現而帶來的後果。至於「自以為是其他一切的主人的人，反而比其他一切更是奴隸」這一說法，乃至盧梭試圖由此出發進行理論解釋的企圖，譯者並無興趣。

《社會契約論》第一編第二章〈The First Societies〉談到，家庭可以視為政治社會的原始模型，首領是父親，人民是孩子。不過差別是，父親是愛孩子的，而統治者卻沒有這種愛，因此發號施令的樂趣就取代了這種愛。「發號施令的樂趣」（the pleasure of commanding）這個簡單的詞，在楊廷棟的譯文中被敷衍成了下面一大段：

君則異是，始也不愛其民，已居於上，民驅於下，作威作福，妄自尊大，而獨自解曰：「猶子也。」是亦悖理之甚者也，非特無益於民，直謂之虐民而已矣！[24]

在涉及到統治者的時候，譯者心目中的對象應該是晚清統治者，因此譯文來了一段義憤填膺的發揮，譴責晚清統治者的「作威作福，妄自尊大」，指出他們不但無益於民，簡直就是「虐民」。

《社會契約論》第六章〈The Social Pact〉的開頭，在論述社會契約的起源的時候是這麼說的：

我設想，人類曾達到過這樣一種境界，當時自然狀態中不利人類生存的種種障礙，在阻力上已超過了每個個人在那種狀態中為了自存能所運用的力量。於是，那種原始狀態便不能繼續維持，並且人類如果不改變其生存方式，就會消滅。

然而，人類即不能產生新的力量，而只能是結合並運用已有的力量；所以人類便沒有別的辦法可以自存，除非是集合起來形成一種力量的總和才能夠克服這種附圖，由一個唯一的動力把它們發動起來，並使它們共同協作。[25]

楊廷棟的譯文如下：

翳古以來，天災人禍，流行不息。群天下之人，厄於暴君污吏者，數千百輩。夫天地生物，固無高卑之可別。歷古既久，遂大悖其初心，並一人固有之權力，亦屈而不伸，是必有阻我之物在也。於此阻我之物，去之不竭其源，拔之不絕其本。則不特不能復我固有之權利，人類亦幾於絕滅。為今之計，世人所孜孜不可少緩之急務，唯在變革事勢，復我曩昔所失之權利，為世界之完人而已。人欲復我固有之權利，不得不盡去阻我之物。然一人之力有限，以有限之力而當無窮之阻我之物，是猶蚍蜉而撼大樹，事之不濟，無待著龜矣。必也人人竭其能盡之力，集合一氣，分而不散，誓盡去之而後已。前者方僕，後者踵至。所謂眾志成城，必有償我所欲之一日。語曰：「匹夫不可奪志也」，況芸芸者如此其眾乎。捨是道也，有甘世為奴隸，用供人驅策而已。其謂猶有他說，可去阻我之物者，非余所敢知矣。[26]

很明顯，在中國的歷史語境所導致的邏輯中，譯者楊廷棟對於原文進行了徹底的背離。盧梭談的是，在原始社會，在個人如果不聯合起來就無法戰勝自然的時候，訂定社會契約必要性就出現了。在這裏，阻礙人類生存的東西，盧梭用的詞是obstacle，意思是「障礙」，是一個中性詞。從上下文看，阻礙人類生存的東西，應該來自於大自然。譯文卻將這種阻礙自行理解成文明社會中的「暴君污吏」，並且已經壓迫了百姓「數千百輩」。反抗的理由也被譯者改變了，不是像盧梭所說的為了戰勝自然而圖自身的生存，而是因為個人固有之「權利」，「復我固有之權利」，「復我曩昔所失之權利」。在譯者看來，在這種「暴君污吏」的壓迫之下，個人的有限反抗力量很微小（這裏用了一句中國成語「猶蚍蜉而撼大樹」），所以大家應該聯合起來進行鬥爭（這裏又用了一句中國成語「眾志成城」），這樣必有成功的一日。譯文最後以中國古語勉勵大家，「『匹夫不可奪志也』，況芸芸者如此其眾乎」，目的是為了不再成為奴隸。譯文簡直是一篇推翻滿清帝制的革命宣言，也很像後來的「個人——集體」的階級鬥爭革命敘事，它離盧梭的本意委實已經很遠了。

楊廷棟是中國最早的留日學生之一，而日本彼時是晚清革命黨的重要陣地。那一時期，已經有大量的鼓吹革命的報刊出現。《譯書彙編》的價值在於，它以翻譯西方政治理論為使命，諸如盧梭、孟德斯鳩等很多政治理論家的名著都首次在這裏被翻譯過來。該刊的「簡要章程」提到：「政治諸書乃東西各邦國之本原」，「是編所刊以政治一門為主」[27]。不過，革命黨人翻譯政治理論具有明確目的，即為滿清革命提供理論支援，尋找中國革命的政治合法性。在二十世紀初的時代背景下，在晚清翻譯並不拘泥原文的風氣下，楊廷棟對於盧梭的《社會契約論》做了革命式的理解和改寫，並不奇怪。可以看得出來，晚清革命黨人最重視的是盧梭的「天賦人權」及由此而來的革命思想。既然人生而自由、平等，那麼君權神授就是不合理的，中國的皇權帝制的存在也就是不合理的。這種「天賦人權」的觀念對於晚清國人的震動是巨大的，成為了國人反抗滿清、進行民族革命的理論根據。盧梭的《社會契約論》中有一段名言：「當人民被迫服從而服從時，他們做得對；但是，一旦人民可以打破自己身上的桎梏而打破它時，他們就做得更對。因為人民正是根據別人剝奪他們的自由時所根據的那種同樣的權利，來恢復自己的自由的，所以人民就有理由重新獲得自由，否則別人當初剝奪他們的自由就是毫無理由了。」這段話簡直就是為晚清革命而說的，有什麼比它更適合激勵晚清革命者呢？不過，盧梭《社會契約論》的主要內容其實在於探討一種理想的社會制度，並不在鼓吹革命。在楊廷棟的筆下，革命的「先見」決定了他對於原文的曲解。原文對於個人與集體、自然權利與政治體制的均衡關係的探討，變成了對於壓制個人的專制制度的聲討，變成了對於革命的呼籲。

前文我們提到，中國的第一個《社會契約論》譯本，是中江兆民的古漢語譯本《民約通義》。這個譯本不太為人所知，據日本學者狹間直樹考證：「由兆民親手翻譯，忠實於原文的民約論漢譯本對中國人的影響卻並不大。」[28]中江兆民的譯本，直至一九〇九年《兆民文集》出版問世後，才較多為國內所知。在辛亥革命之前，流行的主要是楊廷棟譯本，「在辛亥革命前，它流傳較廣，影響也最大。」[29]二十世紀前十年，晚清社會對於《社會契約論》的理解，主要來自楊廷棟譯本。

楊廷棟對於《社會契約論》的翻譯，一方面體現了晚清社會對於盧梭的獨特理解，另一方面譯文本身又建構和鞏固了晚清社會對於盧梭的革命化理解。

一九〇二年，蔣智由《盧騷》一詩有云：

世人皆欲殺，法國一盧騷。
民約倡新義，君威掃舊驕。
力填平等路，血灌自由苗。
文字收功日，全球革命潮。[30]

「世人皆欲殺，法國一盧騷」來自於杜甫寫李白的詩句「世人皆欲殺，我意獨憐才」，旨在突出盧梭的社會反抗和為世所不容。「民約倡新義，君威掃舊驕」一句說明盧梭的代表性思想在於「民約」，而「民約」的新義在於一掃了君主的驕橫。「力填平等路，血灌自由花」，標出了詩人所理解的盧梭思想的核心：「平等」「自由」。「文字收功日，全球革命潮」，最後一句點出了「革命」的主題，不但是中國革命，還有全球革命，只有到這個時候，才是詩人文字收功的日子。這首詩的關鍵字「民約」、「平等」、「自由」、「革命」，較為全面地體現了晚清社會對於盧梭的理解。

一九〇三年，柳亞子《放歌》一詩中有云：

盧梭第一人，銅像巍天閶。
《民約》創鴻著，大義君民昌。

胚胎革命軍，一掃秕與糠。
百年來歐陸，幸福日恢張。[31]

柳亞子把盧梭當成當今思想界「第一人」，代表其思想的著作是《民約論》，是其中有關君與民的論述，而其影響效果則是胚胎了「革命軍」，掃除了象徵著專制黑暗勢力的「秕與糠」，如此百年以來的歐陸才獲得了幸福。在柳亞子這裏，「革命」進一步演化成了行動的「革命軍」，中國正需要這樣的「革命軍」。

正是在一九〇三年五月，鄒容的《革命軍》由柳亞子等人集資在上海大同書局正式出版。《革命軍》被譽為近代中國的「人權宣言」，魯迅曾說過：「倘說影響，則別的千言萬語，大概都抵不過淺近直截的『革命軍馬前卒』所做的《革命軍》。」[32]《革命軍》中的革命思想，與盧梭的關係十分密切。在《革命軍・自敘》中，鄒容在談到自己的思想淵源時，第一個提到的人就是盧梭：「吾但信盧梭，華盛頓、威曼諸大哲於地下有靈，必哂曰：『孺子有知，吾道其東！』」「孺子有知，吾道其東！」[33]一句表明，鄒容公然以盧梭等人在中國的繼承者自居。在《革命軍》第一章〈緒論〉中的倒數第二段，鄒容說：「我幸夫吾同胞之得盧梭《民約論》。」在最後一段，鄒容說：

夫盧梭諸大哲之微言大義，為起死回生之靈藥，返魄還魂之寶方，金丹換骨，刀圭奏效，法美文明之胚胎皆基於是。我祖國今日病矣！死矣！豈不欲食靈藥投寶方而生乎！苟其欲之，則吾請執盧梭諸大哲之寶幡，以招展於我神州上空。不寧惟是，而況又有大兒華盛頓於前，小兒拿破崙於後，為吾同胞革命獨立之表木。嗟乎！革命！革命！得之則生，不得則死。毋退步，毋中止，毋徘徊，此其時也，此其時也，此吾所以倡言革命，以相與同胞共勖，而實行此革命主義也。[34]

盧梭的思想，在這裏已經被視為「起死回生之靈藥，返魄還魂之寶方」，用以醫治祖國之病。作者要執盧梭之「寶幡」，為中華民族招魂，所招之魂則是「革命」，「得之則生，不得則死」。在作者眼裏，「革命」是盧梭思想的靈魂。

恰巧，一九〇五年，有一部名為《盧梭魂》的小說出現。我們可以由這部小說確認，晚清社會的「盧梭魂」到底意味著什麼？《盧梭魂》由懷仁編次，天民作序，共計十二回。這是一部幻想小說，寫盧梭死後真魂來到中國，在中國宣傳民權，鼓動反抗滿清統治的革命。小說一開頭從盧梭寫起：

> 歐洲西境，法蘭西國，有一名儒，喚作盧梭。論起他的學問，在那法國也要算是數一數二的。遠者天文地理，近者物理民情，以及各國語言文字，他卻無一不曉，無一不精。因此，一生著述不下數十種。其中最有勢力的，就是那一篇《民約論》。後來歐美兩洲掀天揭地的革命軍，便是這篇文字播的種子。[35]

這第一段介紹文字所體現的對於盧梭的理解，在晚清社會具有相當的代表性。所推薦的盧梭著作，只有《民約論》；而這篇文字的核心，仍是「革命軍」。

小說接下來寫盧梭在法國不被理解，自盡身亡，英靈不散，隨風飄到中國。路上見到明末清初的黃宗羲和春秋時代的展雄正在抨擊時政，盧梭加入其中，「將那《民約論》上的道理，仔仔細細的發揮了一回。」[36]黃、展二人聽了很高興，遂留盧梭住在一起。後來秦朝農民起義領袖陳涉又加入進來。陳涉佩服盧梭的思想，到城裏城外向百姓宣傳：

他真個偷著空兒去到城裏城外，把盧梭的議論播揚起來，引誘那些青年。沒有幾天，沿街遍巷，也有索讀盧梭文字的，也有極口誇讚盧梭議論的。便是那些不成正氣，鬼頭鬼腦的，也自隨聲附和，嘴頭上播出「民權」二字。盧、黃諸人見了這般光景，大喜。便將陳涉邀來，密密的商議去聯絡他們，預備動手。[37]

小說結尾，獨立峰頭香煙繚繞，仙樂悠揚，一個古冠古服的人影，雙手秉著圭璋。大家見，忙三跪九叩，山呼起來，正是「漢山俎豆千秋社，唐國衣冠萬古存。」漢山出現這樣的景觀，十分轟動，大家紛紛來看。其中有一個學究，名懷仁，正是本書的作者，也來看熱鬧。他恍恍惚惚來到天宮，只見寶殿上坐著龍袞，龍袞拿出一部蟠龍鄉鳳的書套，取出一卷書，讓懷仁到世上去講「好教人間知俺唐人也能經文緯武，輔世安民，不是那一等做奴，做隸、做牛、做馬，永受外國羈絆的。」[38]懷仁偷眼一看，書名正是《盧梭魂》。懷仁悄悄揭開偷看，看到一行字，正是第五回的題目〈聽自由鍾漢山倡義　布獨立檄唐國勝歡〉。卻聽當駕官大喝一聲：「預洩天機，該當何罪！」[39]這一喝，喝得懷仁一跤跌醒，卻是一場大夢，然而《盧梭魂》卻還在手裏。

在這裏，盧梭與中國歷史上的革命者走到了一起，為推翻滿族的漢民族主義而戰。盧梭在這裏，擔當著一個啟蒙者的角度，將中國傳統改朝換代式的革命轉換成盧梭式的民權革命。不過，最終拯救盧梭的，卻是中國的黃帝。盧梭的權威是中國神授的，於是革命的終極起源仍然來自於中國。從小說《盧梭魂》中，我們看到，盧梭及其《民約論》成為了晚清社會新的時代革命的象徵。

第三節 《天演論》VS.《民約論》

《民約論》和《天演論》在西方思想史上是兩種理路對立的著作，代表的是西方兩種不同的思想傳統。它們能夠同時影響於二十世紀初期的晚清社會，是一件異乎尋常的事情。是中國特定的歷史語境，及其所帶來的翻譯形塑，使得《天演論》與《民約論》能夠互相相容，共同作用。不過，這種統一只是暫時的，隨著改良和革命的分裂，這兩種不同的理論終於分道揚鑣。

從思想史角度看，西方存在著兩種不同的自由主義思想傳統。《民約論》代表的是十八世紀以來法國理性主義傳統，《天演論》代表的是十九世紀以來的英國經驗主義傳統。我們可以將其簡稱為法國傳統和英國傳統。法國傳統的代表人物是笛卡爾、盧梭等人，英國傳統的代表人物是休謨、亞當・斯密等人。

法國傳統認為：人生而具有智識和道德的稟賦，理性具有至上的地位，因此憑藉理性就可以型構理想的社會制度。盧梭的理論正是如此。盧梭認為，人生而自由，只是因為文明制度的不合理，人才失去了自由。他設計了一種制度，即每個人都向集體全部讓渡自己的權利，而集體意志成為每個個人意志的體現。如此，個人既成了主權者，同時又是國家的成員。這樣一個體現了全體個人的公共人格，就是共和國。盧梭試圖通過這樣一種理性設計，一勞永逸地建立起完美的政治制度。這種設計的問題在於，體現全體個人意志的公意只能由部分個體來承擔，這部分主權者如何能夠體現公意而不是他們的個人意志呢？徹底的民主可能演變成完全的極權，這是盧梭後來受到詬病的原因。

英國傳統卻認為，人的理性是有很大局限的，只有在累積性進化的進程中，人的理性才能得到發展。文明只是經驗的總和，是不斷試錯而獲得的結果。英國傳統反對啟蒙主義的理性設計，認為社會制度的生成並不發明設計的結果，而是由未曾自覺的行為構成的，是適應性進化的結果。在這一點上，進化論為英國傳統提供了基礎。他們借重了「自然選擇」（natural selection）、「生存競爭」（struggle for existence）、「適者生存」（survival of the fittest）等概念，強調進化積累。當然，在英國傳統看來，社會科學與自然進化並不完全相同，在社會進化中，具有決定意義的並不是個人遺傳等生理因素，而是摹仿成功有效的制度而做出的選擇。

哈耶克認為，在西方近代歷史上，這兩種傳統有巨大的差別。他借用J.L. Talmon的概括來釋述兩者之間的區別：「一方認為自生自發及強制的存在乃是自由的本質，而另一方則認為自由只有在追求和獲致一絕對的集體目的的過程中方能實現」；「一派主張有機的、緩進的和完全意識的發展，而另一派則主張教條式的周全規劃；前者主張試錯程式，後者則主張一種只有經強制方能有效的模式」[40]在這兩種傳統之中，哈耶克本人無疑是贊成英國傳統的，然而不幸的是，「由於法國傳統的論辯相當唯理，像是有理，似合邏輯，又極為誇張地設定了人的理性具有無限的力量，所以漸漸贏得了影響並為人們所歡迎，但是英國的自由傳統卻未曾闡釋得如此清楚，也不那麼明確易見，所以日漸式微。」[41]

這兩種本來互相衝突的西方思想，在中國卻由於翻譯的變形而奇妙地融合起來了，統一於晚清的政治需要之中。《天演論》與《民約論》翻譯到中國的時間，正是中國歷史上的危急時刻。一八九四年清政府敗於甲午戰爭，一八九五年被迫簽訂《馬關條約》，一九〇〇年八國聯軍攻入北京，一九〇一年清政府被迫簽訂《辛丑條約》。經受了這系列災難的國人，深受刺激。他們正是在批判和反抗這一點上，去吸取《天演論》與《民約論》的思想資源的。國人在《天演論》中所看到的，是生存競爭；在《民約論》所看到的，是為自由平等的權利而戰。如此，《天演論》與《民約論》就配合起來了：《天演論》昭示了國人的生存壓力，《民約論》則提供了批判的根據和行動的合理性。

梁啟超一方面宣傳進化論，另一方面同時宣傳《民約論》，絲毫沒覺得其間的矛盾。梁啟超認為盧梭的《民約論》是醫治中國最好的良方。一八九九年《自由書》有云：「歐洲近世醫國之手，不下數十家。吾視其方最適於本日之中國者，其惟盧梭先生之《民約論》乎！是方也，現在世紀及今世紀之上半，施之於歐洲全洲而效；當明治六、七年至十五、六年之間，施之於日本而效。今先生於歐洲與日本既已功成而身退矣，精靈未沫，吾道其東，……嗚呼！《民約論》，尚其東來。東方大陸，文明之母，神靈之宮。惟今世紀，地球萬國，國國自主，大家獨立，尚餘此一土以殿諸邦。此土一通，時乃大同。嗚呼！《民約論》兮，尚其來東！大同大同兮，時汝之功！」一九〇一年，梁啟超在《清議報》發表《盧梭學案》一文，大力介紹讚揚盧梭的學說。一九〇二年，梁啟超在《論學術勢力之左右世界》一文中，這樣高度稱讚盧梭學說：「自此說一行，歐洲學界，如旱地起一霹靂，如暗界放一光明，風馳雲捲，僅十餘年，遂又法國大革命之事。自茲以往，歐洲列國之革命，紛紛繼起，卒成今日之民權世界。《民約論》者，法國大革命之原動力也；法國大革命，十九世紀全世界之原動力也。盧梭之關係於世界何如也！」[42] 梁啟超對於嚴復翻譯的《天演論》，同樣稱頌備至。他後來還專門撰文介紹進化論的始祖達爾文，並像嚴復一樣，強調進化適用於一切領域：「所謂天然淘汰、優勝劣敗之理，實普行於一切邦國、種族、宗教、學術、人事之中，無大無小，而一皆為此天演大例之所範圍。不優則劣，不存則亡，其機間不容髮，凡含生負氣之倫，皆不可不戰競競惕厲，南昌求以適存於今日之道云爾。」[43]

在批判與反抗的時候，《天演論》與《民約論》是可以互相配合的，不過在涉及建設的時候，兩者的差異就出現了。梁啟超等改良派這個時候才發現，他們需要的是進化論，而不是盧梭的《民約論》。

以一九〇三年的「拒俄義勇軍事件」和「蘇報案」為標誌，晚清革命派的思想開始浮出歷史地表，而改良派和革命派的分裂也由此開始。晚清改良派與革命派的主要分歧在於：一者主張漸進改良，一者主張民族革命；一者主張君主立憲，一者主張共和政體。正是在一九〇三年，梁啟超發表《政治學大家伯倫知理之學說》一文，對於盧梭的態度來了一個一百八十度的大轉變，由讚美變成了批判。梁啟超幡然悔悟，認為盧梭來中國這些年，並沒有產生正面的作用，「顧其說之大受歡迎於我社會之一部分者，亦既有年；而所謂達識之，其希望之目的，未睹其因此而得達於萬一，而因緣相生之病，則已漸萌芽，漸瀰漫一國中。現在未來不可思議之險象，已隱現出沒，致識微者慨焉憂之。噫，豈此藥果不適於此病耶？抑徒藥不足以善其後耶？」[44] 梁啟超的抱怨，事實上來自於這樣一個事實，即盧梭的思想構成了革命共和派的源頭。

在這篇文章中，梁啟超藉伯倫知理之口對於盧梭進行了全面清算。伯倫知理認為，欲實現盧梭所構想的民約論，民眾須具備三種條件：一，「其國民皆可各自離析」；二，「國民必悉立於平等之地位」；三，「其國民必須全數畫諾」。做到這三點是不可能的，因而盧梭的國家論是不能成立的。梁啟超贊同伯倫知理的說法，認為他「取盧氏之立腳點而摧陷之者也」。至於中國，梁啟超認為盧梭的國家學說更不可能。在他看來，盧梭之藥在於醫歐洲過度干涉之病，而中國之問題恰恰相反，在於過度散漫。梁啟超借助於伯倫知理的「國家有機體說」，認為中國的當務之急不是爭取自由平等，也不是革命，正相反，是鑄就國民，造成國家「有機之統一和有力之秩序」。接下來，梁啟超闡述了伯倫知理有關「國民和民族」的理論，論證中國排滿革命的不可行。再接下來，梁啟超翻譯介紹了伯倫知理和德國波倫哈克有關君主立憲與共和政體的政治主張，領悟到共和政體在中國的不可行，其原因是中國國民不具備共和國民的資格，「譯者曰：『吾心醉共和政體也有年，國中愛國踸踔之士一部分，其與吾相印契而心醉共和政體者亦既有年。吾今讀伯、波兩博士之所論，不禁冷水澆背，一旦盡失其據，皇皇然不知何途之從而可也。如兩博士十之所述，共和國民應有之資格，我同胞雖一不具，且歷史上遺傳性習，適與彼成反比例，此吾黨所不能不為諱也。今吾強欲行之，無論其行而不至也。」在伯倫知理看來，盧梭認為主權不在統治者，而在於公民全體，但統一的公民意志是不可能的，由此，「專制君主主權，流弊雖多，而猶可以成國；專制國民主權，直取已成之國而渙之耳。」盧梭主權在民的結果，最後只能變成部分公民號稱自己代表公意，於是演成大革命之禍。

嚴復深諳西學，早年就宣揚盧梭的「天賦人權」等思想，對晚清社會進行啟蒙教育。《論世變之亟》有云：「夫自由一言，真中國歷古聖賢所深畏，而從未嘗立以為教者也。彼西人之言曰：唯天生民，各具賦畀，得自由者乃為全受。故人人得自由，國國各得自由，第務令毋相侵損而已。侵人自由者，斯為逆天理，賊人道。其殺人傷人及盜蝕人財物，皆侵人自由之極致也。故侵人自由，雖國君不能，而其弄禁章條，要皆為此設耳。」[45]所謂「西人之言曰：唯天生民，各具賦畀，得自由者乃為全受」，顯然是盧梭「人生而自由」思想的闡發。嚴復在這裏追隨盧梭，將自由視為人的天性，雖國君也不能剝奪，這在當時的晚清社會無異於石破天驚之言。正如嚴復所指出的，中國恰恰缺乏這個傳統，「自由」這個詞為中國歷代聖賢所畏懼。在《原強》一文中，嚴復提出了西方的「自由平等」觀，及「以自由為體，以民主為用」的思想[46]。在《辟韓》一文中，嚴復再次提出：「民之自由，天之所畀也，吾又烏得而靳之！」[47]

不過，到了一九〇六年，在晚清政治「近日將有立憲盛舉」的形勢下，嚴復對於盧梭的態度卻發生了很大的變化。在《政治講義》一文中，嚴復指出：在盧梭看來，政權有兩種：一種是自上而下的，是為專制統治；另一種是自下而上的，是為民主政體。後一種政體，正是盧梭的《民約論》所主張的，「假使其人其事，與社眾之主義背馳，乃至群情不合者過半，斯其人義應告休，否則逐之可也。此等義法，盧梭《民約》，推勘最詳。自其說興，革命風潮，因之大起，此所謂國民無上之義是已。故挽近歐洲，以民主為最正之治制。」[48]但在嚴復看來，這種二分法卻是不成立的。他認為，權力都是自下而上的，即便專制政體也是這樣：「見凡專制之君，未有不俟民心之歸，眾情之戴而能立者。」關鍵在於擁護者的多少，「其所俟之多寡強弱不同，而即以此判成敗。」因而，盧梭之論是不能成立的：「然則盧梭諸公，分政府為二等：一謂權發諸上，一為權發諸下者，其義荒矣。」因為「權未有不發諸下者也」[49]，所以「獨治」與「眾治」的區別也並不存在。進一步，自由與否事實上與民主或專制政體也並無關係：「但考論各國所實享自由時，不當問其法令之良，亦不當問其國政為操於議院民權，抑操於專制君權。蓋此等歧異，雖所關至巨，而實與自由無涉。」在嚴復看來，時人動輒將自由與國富民強，與政體聯繫起來，是不恰當的。他認為：「民之自由與否，其於法令也，關乎其量，不關其品也。所問者民之行事，有其干涉者乎？得為其所欲為者首？抑既干涉矣，而法令之施，是否一一由於不得已，而一切可以予民者，莫不予民也。使其應曰然，則其民自由。雖有暴君，雖有弊政，其民之自由自若也。使其應曰否，則雖有堯舜之世，其民不自由也。」[50]很明顯，嚴復態度的變化，與他評論立場的變化有關。當年，在他以西學為參照，進行社會批判時，他會運用「天賦人權」、自由平等的啟蒙思想。一九〇六年的《政治講義》則是站在立憲政治的角度說話的，因此會考慮限制自由。有關於這一點，他在《政治講義》「第五講」的開頭說得很清楚：西人愛談民權自由，國人也崇拜自由，咸與維新，但是，「獨惜政治所明，乃是管理之術。管理與自由，義本反對。自由者，惟個人之所欲為；管理者，個人必屈其所欲為，以為社會之公益，所謂捨己為群是也。」[51]

值得注意的是，嚴復在《政治講義》中涉及到了法國傳統和英國傳統的差異。嚴復在「第一講」中提到：「須知十八世紀以前，已有言治不由歷史者，希臘時如柏拉圖，最後如盧梭。此二人皆諸公所習知，其言治皆本心學，或由自然公理，推引而成。是故本歷史言治，乃十九世紀反正之術，始於孟德斯鳩，至於今幾無人不如此矣。」說的是政治與歷史之關係，其實就是政治設計的不同方式。柏拉圖、盧梭代表的是理性推衍的傳統，在嚴復看來，已經被始於孟德斯鳩的經驗主義的漸進變革的英國傳統所代替。這種始於十九世紀經驗主義傳統的思路，用嚴復的話來說，就是：「蓋天生人，與以靈性，本無與生俱來預具之知能。欲有所知，其最初必由內籀。」「一人之閱歷有限，故必聚古人與異地人之閱歷為之。」[52]也即不相信天生理性，而相信經驗的積累歸納。社會就像生物一樣，是逐漸進化發展的，「人類相合為群，由質而文，同簡入繁，其所以經天演階級程度，與有官生物，有密切之比例。故薩維宜謂國家乃生成滋長，而非製造之物。而斯賓塞亦云，人群者，有機之大物，有生老病死之可言，皆由此義也。」[53]就此而言，盧梭的社會契約論不過是主觀虛構的，社會和國家只能是進化演變的結果。

到了辛亥革命之後，共和夢斷，嚴復更有理由譴責盧梭了。一九一三年，嚴復受梁啟超之約，為《庸言報》撰寫批判盧梭的文章。嚴復在給熊純如的信中這樣說：「昨梁任庵書來，苦督為《庸言報》作一通論。已諾之矣。自盧梭《民約》風行，社會被其影響不少，不惜喋血捐生以從其法，然實無濟於治，蓋其本源謬也。刻擬草《民約平議》一通，以藥社會之迷信。報出，賢者可一觀之而有以助我。」[54]後來嚴復寫出長篇《民約平議》，發表於《庸言》一九一四年第二十五至二十六號合刊上。如果說，一九〇三年梁啟超只是擔心盧梭的負面影響，那麼一九一四年的嚴復則已經在肆意攻擊盧梭的惡劣後果：「《民約論》之出，窮簷委巷，幾於人手一編。適會時世，民樂畔古，而盧梭文辭，又偏悍發揚，語辯而意譯，能使聽者入其玄而不自知。此遂見於美之獨立、法之革命。嗣是以來，風聲所施，社會岌岌，篤其說者，或不惜捐軀喋血，國量死者以求之。然而經百餘年，諸種之民，用其法以求之。而所求者卒未至也。歐美言治之家，於盧梭各有所左右，亦大抵悟其說之不可行。顧旋死旋生，生則其禍必有所中。」

在《民約評議》一文中，嚴復列舉出盧梭的三條「大經大法」，一一加以批駁。（甲）「民生自由者，其於群為平等」。嚴復認為：新生兒「累然塊肉」，非扶養不能長大，天生具有種種差異，何來自由平等？而在中國，「今之所急者，非自由也，而在人人減損自由，以利國善群為職志。」（乙）「人人不得有私產業，凡產業皆篡者，將不攻而自破矣。」嚴復認為，這一條是空想：「盧梭之說，仁則仁矣，而無如其必無是也，則奈何欲亂人國以從之乎？」（丙）「其最重要者，莫若消滅戰勝之權利。而云物之以兵力而取者，義得以兵力復奪之。」這一條嚴復也認為不符合歷史，「第必如其法，凡人得一切權利，必待一切人類之公許而後成，此不獨於實事為難見，即在理想，亦有可疑。」

當時身為革命派的章士釗，立即撰文回擊嚴復對於盧梭的批評。章士釗在一九一四年五月十日《甲寅雜誌》第一期以秋桐為名發表《讀嚴幾道〈民約平議〉》一文，認為「初不宜挾一先入之成見，硬坐盧梭之說，鄰於虛誕，遂視為洪水猛獸而排之也。」嚴復對於盧梭三條「大經大法」的批判，章士釗一一加以駁回。第一點，章士釗認為嚴復「由天生之生，轉入生育之生，並為一談，以欺庸眾。」第二點，章士釗認為，盧梭主張財產的平等，是「盧梭之於富亦特惡其太甚而已，此觀於歐洲封建之弊，地主之橫，遽謂其說之不當有，未免過當。」第三點有關於權力和革命，尤是重點。章士釗認為，嚴復以湯武革命為例說明征服者的權力，是不恰當的，「湯武革命，可曰光復，而不可曰征服。」另外，章士釗指出，嚴復在批判第三點中時「駁其一而遺其二」，忽略了後面一句，即「以兵力而取者，義得以兵力復奪之」。他認為這一點很重要：「由是湯有諸侯三千，資以黜夏，武有諸侯八百，資以勝殷。正所謂『義得以力而奪之』，光復舊物，正指此也，吾中華民國之所由來，亦惟此義足自立，是嚴先生湯武征誅之說，盧梭之所樂聞也。」章士釗以湯武革命為例，以盧梭的理論為依據，說明中華民國的合法性。不過，章士釗在文章的開頭就已經指出，中華民國名為共和，實際上仍是專制，「惟今居反動時代，名為共和，一切惟還乎專制是務，於是有無論何國所不能不備之質，而以為貌似共和，不免挾其雷霆萬鈞之力，以擠而去之焉。」因此，嚴復對於共和的攻擊，事實上是攻錯了對象。

有趣的是，革命派雖然批判改良派，擁護《民約論》，卻並不攻擊進化論。革命派並沒有把進化論看成是改良派的專利，而是把進化論與革命聯繫到了一起。「革命者，天演之公例也」，鄒容《革命軍》中的這句話，將進化論與革命奇特地結合起來。在西方作為英國傳統思想基礎的進化論，在中國革命派手裏，反倒成了革命的依據。於是有了革命進化論。章太炎相信進化論思想，他在《訄書・族制》中說：「夫自然之淘汰，與人為之淘汰，優者必勝，而劣者必敗。」[55] 但在他心目中，革命是進化的手段，《駁康有為論革命書》有云：「人心之智慧，自競爭而後發生，今日之民智，不必恃他事以開之，而但恃革命以開之。」「人心進化，孟晉不已。以名號言，以方略言，經一競爭，必有勝於前者。今之廣西會黨，其成敗雖不可知，要之繼此而起者，必視廣西會黨為尤勝，可豫言也。然則公理之未明，即以革命明之；舊俗之俱在，即以革命去之。革命非天雄大黃之猛劑，而實補瀉兼備之良藥矣。」[56] 孫中山早年研讀進化論，十分推崇，認為：「自達爾文之書出，則進化之學，一旦豁然開朗，大放光明，而世界思想為之一變，從此各種學術皆歸依於進化也。」[57] 不過，他卻反對康有為的漸進改良，而主張革命「突駕」。康梁認為「各國皆由野蠻而專制，由專制而君主立憲，由君主立憲而始共和，次序井然，斷難躐等；中國今日亦只可為君主立憲，不能躐等而為共和。」孫中山認為：「此說也謬」，「是反夫進化之公理」[58]。孫中山這裏所說的進化，已經走到了英國傳統的反面。

我們知道，在改良派與革命派的鬥爭中，革命派勝出，改良派衰落。革命進化論成為一九〇三至五四時期的主流話語。五四以後，革命進化論則直接為唯物史觀、階級鬥爭學說所代替，陳獨秀、李大釗、魯迅等人都從進化論者轉變為階級論者。代表法俄革命傳統的盧梭《民約論》引領了整個二十世紀中國革命思潮，而代表了十九世紀英國經驗主義傳統的《天演化》卻被「革命」所改編，成了革命進化論，由嚴復、康梁所代表的英美自由主義傳統從此隱沒不顯。

意味深長的是，在世紀末「八・九」政治事件這最後一次「革命」之後，在中國進入資本主義市場經濟以後，在中國卻發生了一場「告別革命」的思潮。在此，英美自由主義傳統突然被重新發現了，而盧梭的思想卻受到了前所未有的批判和反省。

在《道德理想國的破滅》的開頭，朱學勤描繪了盧梭對於二十世紀中國革命的決定性影響：「大學歷史課堂不斷提及那個激動人心的時代，使得一代又一代的中國學生為之神往，心魂飄蕩；每當民族危亡人心動盪的年代，〈馬賽曲〉的歌聲總是在知識份子的救亡曲中首先唱響──塞納河畔飄來的旋律既融進了〈國際歌〉，也融進了中華民族的國歌，它最好不過地證明：法蘭西風格的政治文化已經融進了中華民族的政治血液、政治性格。」[59] 然而，朱學勤卻是從批判的角度對盧梭進行清理。在他看來，正是盧梭的召喚，引起了中國現代一場場血腥的革命。直接引起他批判盧梭的動因，是他所經歷的文化大革命。朱學勤自述，他寫作這本書的動力是思考這樣一個問題，即「為什麼法國革命與文化革命如此相近？」[60] 朱學勤覺得這是一個重要的發現，於是對這一議題進行了歷史考察，但他只提到了陳寅恪一九一九年八月三十一日的日記中對於中法習性相近的紀錄，還有一九七三年四月二十九日的一則顧準筆記中有關於基督教傳統和共產主義在「至善」追求上的相似說法。朱學勤的《道德理想國的破滅》一書，在中國大陸引起了廣泛的反響，引領了學界對於二十世紀革命傳統的重新反思。

與朱學勤有師生之誼的王元化先生，自述受到朱學勤這本書的影響，開始進行理論回溯。他驚訝地發現，我們歷來只知道盧梭的革命思想，卻從來沒注意西方自由主義傳統的另外一支，即「英國經驗主義」、「蘇格蘭啟蒙學派」等。他在《對於「五四」的再認識答客問》一文中說：「與民主問題關係密切的國家學說，過去我們往往只知道一家之言，這就是盧梭的社約論。我們不知道與他同時的法國百科全書派伏爾泰、狄德羅、達朗貝爾等的學說與他有什麼不同，更不知道英國的經驗主義，如洛克的政府論又和他有什麼不同。至於在大陸尚未被介紹的蘇格蘭啟蒙學派的理論是怎樣，就更加茫茫然了。我們對這些一概不知不曉，只知道一種盧梭的民主學說，而且就是對這一種也還是一知半解。甚至連一知半解也談不上。試問，以後要建設我們的民主，又用什麼去建設呢？」[61]晚清以來一直隱沒不現的英國傳統，在差不多一個世紀以後，終於被重現發掘出來，並讓學界如獲至寶，成為反省「革命」的知識根據。

緊接著一九九四年出版的朱學勤的《道德理想國的破滅》，一九九五年李澤厚與劉再復在香港出版了《告別革命》一書。後者影響巨大，「告別革命」從此成為批判二十世紀革命傳統的流行術語。在《告別革命》一書中，李澤厚提出，他早在一九七八年就明確地提出了「英國傳統」與「法國傳統」的兩種路徑：「早在一九七八年，我就提出『法國式』與『英國式』之分，我贊成『英國式』的改良，不贊成法國式的，暴風驟雨式的大革命，這種革命方式付出的代價太沉重了。」[62]並且，李澤厚追溯到了晚清改良和革命的兩種傳統，認為對此應該進行重新評價：「對這個世紀康有為、梁啟超和革命派的爭論，現在就不要簡單地認為康梁的主張是錯的，我看康有的那種『君主立憲』、『虛君共和』的思想在當時很有道理，這個大案似乎可以翻一翻。在臨近這個世紀末才能談論這個世紀初的案，真讓人感到辛苦和滑稽。歷史似乎太無情了。」[63]

在將近一個世紀的「革命傳統」被質疑後，人們才發現被歷史湮沒的「英國傳統」，歷史的確太無情了。在這湮沒的過程中，翻譯的改寫無疑是最初的源頭。在盧梭的《民約論》中，僅僅有一段話提到，人民有權利打破自己身上的桎梏、獲得自由，但它並不是《民約論》的主旨。《民約論》本身探討的是合理政治秩序的規則，並不號召革命。然而，楊廷棟的譯文卻牢牢抓住了這一句，作為主旨，從人民的自由和權利出發，鼓吹推翻專制政府。《天演論》僅僅強調了「物競天擇」、「適者生存」的一面，因而很容易與「革命」聯繫起來，而進化論所具有的漸進變化的英國經驗主義的一面，卻沒有展示出來。嚴復後來頗為後悔《天演論》的影響，欲以主張社會有機演進的《君學肄言》進行補救，可惜已晚。嚴復在給他人的書信中指出：「僕雖心知其危，故《天演論》既出之後，即以《群學肄言》繼之，意欲鋒氣者稍為持重，不幸風會已成。」[64] 李澤厚指出：「當時嚴復、梁啟超所接受的便是『生存競爭』的觀念，以為中國就要被淘汰，所以非急劇變化不可。但康、梁都沒有『飛躍』的觀念，所以還比較保守，不贊成革命。我們後來批判進化論的自然演進，即和平進化的觀念，強調殘酷鬥爭，你死我活，強調進化中的所謂『飛躍』，也就是革命。從理論到實踐，形成了一整套，久而久之，變成了思維模式，積習難除了。」康、梁本人固然沒有「飛躍」的思想，不過，「生存競爭」的壓力卻推導出了革命，由不得他們，進化論本身所具有的「和平進化」反而受到了批判。

很明顯，《天演論》和《民約論》的翻譯，導致了法國傳統的壯大，也導致了英國傳統的湮滅。當然，翻譯的誤讀，並非偶然，它植根於歷史與文化的深處。

1 馮友蘭，《〈天演論〉的原名》，《光明日報》，一九六一年三月八、九日。
2 嚴復，《天演論・譯例言》，王栻主編，《嚴復集・第五冊：著釋、日記、附錄》（中華書局，一九八六年一月），頁一三二一。
3 （英）赫胥黎，宋啟林等譯，《進化論與倫理學》（北京大學出版社，二〇一〇年十二月），頁三。
4 同註二，頁一三二三。
5 同註三，頁四。
6 同註二，頁一三二四。
7 同註二，頁一三二五。
8 同註二，頁一三二六—一三二七頁。
9 嚴復《天演論・導言二・廣義》，《嚴復集・第五冊》，頁一三二八。
10 嚴復《天演論・導言五・互爭》，《嚴復集・第五冊》，頁一三三四。
11 嚴復《天演論・導言十五・最旨》，《嚴復集・第五冊》，頁一三四九—一三五〇。
12 同前註，頁一三五一—一三五二。
13 同註十一，頁一三三一頁。
14 同註十一，頁一三三六。
15 同註十一，頁九。
16 同註十一，頁一三三九。
17 胡漢民，《述侯官嚴復最近之政見》，《民報》第二號，一九〇五年十二月。
18 胡適，《四十自述》（亞東圖書館印行，中華民國二十二年九月），頁九八—九九。
19 吳湘相，《譯書彙編影印本序》，阪崎斌編，《譯書彙編》（影印本，臺灣學生書局，中華民國五十五年九月），頁一。
20 盧梭，何兆武譯，《社會契約論》（商務印書館，二〇〇三年），頁三。
21 盧騷，楊廷棟譯，《民約論》，阪崎斌編，《譯書彙編》第一期，明治三十三年十二月，頁八五。
22 同註二十，頁四。
23 同註二十，頁八六。
24 同註二十一，頁八七。
25 同註二十，頁一八。

26 同註二十一，頁六九－七〇。
27 同註二十一，頁二。
28 狹間直樹，《中國人重刊民約譯解》，《中山大學黨報論叢》，一九九一年六月。
29 夏良才，《〈民約論〉在中國的傳播》，袁賀、談炎生，《百年盧梭——盧梭在中國》（吉林出版集團有限責任公司，二〇〇九年七月），頁三六〇。
30 《新民叢報》第三號，一九〇二年三月。
31 柳亞子，《磨劍室詩初集卷一》，《柳亞子文集．磨劍室詩詞集》（上海人民出版社，一九八五年一月），頁一七。
32 魯迅，《雜憶》，《魯迅全集》（人民文學出版社，一九八一年），頁二二一。
33 鄒容著，馮小琴評注，《革命軍》（北京華夏出版社，二〇〇二年五月），頁五。
34 同前註，頁一〇。
35 懷仁編述，阿成仁校點，《盧梭魂》，《中國近代稀本小說十二》（春風文藝出版社，一九九七年），頁九。
36 同前註，頁一一。
37 同註三十五，頁一三－一四。
38 同註三十五，頁一〇六。
39 同註三十五，頁一〇七。
40 哈耶克，《自由秩序原理》（三聯書店，一九九七年十二月），頁六四。
41 同前註，頁六二。
42 梁啟超，《論學術勢力之左右世界》，載《新民叢報》第一號，一九〇二年。
43 梁啟超，《天演學初祖達爾文之學說及其略傳》，《新民叢報》第三號，一九〇二年三月十日。
44 梁啟超，《政治學大家伯倫知理之學說》，《新民叢報》第三十二號，一九〇三年五月二十五日。
45 嚴復，《論世變之亟》，《嚴復集•第一冊：詩文（上）》（中華書局，一九八六年一月），頁一。
46 嚴復《原強》，《嚴復集•第一冊：詩文（上）》，頁一一。
47 嚴復《辟韓》，《嚴復集•第一冊：詩文（上）》，頁三三。
48 嚴復《政治講義》，《嚴復集•第五冊：著譯、日記、附錄》，頁一三〇六－一三〇七。
49 同前註，頁一三一〇。
50 同註四十八，頁一二八八。
51 同註四十八，頁一二七九。
52 同註四十八，頁一二四三－一二四四。

53 同註四十八，頁一二六七。
54 同註四十八，頁六一四。
55 章太炎，《訄書》（遼寧人民出版社，一九九四年九月），頁一〇二。
56 章太炎，《駁康有為論革命書》，《章太炎文選》（上海遠東出版社，一九九六年七月），頁一〇〇—一〇一。
57 孫中山，《建國方略》，《孫中山選集》（人民出版社，一九五六年十一月），頁一五五。
58 孫中山，《在東京中國留學生歡迎大會的演說》，《孫中山選集》，頁七三。
59 朱學勤，《道德理想國的破滅・序》（上海三聯，一九九四年），頁一。
60 同前註，頁一一。
61 《對於「五四」的再認識答客問》，李輝、應紅編，《世紀之問：來自知識界的聲音》（大象出版社，一九九九年四月），頁二四。
62 李澤厚，（《革命與改良——世紀性的痛苦選擇》，《李澤厚、劉再復對話錄：告別革命》（香港天地圖書公司，二〇〇四年二月），頁六〇—六一。
63 同前註，頁六八。
64 嚴復，《與熊純如書・六十三》，《嚴復集・第三冊：書信》（中華書局，一九八六年一月），頁六七九。

第六章　承前啟後《新青年》

從晚清到五四，文學翻譯經歷了一個演變過程。晚清文學翻譯，最早來自於傳教士。一八九九林紓翻譯《巴黎茶花女遺事》以來，外國文學翻譯開始風行，政治小說、科學小說、偵探小說、歷史小說、言情小說等譯作大量面世。不過，開始階段翻譯文學中的名著很少，多數都是二三流或不入流的作品。在翻譯上也不尊重原文，習慣於以中國文體改寫外國文學作品，甚至常常不署外國原作者的名字。陳平原列出晚清至五四的二十部世界名著，比較出版日期，發現「一九〇五年之後，譯介的域外小說的檔次明顯提高。」[1]郭延禮則將時間劃在一九〇七年，認為此後翻譯在名著選擇、翻譯質量等方面有明顯的提高[2]。無論是一九〇五年，還是一九〇七年，總之翻譯文學從晚清到五四經歷了一個轉變過程，後期較之前期有明顯進步。在我看來，這種轉變的質變，發生在《新青年》時期（一九一五至一九二二）。因為歷史任務的不同，《新青年》開始有意識地改變晚清翻譯模式，並最終奠定了五四以後中國現代翻譯文學的格局。研究《新青年》同人的翻譯，我們可以較為清晰地呈現出翻譯文學從晚清到五四的變化過程。

第一節　陳獨秀

陳獨秀是老革命黨，參加過上海暗殺團、岳王團、辛亥革命等等。辛亥以後，袁世凱復辟，共和被打破，文化上回歸保守。陳獨秀開始對政治革命感到失望，他覺得，「今之中國，人心散亂，感情智識，兩無可言。」國人既無愛國心，也無自覺心，「兩者俱無，國必不國」[3]。由此，從根本上說，救國還得從思想啟蒙入手，而思想啟蒙首先要從青年人入手。一九一五年九月出版的《青年雜誌》，就是在這樣一種指導思想下創辦的。

陳獨秀在《青年雜誌》一卷一號發表的頭兩篇文章為：《敬告青年》和《法蘭西人與近世文明》。從這兩篇文章中，我們大體可以瞭解《青年雜誌》的基本思路。陳獨秀強調西洋文化與東洋文化的差別，並且將這種差別置於進化的鏈條上，認為中國要進入現代，必須接受西方文明。《敬告青年》對於中國青年的希望是：一、「自主的而非奴隸的」；二、「進步而非保守的」；三、「進取的而非退隱的」；四、「世界而非鎖國的」；五、「實利的而非虛文的」；六、「科學的而非想像的」。「自主的」、「進步的」、「進取的」、「世界的」和「實利的」都是指的西洋文明，而「奴隸的」、「保守的」、「退隱的」、「鎖國的」、「虛文的」和「想像的」都是指中國文化。這種東西文化對立的二元結構，在《法蘭西人與近世文明》一文中得到了進化論式的說明。《法蘭西人與近世文明》一文認為，包括中國、印度在內的東方文明，尚屬於古代文明，而西洋文明才稱得上「近世文明」[4]。

至於西洋近世思想之內容，陳獨秀在《敬告青年》中所提到的有人權、平等、進化論、科學等，提到的西方人物有尼采、柏格森、哥倫布等。在《法蘭西人與近世文明》一文中，陳獨秀專門提出：「近代文明之特徵，最足以變古之道，而使人心社會劃然一新者，厥有三事：『一曰人權說，一曰生物進化論，一曰社會主義，是也。』」這篇文章的最後，作者又提出「平等、自由、博愛」的思想是為德法共有的西洋文明特徵。看起來，陳獨秀《青年雜誌》的思想開始尚是較為混雜的。後來常常被徵引的陳獨秀在六卷一號《新青年》上《本志罪案之答辯書》一文中所說的「德先生」與「賽先生」，則已經是後來的追述了。不過，陳獨秀接著說：「要擁護那德先生，便不得不反對孔教、禮法、貞節、舊倫理、舊政治。要擁護那賽先生，便不得不反對舊藝術、舊宗教。要擁護德先生又要擁護賽先生，便不得不反對國粹和舊文學。」這種二元對立思想結構，倒是從《青年雜誌》到《新青年》所一以貫之的。

引進西方思想的方法，首先是翻譯介紹。在《新青年》上，翻譯佔據了相當大的比例。《新青年》對於外文格外重視，開始看起來有點像青年的外文輔導類刊物。刊物上常常有英漢對照，並介紹外文學校，連廣告都一直是介紹英漢辭典的。陳獨秀很重視西洋文學的翻譯介紹，在《敬告青年》、《法蘭西人與近世文明》等文介紹了西洋思想之後，陳獨秀接著在《青年雜誌》一卷三號和四號連載發表了《現代歐洲文藝史譚》一文，介紹西洋文學。陳獨秀認為：西洋文學經歷了古典主義、理想主義、寫實主義和自然主義的幾種不同階段，而中國文學尚處於古典主義、理想主義階段[5]。中國當前最需要的，是追逐十九世紀科學昌興之後的寫實主義和自然主義。

陳獨秀《現代歐洲文藝史譚》一文的巨大貢獻，是為中國文壇確定了文學的階段和等級。晚清以來的文學翻譯之所以魚龍混雜，其中一個重要原因是文壇對於外國文學認識不清，區分不了通俗作品和名家名著。陳獨秀對於西洋文學史階段的分法未必準確，不過他的論述卻給國人提供了一個識別西洋文學的標準和方向，它對於後來的文壇產生了很大的影響。《現代歐洲文藝史譚》的一個突出之處，是對於當代文豪的推崇。從進化論的心態出發，自然需要推出最新最好的作家。在陳獨秀的西洋文學等級裏，最新的是自然主義，那麼當代文豪自然屬於自然主義作家。陳獨秀提到的自然主義名家，有左拉、龔古爾兄弟、福樓拜、都德、屠格涅夫、莫泊桑。文章認為，即使其他文學派別，也無不受自然主義的感化。文章介紹了「世界三大文豪」：托爾斯泰、左拉、易卜生；又提出了「近世四大代表作家」：易卜生、屠格涅夫、王爾德、梅特林克。姑且不論陳獨秀等級座次排定是否合理，將文學大師進行等級座次排定這一做法本身即具有象徵意義。

世界文豪的價值，在於其思想的衝擊力。陳獨秀在《現代歐洲文藝史譚》（續）開頭便說：「西洋所謂大文豪，所謂代表作家，非獨以其文章卓越時流，乃以其思想左右一世也。」並舉例說：「三大文豪之左喇，自然主義之魁傑也。易卜生之劇，刻畫個人自由意志也。托爾斯泰者，尊人道，惡強權，批評近世文明，其宗教道德之高尚，風動全球，益非可以一時代之文章家目之也。」不但近代，古代文豪也同樣以思想名世，「若英之沙士皮亞（Shakespeare），若德之桂特（Goethe，歌德——引者注），皆以蓋代文豪而為大思想家著稱於世者也。」在中國進行思想啟蒙運動，翻譯介紹西洋名家名著，是順理成章的事情。

陳獨秀首先請他的侄兒陳嘏翻譯屠格涅夫的《春潮》，發表在《青年雜誌》第一卷第一號上，作為開頭炮。陳嘏係陳獨秀長兄陳健生的兒子，曾留學日本。屠格涅夫作品在中國的第一次翻譯，是《新青年》的另一位同人劉半農翻譯的《乞食之兄》等四首散文詩。《春潮》是屠格涅夫小說在中國的第一次翻譯。在《春潮》的「譯者按」中，譯者竭力稱讚屠格涅夫的「文豪」地位：「屠爾格涅甫氏，Turgrnev. Ivan，乃俄國近代傑出之文豪也。其隆名與托爾斯泰相頡頏。」「著作亡慮數十百種，咸為歐美人所寶貴，稱歐洲近代文學與思想者，無不及屠爾格涅甫之名。」陳嘏語言功底既好，又是陳獨秀的侄子，因而特別受到陳獨秀的重用。在翻譯完了屠格涅夫的《春潮》之後，陳嘏又為《新青年》翻譯了屠格涅夫的《初戀》，還翻譯了王爾德的劇作《弗羅連斯》，以及龔古爾兄弟的長篇小說《基爾米里》等。陳嘏的翻譯，佔據了前期《新青年》的相當篇幅，成為《新青年》前期最重要的翻譯家。屠格涅夫、王爾德、龔古爾兄弟等等，都是陳獨秀推崇的近世文豪。陳嘏的翻譯，準確地體現了陳獨秀的思路。

從第二期開始，陳獨秀開始發表薛琪瑛女士翻譯的王爾德的劇作《意中人》。薛琪瑛係無錫人，清末思想家薛福成的孫女，桐城派大師吳汝倫之外孫女，可謂名門之後。據陳獨秀介紹，薛琪瑛女士「幼承家學，蜚聲鄉里。及長畢業於蘇州景海女學英文高等科。兼通拉丁。」陳獨秀那時還沒有反對「桐城謬種」，尚引桐城舊學為驕傲。他在「記者識」中對於薛琪瑛期待甚高：「茲譯此篇，光寵本誌。吾國文藝復興之嚆矢，女流作家之先河，其在斯乎？」不過，恰恰是這個才女的譯文，被章士釗、胡適看出有問題，這是後話了。中國對於王爾德的首次介紹，是魯迅和周作人在《域外小說集》中翻譯的王爾德的童話《安樂王子》。薛琪瑛的《意中人》是中國對於王爾德劇作的首次翻譯，並且這篇譯文是白話。在「譯者識」中，薛琪瑛她說：「作者王爾德，晚近歐洲著名之自然派文學大家也。」將王爾德視為「自然派文學大家」，顯然是一個不正確的看法。王爾德屬唯美主義，並且反對自然主義，批評過左拉。薛琪瑛的這個錯誤，可能來自於陳獨秀。雖然薛琪瑛翻譯《意中人》在《青年雜誌》第二期，而陳獨秀發表《現代歐洲文藝史譚》在第三、四期，不過，陳獨秀視王爾德為自然主義作家的看法由來已久。早在《新青年》之前的《甲寅雜誌》一卷七號上，陳獨秀在給蘇曼珠的《絳紗記》所寫的序中就提到過：「王爾德以自然派文學馳聲今世。」[6]

陳嘏和薛琪瑛的翻譯，全是連載。陳嘏翻譯的屠格涅夫《春潮》，連載於《青年雜誌》一卷一—四號。薛琪瑛翻譯的王爾德《意中人》緊隨其後，連載於《青年雜誌》第一卷二、三、四、六號及第二卷第二號。接著是陳嘏翻譯的屠格涅夫《初戀》，連載於一卷五、六，二卷一、二號。二卷三號開始，《新青年》又開始刊登陳嘏譯王爾德的《弗羅連斯》。這些名家名著，構成了《青年雜誌》及《新青年》初期譯文的主要篇幅。陳獨秀本人也忙中偷閒，在《青年雜誌》一卷二號上翻譯了泰戈爾的《讚歌》和美國國歌《亞美尼加》。泰戈爾雖非陳獨秀所說的「世界三大文豪」或「近世四大代表作家」，不過，泰戈爾作為東方「詩聖」的文名卻是無可質疑的。陳獨秀在譯詩後面的說明中，專門強調了泰戈爾諾貝爾獎得主的身份。不過，陳獨秀在這裏犯了一個小小的錯誤，即將諾貝爾文學獎寫成了諾貝爾和平獎，Nobel Peace Prize。在鴛鴦蝴蝶派和林紓翻譯盛行的一九一五年，《新青年》這種名家名著的文學翻譯，無疑令人耳目一新，成為了五四文學翻譯新時代的開始。

陳嘏在屠格涅夫的《春潮》「譯者按」中稱：「其文章乃咀嚼近代矛盾之文明，而揚其反抗之聲者也。」這一主旨，看起來比較合陳獨秀之意。《春潮》本身雖然只是一部愛情小說，其中仍有抗爭。「我」在旅行中，愛上了漂亮的女主人公傑瑪。傑瑪已經訂婚，未婚夫留別爾先生是一個體面的富商。在一次野餐時，傑瑪遭遇軍官的調戲，他的未婚夫留別爾先生表現得懦弱虛偽，「我」卻勇敢地向對方抗議，並和對方決鬥。這一事件，讓傑瑪輕看了未婚夫，而勇敢地與「我」相愛。傑瑪的行為受到家庭的反對，因為退婚本身是一件不體面的事情，而且在經濟上傑瑪一家還要依靠留別爾先生。不過，傑瑪不畏阻力，堅持追求真愛。傑瑪這種勇敢反抗、追求愛情的精神，無疑是陳獨秀所提倡的「新青年」的榜樣。陳嘏所說的「崇尚人格，描寫純愛」，正符合陳獨秀創辦《新青年》、倡導青春文化的宗旨。

陳獨秀將王爾德視為自然主義作家，有一定的誤讀成分。不過，陳獨秀對於王爾德的唯美思想並非沒有把握。早在《絳紗記序》中，陳獨秀就提出，王爾德「其書寫愛與死，可謂淋漓盡致矣」。在薛琪瑛譯《意中人》的「譯者識」中，陳獨秀在介紹王爾德的時候說：「氏生性富於美感，遊Oxford聞Jhon Ruskin之美學講義，益成其志。當時服裝之美，文思之奇，世之評者，毀譽各半。生平抱負，以闡明美學真理為宗。」看起來，王爾德以怪誕的面目示人，以「美」抗拒社會，是陳獨秀較為偏愛的方面。《青年雜誌》上所發表的，並不是王爾德的唯美主義代表作《道林・格林的肖像》和《莎樂美》，而是較具現實主義性質的喜劇《意中人》（現譯為《理想的丈夫》）。

在《青年雜誌》發刊詞《警告青年》一文中，陳獨秀希望青年是「進取的而非退隱的」，其中提到：「吾願青年之為孔墨，而不願其為巢由；吾願青年之為托爾斯泰與達噶爾（R. Tagorc，印度隱逸詩人），不若其為哥倫布與安重根。」陳獨秀將泰戈爾與托爾斯泰並提，不過在這裏他們都是「退隱」派的代表。在《青年雜誌》第一期第二號翻譯泰戈爾《讚歌》時，陳獨秀在文後注明：「R. Tagorc（達噶爾），印度當代詩人。提倡東洋之精神文明也。曾受Nobel Peace Prize。馳名歐洲。印度青年尊為先覺。其詩文富於宗教哲學之理想。Gitanjali乃歌頌梵天之作。茲取其四章譯之。」由此看，陳獨秀瞭解泰戈爾詩歌的消極性質，不過他並沒有採取排斥性的態度，而是有所選擇和改造。陳獨秀所翻譯的四首詩，是從《吉檀迦利》中精心挑選出來的，並以自己的方式進行了重構。讓我們稍作摘錄，看一看陳獨秀對於泰戈爾的翻譯。

泰戈爾原文：

Thou hast made me endless, such is thy pleasure. This frail vessel thou emptiest again and again, and fillest it ever with fresh life.

陳獨秀譯文：

我生無終極，造化樂其功，微軀歷代謝，生理資無窮。

這首詩原是歌頌梵天使我們的生命生生不息，陳獨秀將「梵天」譯為通常的「造化」，將泰戈爾的宗教轉變成了進化論，旨在強調進化的過程，表現生命力的旺盛。

值得注意的是，此時的陳獨秀具有一定的文學自主性的看法，故而能夠將屠格涅夫、王爾德、泰戈爾等不同思想傾向的作家並置在一起，顯示出大家氣度。一九一六年十月，《新青年》二卷二號的「通信」欄刊出了胡適與陳獨秀的通信。胡適在信中提出「文學革命」的「八事」主張，徵求陳獨秀的意見。陳獨秀對第八項「須言之有物」提出不同看法，認為：「若專求『言之有物』，其流弊毋同於『文以載道』之說？以文學為手段為器械，必附他物以生存。竊以為文學之作品，與應用文字作用不同。其美感與伎倆，所謂文學美術自身獨立存在之價值，是否可以輕輕抹殺，豈無研究之餘地？」反對「文以載道」，追求文學的獨立價值，陳獨秀在五四初期提出這種思想，相當難得。次年，在一九一七年四月一日《新青年》三卷二期的「通信」欄上，陳獨秀再次重申了他對於文學自主性的看法：「何謂文學之本義耶？竊以為文以代語而已。達意狀物，為其本義。文學之文，特其描寫美妙動人者耳。其本義原非為載道有物而設，更無所謂限制作用，附以別項條件，則文學之為物，其自身獨立存在之價值，不已破壞無餘乎？」在此，陳獨秀將「言之有物」歸於實用文體，而認為文學以「美妙動人」為本體，不能加之以實用功能。陳獨秀在《新青年》上雖然鼓吹思想啟蒙，卻能夠尊重文學自身的特性，這導致了他在翻譯介紹外國文學時的多元，這種思想與晚清以文學為工具，與五四以文學之「為人生」，都不太相同。在《青年雜誌》剛剛開始翻譯王爾德的時候，胡適即寫信給陳獨秀說：「譯書須擇其與國人心理接近者先譯之，未容躐等也。貴報所載王爾德之《意中人》雖佳，然似非吾國今日士夫所能領會也。」[7] 在胡適看來，王爾德以唯美主義及同性戀昭著於世，在中國未免不合時宜。不過，陳獨秀卻不以為意，在後來的《新青年》上堅持翻譯王爾德，顯示出陳獨秀的不拘一格。

可惜的是，這種不拘一格並沒有一直堅持下去，成為五四新文學的傳統。以泰戈爾為例，在陳獨秀與《東方雜誌》進行東西文化論戰之後，特別在陳獨秀轉變為共產主義者以後，他對於泰戈爾的態度就發生了根本的變化。一九二三年十月二十七日，陳獨秀在《中國青年》第二期發表《我們為什麼歡迎泰戈爾？》一文，完全否定了翻譯泰戈爾的必要。文中認為：「像泰戈爾那樣根本的反對物質文明科學與之昏亂思想，我們的老莊書昏亂的程度比他還高，又何必辛辛苦苦的另外翻譯泰戈爾？」作為政治家的陳獨秀不但在思想上完全否定泰戈爾，並且也喪失了初期藝術自主性的思想。

如果從翻譯的文體層面看，初期《青年雜誌》以至《新青年》的翻譯仍有較多問題，在一定程度上延續了晚清的翻譯。

從語言上看，這一時期的譯文主要還是文言。自晚清開始，就有白話翻譯的出現。早在一九〇三年，周桂笙就用白話翻譯了法國鮑福的《毒蛇圈》。一九〇五年，徐念慈也用白話翻譯了《黑行星》。一九〇七年，伍光建用白話翻譯了大仲馬的《俠隱記》，這本譯作後來得到胡適的高度評價。而《青年雜誌》以至《新青年》很長一段時間，譯文卻主要是文言，直到提倡白話文為止。大概與戲劇的對白有關，薛琪瑛譯王爾德的《意中人》用的倒是白話。這篇白話翻譯算得上是胡適在《新青年》提倡白話文的先驅。

晚清翻譯的刪節改寫，在初期《青年雜誌》以至《新青年》仍有遺留。屠格涅夫的《春潮》是倒敘結構。第一部分文前有一段題詩。正文一開始寫主人公晚會後夜半一點回到自己的書房，覺得心情很壓抑。他回顧自己過去的歲月，覺得十分茫然。他從抽屜裏發現一隻老式的八角形小盒，打開以後，看到裏面放著一個石榴石的小十字架。他輕輕叫了一聲，臉上露出異樣的表情，回憶起了過去的一段愛情。這是原文倒敘結構中的「序幕」，譯者陳嘏大概覺得這個序幕與原文故事無關，所以將這個近兩千字「序幕」連帶題詩都刪除了，直接從第一節故事譯起。

原作第一章較短，寫「我」（薩棱）從義大利返回俄國，耽擱在法蘭克福。「我」在法蘭克福的街上溜躂，看到一家糖果店，準備進去。譯者大概覺得這不足以成為一章，因此將其與第二章合併成第一章。第一至第三章，小說寫「我」偶爾救了耶米，卻迷上了仙瑪。為了感謝，仙瑪一家邀「我」晚上去她家做客。第四章寫「我」欣然前往，雙方介紹認識。第五、六、七章寫雙方的聊天，其中涉及到歐洲音樂和文學。譯者大概覺得這與故事無關，將五、六、七三章全部刪除了。結果原作的第八章變成了譯作的第四章，寫我回到旅館後，第二天耶米和仙瑪的未婚夫來拜訪他。八章的內容變成了四章，可見其刪節之嚴重。刪節的原則，大體上是以中國故事型小說的概念肢解西洋小說，忽略譯者認為與情節無直接關係的有關背景介紹、心理描寫等方面的文字。

按照中國舊小說中的習慣，譯者居然偶爾還在書中擔任說書人的角色。譯作第四章寫仙瑪的未婚夫來訪的時候，譯文有云：「侍兒報客至，客何人歟？則少年耶米，及春未來之姐丈。其姐丈又何如人乎？為吾書至有關係之人，不得不珍重敘及……讀者當堅記，此即女郎仙瑪未來之良人也。」《春潮》原著以「我」為敘述視點，有限視角，譯文卻出現了譯者本人，替代了中國傳統的說書人角色，從而轉變成了譯者的第三人稱全知視角，這無疑大大地改變了原文的藝術結構。

前文談到，薛琪瑛舊學世家，白話譯王爾德，讓人期待甚高。可惜，薛琪瑛「盛名之下，其實難符」，她的王爾德《意中人》譯文中頗多錯誤。

劇中羅伯特·奇爾頓第一次出場前，謝弗利太太與南加克子爵有一段對話。謝弗利太太恭維南加克子爵，南加克子爵毫不客氣地說：「呀，你在奉承我，難怪此地人說你是一張油嘴。」謝弗利太太滿意地說：「此地人說我這樣嗎？這些人何等可怕。」這時候，南加克子爵說了一句話：

Yes, they have a wonderful language. It should be more widely known.

這句話的意思是：

是的，他們說得很好，應該讓更多的人知道。

薛琪瑛將這句話譯為：

他們還有一件極奇怪的議論，這個應該使大眾知道的。

這句話本來是這一段落的結束，下面奇爾頓上場，與謝弗利太太對話，轉到了有關國際運河的關鍵主題上。而按照薛譯，「他們還有一件極奇怪的議論，這個應該使大眾知道的。」則還應該有下文，談論這一件「極奇怪的議論」。薛譯使得王爾德的這段話顯得有頭無尾，的確變了「仍奇怪的議論」。

主人公奇爾頓出場後，劇作對於他有一段精細的描寫，其中有云：

Not popular……few personalities are. But intensely admired by the few, and deeply respected by the many.

這句話的意思是說：

奇爾頓不同一般，屬於那種少有的個性，特別為少數人欣賞，而大眾也都很尊敬他。

薛琪瑛譯為：

其性質雖有為人不喜者數事，然有極愛慕之者，尊重之者也自不少。

薛琪瑛將Not popular……few personalities are譯為「為人不喜者數事」顯然有誤，屬於低級的錯誤。後面還有一句是：

A nervous temperament, with a tired look.

意思是：

神經質的氣質，表情疲憊。

薛琪瑛譯為：

為人有勇氣，而略顯倦容。

「為人有勇氣」一句不知從何而來？顯係誤譯。一九一六年八月十三日，陳獨秀在一封致胡適的信中提到，「薛女士之譯本，弟未曾校閱即行付印，嗣經秋桐通知，細讀之始見其誤譯甚多，足下指斥之外，尚有多處，誠大糊塗。」[8] 由此可見，章士釗、胡適先後向陳獨秀提出過薛譯的問題，陳獨秀還為此道歉。章士釗，胡適之言我們不得而知，不過，如上文筆者所分析的，僅僅奇爾頓上場前後一小段就有這麼多問題，足見薛琪瑛《意中人》翻譯的確不能讓人滿意。薛琪瑛翻譯的《意中人》連王爾德原劇的第一幕都沒有登完，就中斷了。不過，陳獨秀仍然堅持翻譯王爾德，這次讓陳嘏代替了薛琪瑛。從二卷一號開始，《新青年》開始刊載陳嘏翻譯的王爾德《弗羅連斯》。

陳獨秀自己的翻譯，也不是沒有問題。泰戈爾《吉檀迦利》之一的原文是：

> Where is mind is led forward by thee into ever-widening thought and action—
> Into that heaven of freedom, my father, let me country awake.

陳獨秀譯文：

> 行解趣記曠，而不迷中道，挈臨自在天，使我長皎皎。

陳獨秀在這裏意譯成分太重，將「Into that heaven of freedom, my father, let me country awake.」譯為：「挈臨自在天，使我長皎皎。」既將「我的父」譯「天」，又完全忽略了「自由的天堂」和「使我的國家覺醒」兩句。譯者過於自由發揮，使得譯詩與原詩差距太大，這裏大概與文言翻譯有點關係。

陳獨秀事實上並不是文學中人，《青年雜誌》對於西洋文學翻譯的推出，還只是初步的。事實上，《新青年》的宏偉大業，還剛剛開始，有待於進一步發展。這個時候，胡適及時地出現了。

第二節　胡適・劉半農・陳嘏

一

現存胡適致陳獨秀的最早通信，是一九一六年二月三日。那個時候胡適還在美國留學，陳獨秀正在編《青年雜誌》一卷六號。這第一封信即是關於翻譯的，胡適在信中說：

> 今日欲為祖國造新文學，宜從輸入歐西名著人手，使國中人士有所取法，有所觀摩，然後乃有自己創造之新文學可言也。[9]

胡適提出翻譯「歐西名著」，這個說法與陳獨秀的思想不謀而合。不過在動機上，二人卻不盡相同。對於胡適來說，輸入「歐西名著」是「為祖國造新文學」，即為中國白話新文學的建立提供範本。

現存陳獨秀回覆胡適的第一封信，時在一九一六年八月十三日。陳獨秀在信中說：

尊論改造新文學意見，甚佩甚佩。足下功課之暇，尚求為《青年》多譯短篇名著若《決鬥》者，以為改良文學之先導。弟意此時華人之著述，宜翻譯不宜創作，文學且如此，他待何言？[10]

這封信，不像是對於胡適一九一六年二月三日來信的回覆，而是回覆胡適後來給陳獨秀寫的另外一封信。陳獨秀贊同胡適有改造新文學的想法，並提出希望胡適多翻譯如《決鬥》這樣的「短篇名著」，作為「改良文學之先導」。陳獨秀甚至提出，國人當下的著述「宜翻譯不宜創作」，對於翻譯的強調可謂不遺餘力。不過，從「文學且如此，他待何言」這句話可以看出來，陳獨秀提倡翻譯名著的動機，不止於文學自身。

一九一六年上半年，《青年雜誌》遭遇了麻煩。上海基督青年會因《青年雜誌》與他們主辦的雜誌刊名雷同，要求《青年雜誌》改名。《青年雜誌》對抗了幾個月，終於無奈妥協。《青年雜誌》本為月刊，《青年雜誌》一卷六號出版時間為一九一六年二月，而《新青年》二卷一號的出版時間為一九一六年九月一日，這中間停了七個月。不過，壞事也可以變成好事，陳獨秀借藉雜誌改名之際，趁機調整辦刊方向，這才有後來暴得大名的新文化刊物《新青年》。《新青年》一卷一號刊登了兩條通告：第一條是宣告《青年雜誌》更名，同時宣告《新青年》請來了諸多當代名流供稿，該刊將以新的面目示人；第二條是「讀者論壇」一欄容納社外文字，讓讀者自由發表意見。《新青年》延請的「當代名流」之一，便是胡適。自二卷一號起，胡適正式為《新青年》撰稿，他的第一篇文章便是翻譯，是胡適用白話翻譯的俄國作家泰萊夏甫的小說《決鬥》。

陳獨秀本人早在一九〇四年就創辦《安徽俗話報》，但晚清之提倡白話，只是為了啟發大眾而創造的下里巴人語言，並未想替代文言文之正統地位。在受到胡適啟發之前，陳獨秀事實上對於白話新文學一直沒有什麼自覺。即在《新青年》二卷一號「通信」欄上，陳獨秀在答「三馬路中國銀行收稅處沈慎乃」有關國語問題的時候仍說：「示悉國語統一，為普通教育之第一，惟茲事體大，必舉全國人士留心斯道者，精心討論，始克集事。此業當斯諸政象大寧以後，今非其時。」陳獨秀此時對於國語問題，對於國語與白話新文學的關係，都一片茫然。只有胡適一直念茲在茲，他毫不容情地催促陳獨秀。在發表於《新青年》二卷二號上的致陳獨秀的通信中，胡適公開批評陳獨秀在《青年雜誌》上發表文言詩：

足下之言曰：「中國猶在古典主義理想主義時代，今後當趨向寫實主義」，此言是也。然貴報三號登某君長律一首，附有記者按語，推為「希世之音」。所謂「貴報三號登某君長律一首」指《青年雜誌》一卷三號刊登謝無量的舊詩「寄會稽山人八十四韻」。陳獨秀在詩後「記者識」中對於此詩予以了很誇張的推崇，認為「相如而後，僅見斯篇，雖工部也只有此功力，無此佳麗。」

胡適以子之矛，攻子之盾，陳獨秀不是說「中國猶在古典主義理想主義時代，今後當趨向寫實主義」嗎？那麼為什麼還發表古典文言詩呢？陳獨秀對於這首文言詩的過譽，讓胡適很不以為然：

細檢謝君此詩，至少凡用古典套語一百事。（中略）稍讀元白劉柳（禹錫）之長律者，皆將謂貴報按語之為厚誣工部而過譽謝君也。適所以不能已於言者，正以足下論文學已知古典主義之當廢，而獨嘖嘖稱譽此古典主義之詩，竊謂足下難免自相矛盾之譏也。

胡適少年氣盛，站在提倡白話新文學的立場上，批評謝無量的舊詩，直讓陳獨秀無言以對。陳獨秀很有雅量，公開發表了來信，並予以回覆。在回信中，陳獨秀先承認不妥：「以提倡寫實主義之雜誌，而錄古典主義之詩，一經足下指斥，曷勝慚感。」不過，他接著為自己的做法辯護：「惟今之文藝界，寫實作品，以僕寡聞，實未嘗獲觀。本誌文藝欄，罕錄國人自作之詩文，即識此故。不得已偶錄一兩詩，乃以其為寫景敘情之作，非同無病而呻。其所以盛稱謝詩者，謂其繼跡古人，非謂其專美來者。」

在批評了謝無量的詩之後，胡適在信中首次向陳獨秀披露了自己有關於「文學革命」的「八事」主張。對此，陳獨秀表示，除了五、八兩項，其餘他非常贊成，並將其稱為「今日中國文界之雷音」。他鼓勵胡適將其寫成一篇正式的文章，「倘能詳其理由，指陳得失，衍為一文，以告當世，其業尤盛。」

不過，陳獨秀對於胡適之言似乎並未特別放在心上。在接下來的二卷三號和四號上，陳獨秀居然連載了蘇曼殊的文言小說《碎簪記》，並在「後序」中將其與章士釗的《雙枰記》並加稱讚。對此，胡適很不滿意[11]。不過，胡適沒有再寫信批評，而是直接拿出了《文學改良芻議》，這回徹底打動了陳獨秀。

《青年雜誌》創刊以來，陳獨秀一直在尋找精神界革命的切入點。先是找到了反孔，引起了較大的社會反響。這次看到胡適的《文學改良芻議》，陳獨秀感覺找到了另外一個突破口。陳獨秀在二卷五號刊登了胡適的《文學改良芻議》，並接著在二卷六號發表《文學革命論》予以聲援。

胡適嶄露頭角，開始頻繁出現在《新青年》上。從二卷四號起，胡適開始在《新青年》登載「藏暉室劄記」。其中頗多介紹西洋文學的內容：如二卷四號「藏暉室劄記」介紹霍甫特曼、易卜生，介紹歐洲的問題劇；二卷五號「藏暉室劄記」介紹了諾貝爾獎（胡適稱為「諾倍爾賞金」）的情況，並刊錄了近年來諾貝爾文學獎得主名單，這是國內較早介紹諾貝爾文學獎的文字。自陳獨秀《現代歐洲文藝史譚》以後，國內文壇對於西洋名家名著等級有了大體的概念。不過，陳獨秀事實上只側重法國文學，對於西洋文學大勢的瞭解未必全面準確。胡適身在美國，對於西洋文學的瞭解更為直接。他從英語世界發回來的文章，不啻為對於陳獨秀的一個有力補充。

一九一六年十二月二十六日，北洋政府大總統黎元洪任命蔡元培為北京大學校長。在蔡元培的推薦下，陳獨秀去北大任文科學長。自三卷一號起，《新青年》改在北京編輯，出版發行仍由上海群益書社負責。在北京編輯的《新青年》三卷一號上，僅有一篇文學譯文重點揭載，那就是胡適翻譯的莫泊桑的《二漁夫》。譯文前有云：「莫泊三（Maupassant），（一八五〇——一八九三）為自然派第一鉅子」。《二漁夫》原名《兩個朋友》，是莫泊桑的著名短篇小說。寫的是普法戰爭期間，巴黎被普軍包圍，城中人都在挨餓。兩個「釣魚迷」的朋友麻利沙和蘇活忍不住相約去城外釣魚，結果被普魯士士兵當作間諜逮捕，並殘酷殺害。胡適早年對於普法戰爭題材尤感興趣，早在一九一二年他就譯出都德的《最後一課》（開始譯名為《割地》），一九一四年又譯出都德的《柏林之圍》，它們都是寫普法戰爭的。這些小說通過個人命運寫亡國之慼，哀楚動人。胡適之所以選擇普法戰爭題材，顯然意欲藉此喚醒危亡中的國人。從思想上看，胡適這一時期翻譯仍然延續著晚清以來愛國主義主題。

從翻譯的角度看，胡適這些小說較之於晚清以來的翻譯已經有天壤之別。胡適是美國留學生，英語地道，與國內譯者的水平自然不可同日而語。胡適又是白話新文學的倡導者，白話文水平在當時也堪稱一流。因此，胡適給晚清以來的翻譯帶來了質的提高。胡適後來將這些小說集為《短篇小說一集》，於一九一九年十月由亞東圖書館出版。《短篇小說一集》出版後，在讀者中大受歡迎。胡適後來說：「《短篇小說》第一集銷行之廣，轉載之多，都是我當日不曾夢見的。那十一篇小說，至今還可算是近年翻譯的文學書之中流傳最廣的。」他自己總結，這些小說受歡迎的原因是翻譯的明白流暢，「這樣長久的歡迎使我格外相信翻譯外國文學的第一個條件是要使它化成明白流暢的本國文字。」[12] 胡適這幾篇小說的翻譯，即以今天的標準看，也仍然相當流暢易懂，與當代的白話文字沒有多大差別。

不過，如果對照原文，我們會發現，胡適的短篇小說翻譯仍有刪改。都德的《最後一課》開頭寫主人公早晨上學因遲到而跑向學校，路過市政廳，看見有一大群人在讀告示。「我」無心顧及，繼續往教室跑。下面一段是：

> "What is it now?" I thought, without stopping.
>
> Then, as I ran along, the blacksmith, who was there reading the notice, cried out to me, "Not so fast, little one, you will reach your school soon enough."
>
> I thought he was making fun of me and ran faster than ever, reaching the schoolyard quite out of breath.

胡適譯文是：

> 今天又不知有什麼壞新聞了。我也無心去打聽，一口氣跑到漢麥先生的學堂。

第一句「『又有什麼事了？』我邊跑邊想」本來是直接引語，被胡適變成了敘述的一個部分，後面鐵匠向「我」喊話，「我」覺得他是取笑我，跑得更快了，這些內容全部被刪除了，概括為「一口氣跑到漢麥先生的學堂裏」。類似於此的刪節，文中還有多處。胡適大概是為了讓全文更簡練，刪掉了他認為較為枝節的部分。

到了《二漁夫》，胡適的翻譯已經謹嚴得多了。不過，對於原文卻仍不免有主觀發揮改動之處。以《二漁夫》第一、二段為例：

這兩段的英文為：

Besieged Paris was in the throes of famine. Even the sparrows on the roofs and the rats in the sewers were growing scarce. People were eating anything they could get.

As Monsieur Morissot, watchmaker by profession and idler for the nonce, was strolling along the boulevard one bright January morning, his hands in his trousers pockets and stomach empty, he suddenly came face to face with an acquaintance—Monsieur Sauvage, a fishing chum.

李青崖譯文：

巴黎被包圍了，挨餓了，並且已經在殘喘中了。各處的屋頂上看不見什麼瓦雀，水溝裏的老鼠也稀少了。無論什麼大家都肯吃。

莫利梭先生，一個素以鐘錶店為業而因為時局關係才閒住在家的人，在一月裏的某個晴天的早上，正空著肚子，把雙手插在自己軍服的褲子口袋裏，愁悶地沿著市區周邊的城基大街閒逛，走到一個被他認做朋友的同志跟前，他立刻就停住了腳步。那是索瓦日先生，一個常在河邊會面的熟人。

胡適譯文：

巴黎圍城中（此指普法之戰，巴黎被圍之時），早已絕糧了。連森中的飛鳥，溝裏的老鼠，也漸漸的稀少了。城中的人，到了這步田地，只好有什麼便吃什麼。還有些人，竟什麼都沒的吃哩。

正月間（一八七一），有一天天氣很好，街上來了一人，叫做麻利沙。這人平日以造鐘錶為業。如今兵亂時代，生意也沒有了。這一天走出來散步，兩手放在褲袋裏，肚子裏空空的，正走得沒趣的時候，忽然抬頭，遇著一個釣魚的老朋友，名叫蘇活的。

李青崖的譯文來自於法語，但與英譯仍有嚴格的對應。胡適的翻譯，從意思上說，是忠實而流暢的。但忠實的是意思，而不是文字。從文字上說，有較多譯者主觀的成分。如：「巴黎圍城中（此指普法之戰，巴黎被圍之時），早已絕糧了。」這其中的括弧內的解釋，是譯者自己所加，非原文所有。而正文第一段最後一句：「還有些人，竟什麼都沒的吃哩。」也是譯者自己加上去的，原文只是簡單的「People were eating anything they could get.」。第二段一開頭的「正月間（一八七一），有一天天氣很好」係原文沒有，這有關於時間和天氣的交代，全是胡適自己加上去的。文中用「如今兵亂時代，生意也沒有了」翻譯idler for the nonce，傳神則傳神，不過是對於原文的衍生。原文只說「在這種時刻下閒散下來」，既沒有提到「生意」，也沒提到「兵亂」。李青崖「因為時局關係才閒住在家」的譯法，在文字上比較對應。第二段最後一句是：「正走得沒趣的時候，忽然抬頭，遇著一個釣魚的老朋友，名叫蘇活的。」其中的「正走得沒趣的時候」，「忽然抬頭」兩句也係原文沒有，譯者所加。「走得沒趣」指心情，「忽然抬頭」描寫遇見朋友時的動作，都使表達更加生動流暢，但與原文並不嚴格對應。

從以上的翻譯來看，胡適的翻譯基本是忠實的。不過，他的翻譯相對來說不拘泥於原文，而是有一定的自由度，這樣可以譯得更傳神、更流暢。五四時期「直譯」傳統的奠定，需要等到周氏兄弟的出場。胡適本人也在從意譯向直譯的方向發展。在一九三三年給《短篇小說二集》寫序的時候，胡適說：

這六篇小說的翻譯，已經稍稍受了時代的影響，比第一集的小說謹嚴多了，有些地方竟是嚴格的直譯。但我自信，雖然我努力保存原文的真面目，這幾篇小說還可算是明白曉暢的中國文字。在這一點上，第二集與第一集可說是一致的。[13]

由此可見，從《短篇小說一集》到《短篇小說二集》，胡適愈來愈傾向於「直譯」。不過，可以看得出來，胡適仍然有意識地強調譯文的明白曉暢。

再往前幾年，一九二八年，胡適在評論曾孟樸先生的法國文學翻譯時說的一段話，頗讓人玩味：

已讀三種之中，我覺得《呂伯蘭》前半部的譯文最可讀。這大概是因為十年前直譯的風氣未開，故先生譯此書尚多意譯，遂較後來所譯為更流利。近年直譯之風稍開，我們多少總受一點影響，故不知不覺地都走上謹嚴的路上來了。[14]

胡適說，五四開了「直譯」的傳統，讓人不得不走上了謹嚴之路，但是直譯卻不利於譯文流暢。那段明白曉暢的「意譯」時期，似乎更讓人懷念。

二

作為《新青年》早期主要譯手的陳嘏，在發表了屠格涅夫的《春潮》和《初戀》的文言譯文之後，隨即轉向白話翻譯。此時，胡適的《文學改良芻議》還沒有發表。陳嘏先譯了王爾德的《弗羅連斯》（A Florentine Tragedy），隨後又譯了龔古爾兄弟長篇名著《基爾米里》（*Germinie Lacerteux*），兩篇均連載於《新青年》。陳嘏的白話文翻譯，較他的文言翻譯質量要高得多，不再像《春潮》那樣任意刪改。《新青年》二卷一號刊載有陳嘏的兩篇翻譯連載：一是屠格涅夫的《初戀》，二是王爾德的《弗羅連斯》，可見陳嘏在《新青年》翻譯上的重要地位。《初戀》是文言，《弗羅連斯》是白話，兩者同時刊載，也足見《新青年》的新舊過渡。胡適為《新青年》翻譯的第一篇白話小說《決鬥》，也正發表在《新青年》二卷一號上。胡適譯的《決鬥》加上陳嘏譯的《弗羅連斯》，兩篇白話譯文，為剛剛更名的《新青年》展現了文學翻譯的新面目。

《弗羅連斯》原名《弗羅倫薩的悲劇》，僅僅是王爾德的一個喜劇草稿的片斷，沒有完成。後由著名詩人T. Sturge Mover補充前半部分，才得以完整演出。這是王爾德的一個不太為人提起的喜劇，國內的《王爾德全集》也只收錄了王爾德所寫的後半部分[15]。陳嘏卻完整地譯出了這部喜劇，連載於《新青年》二卷一號和二卷三號上。《弗羅連斯》寫的是佛羅倫斯王國的王子易鐸柏爾奇勾引商人希莫烈的妻子，希莫烈後來在決鬥中殺死了王子，重新得到了妻子。劇本反對王權、強調個人尊嚴的思想，契合五四時代的思想。陳獨秀不滿於薛琪瑛《意中人》的翻譯質量，讓陳嘏取而代之。陳嘏果然不負期望，第一篇白話翻譯就滿意交帳。我們且對比一下陳嘏的譯文與當代者馬愛農的譯文。劇作情節進入高潮時，希莫烈在與王子易鐸柏爾奇的決鬥佔了上風，掐住了對方的脖子，這裏有一段對話：

SIMONE:Put out the torch, Bianca.

[Bianca puts out torch.]

Now, my good Lord, Now to the death of one, or both of us, Or all three it may be.

[They fight.]

There and there. Ah, devil! do I hold thee in my grip?

[Simone overpowers Guido and throws him down over table.]

GUIDO:Fool! take your strangling fingers from my throat. I am my father's only son; the State Has but one heir, and that false enemy France waits for the ending of my father's line To fall upon our city.

SIMONE:Hush! your father When he is childless will be happier. As for the State, I think our state of Florence Needs no adulterous pilot at its helm. Your life would soil its lilies.

馬愛農譯文：

西蒙：把火把滅掉，比安卡。（比安卡把火熄滅。）好了，我的好心的爵爺，現在不是你死，就是我死，或者我們倆一起死。或者我們三個同歸於盡。（他們決鬥）這裏，這裏，啊，魔鬼！我抓住你了嗎？（西蒙戰勝了吉多，把他從桌子上扔了下來。）

吉多：傻瓜！把你的手拿開，不要扼住我的喉嚨。我是我父親的獨生子；國家只有一個繼承人，那個虛偽的敵人法蘭西巴不得我父親的血脈在我們的城裏斷根。

西蒙：噓！你父親失去了孩子只會更幸福。至於國家，我認為我們佛羅倫斯王國不需要淫蕩的舵手為它掌舵，你的生命會把潔白的百合花玷污。[16]

陳嘏譯文：

希：皮昂卡，把火滅了。（皮昂卡滅火把）。好，殿下，我們拼個你死我活。或者我們倆都死。就是我們三個人死也行。（二人開門）。這個……哼，畜生！再也逃不了我手裏了。

（希莫烈按易鐸伏於桌上）

易：胡鬧些什麼！不要按住我頸脖子，快放手！我是一位王子，這國家的儲君。你不知道狡猾的法國人，等著我父親血統絕了，就來佔領這地方嗎？

希：歇嘴！你父親不要這嗣子，還是幸事。我們弗羅連斯國裏，也不想要淫亂的昏君。你這條性命，還是做了弗羅連斯百合花的肥料好。

可以看到，陳嘏的譯文有些疏漏的地方，如將「Simone overpowers Guido」一句略去未譯，將「throws him down over table」譯為「希莫烈按易鐸伏於桌上」，似不準確。另外，陳嘏還將devil譯為「畜生」，將簡單的Fool譯成「胡鬧些什麼」等也是發揮之處。不過，譯者基本忠實原文。從語言上看，譯文有點文白夾雜，不過還算是流暢的，這對於初次運用白話翻譯的陳嘏來說已屬不易。

隨後，陳嘏譯龔古爾兄弟長篇小說《基爾米里》，連載於《新青年》二卷六號和三卷五號上。陳嘏對於龔古爾兄弟的翻譯介紹具有重要價值，它結束了《新青年》提倡自然主義只有理論而無作品的狀況。我們知道，陳獨秀大力倡導自然主義，但對自然主義作家的認識並不清晰。陳獨秀在《歐洲文藝史譚》一文中提到的自然主義作家的名字，有左拉、龔古爾兄弟、福樓拜、都德、屠格涅夫等。而《青年雜誌》以至《新青年》所譯的屠格涅夫、王爾德、都德等人均為似是而非的自然主義作家。陳嘏對於龔古爾兄弟作家的譯介，有利於中國讀者認清到底什麼是自然主義。可貴的是，陳嘏譯《基爾米里》的時候，花費了大量篇幅介紹作者的生平及創作情況。一般譯文只有很短篇幅甚至三言兩語介紹外國作家，陳嘏卻用了三頁半的篇幅介紹龔古爾兄弟，再加上所譯的龔古爾兄弟〈自序〉，第一次連載已經沒有篇幅刊載小說原文。

值得一提的是，龔古爾兄弟的這部小說《基爾米里》是一部描寫下層的作品。並且，龔古爾兄弟在這部小說的〈自序〉中提出了文學應該從貴族走向平民的主張。這裏稍加徵引：

> 在此十九世紀普通選舉、民主主義、自由主義之時代，我等所大惑不解者，一般所謂「下等社會」之人，在小說上有無權利？此世間下之世間，即下等社會之人，在文學上，被禁制之侮辱，遭作者之輕蔑，其靈魂、其心直沉默至此時。然過此以往，彼等是否猶不能不甘受此侮辱、此輕蔑？復次，敢問世之作者及讀者，在此平等時代，無價值之階級、甚卑猥之不幸、口白極污穢之戲曲詞氣、過誇結穴驚人之作物，是否尚應存在？已忘之文學及已過之社會，所遺此種形式，所謂悲劇，是否已經全滅？在無階級、無貴族之國家，彼貧且賤者之不幸，是否亦能如富且貴者之不幸，高聲疾呼，為有興味、有感情、可悲可訴之欸訴。質言之，下等人傷心墮淚，是否能如上流人傷心墮淚一樣慟哭？此吾等所欲知者也。

龔古爾兄弟在〈自序〉中認為，文學一直以貴族上流社會為描寫對象，「下等社會」一直受排斥。他提出，在平等的時代，下層社會之悲歡也應該成為文學上的對象。這簡直就是陳獨秀《文學革命論》打倒「貴族文學」，建立「平民文學」的翻版。陳嘏在「譯者識」中引用左拉對於此書的評論，「在吾法近代文學區別一時代之作物也」，並解釋說：「蓋以描寫下級社會之書，實以此為嚆矢。」在陳嘏看來，龔古爾兄弟的《基爾米里》一書是法國自貴族文學轉向平民文學的開始，這自然足以成為五四文學革命的範本。陳獨秀的《文學革命論》與陳嘏翻譯的《基爾米里》都刊登於《新青年》二卷六號上，彼此有一種默契的配合關係。

從譯文上看，《基爾米里》的文白夾雜更加嚴重。陳嘏似乎有一個習慣，即對話一般用白話，而交代常常文白夾雜。王爾德的《弗羅連斯》是話劇對白，以白話為主，所以看起來較為流暢。《基爾米里》是小說，敘述較多，因而文白夾雜，在流暢程度上遠趕不上《弗羅連斯》。我們看一看《基爾米里》的開頭：

> 「有救了，有救了，馬德麻修！」女傭送醫生出，閉門歡叫，而奔女主人寢床。床中之老媪，十分枯瘦，體縮如小兒。女傭欣幸之心，與愛撫之心交湊，自被上堅抱此媪可憐之瘦軀。媪默然兩手抱其頭，按於胸前，歎息而言曰：
>
> 「嗳，那嗎我還要活著。」

「有救了，有救了，馬德麻修！」「嗳，那嗎我還要活著」兩句對話，都是較為流暢的白話，而其他的敘述語言則沒那麼口語化，或者簡直就是文言。在語言上，《基爾米里》較《弗羅連斯》是一個退步。與胡適的白話語言相比，還是有較大差距的。

從四卷一號起，《新青年》不再接受外稿，陳嘏翻譯的《基爾米里》的正文只在三卷五號刊登了一次就中斷了。不過，陳嘏雖然不再為《新青年》供稿，他的翻譯卻沒有停止。一九一八年十月，陳嘏翻譯的易卜生的《傀儡世家》（即《玩偶之家》）在商務印行，這是易卜生在中國的第一個單行本，此時距《新青年》的「易卜生專輯」（一九一八年六月，四卷六號）只有幾個月。一九二〇年，陳嘏先後在《東方雜誌》發表文章，介紹戲劇家霍甫特曼等作家。二十年代中期，陳嘏又在《小說月報》上翻譯莫泊桑和契訶夫的小說。陳嘏的翻譯深受陳獨秀的影響，眼光很高，開手就是世界名著，對於自晚清到五四的翻譯轉折發揮了重要作用。可惜的是，陳嘏一直在文學史上沒沒無聞，連翻譯研究者也較少提到他。

《新青年》前期的另一個重要譯者，也是受到陳獨秀影響的，是劉半農。劉半農和胡適一樣，也是首先以翻譯出現於《新青年》之上的，但較胡適晚了一期。胡適的《決鬥》發表在《新青年》二卷一號，劉半農的「愛爾蘭愛國詩人」發表於《新青年》二卷二號。此後，胡適的「藏暉室劄記」與劉半農的「靈霞館筆記」，常常並行於《新青年》。「藏暉室劄記」是胡適自撰之文，而「靈霞館筆記」主要是劉半農所譯之詩文。從題目上就可以看出來，「靈霞館筆記」所翻譯的主要是外國愛國詩歌，如〈愛爾蘭愛國詩人〉、〈歐洲花園〉、〈拜倫遺事〉、〈阿爾薩斯之重光〉、〈馬賽曲〉等。

《歐洲花園》（《新青年》二卷三號）譯自Affonso Henriques Silva 所作*Jardin da Enrop*，寫歷史上葡萄牙曾大敗於摩爾人、後臥薪嚐膽重新向摩爾人宣戰的故事。文中有云：「余以神話無稽，素不研習，顧於鼓鑄國魂之神話，則頗重視，謂聖經寓言而外，足為精神界之寶物者，只此而已。」「余」之所言，正是譯者的心願，願以「鼓鑄國魂之神話」以為中國之「精神界」之激勵。《阿爾薩斯之重光》（二卷六號）譯自Piere Loti所作*Alsace Reconquered*，寫「吾」陪法國總統視察從德國人手中收復阿爾薩斯的經歷。阿爾薩斯係法國領土，戰時被德國所佔領。雖然千瘡百孔，新塚累累，然而阿爾薩斯人卻一直「眷懷祖國」，「吾法蘭西好男兒殉國而死，今長眠於此，願其靈魂安息之處，勿更淪於異族之手。」這篇文章的主題，有點類似於胡適翻譯的《最後之課》、《柏林之圍》等，反映的亡國之恨和愛國之切。周作人在《知堂回想錄》中曾稱讚劉半農的《靈霞館筆記》：「來到北大以後，我往預科宿舍去訪問他，承他出示所作《靈霞館筆記》的資料，原是些極為普通的東西，但經過他的組織，卻成為很可誦的散文，當時就很佩服他的聰明才力。」[17]

大概與來自鴛鴦蝴蝶派舊陣營有關，劉半農並不特別執著於白話、文言之分。在胡適的「文學改良」、陳獨秀的「文學革命」及錢玄同的附議之後，劉半農接著在三卷三號《新青年》上發表了《我之文學改良觀》。在這篇文章中，劉半農一方面表示，絕對同意胡、陳、錢的主張，另一方面又提出不同看法，即認為「文言白話可處於對待的地位」，原因是在表達上二者各有所長：

胡陳二君之重視「白話為文學之正宗」，錢君之稱「白話為文章之進化」。不佞固深信不疑，未嘗稍懷異議。但就平日譯述之經驗言之，往往同一語句，用文言則一語即明，用白話則二三句猶不能瞭解。（此等處甚多，不必舉例。）是白話不如文言也。然亦有同是一句，用文言竭力做之，終覺其呆板無趣，一改白話，即有神情流露，「呼之欲出」之妙。（如人人習知之「行不得也哥哥」，「好教我左右做人難」等句。）又文言不如白話也。

在胡、陳、錢之後，劉半農敢於提出這種異議是很大膽的，但這的確是他「平日譯述之經驗」。特別在詩歌翻譯上，劉半農深感語言組合之難。為了既傳達意思，又合原詩的韻，在語言上就只能不拘一格，多多嘗試。胡適的「八事」中有一條「不對仗」，這對於譯詩、作詩的劉半農來說，顯然不易。他對此不以為然，主張「余於對偶問題，主張自然」。在詩體上，劉半農反對律詩排律，卻並不反對絕詩古風樂府，當然他認為這些仍然遠遠不夠，需要增加新的詩體。

在《我之文學改良觀》發表後的次期（三卷四號）《新青年》上，劉半農發表了兩篇譯文：一白話，一文言。英人梅里爾的獨白劇《琴魂》係白話所譯，英人虎特的《縫衣曲》則為古體詩譯。由此看劉半農在文言白話之間各有選擇，嘗試不同的表達效果。

劉半農在翻譯印度Ratan Devi的《我行雪中》時，曾談起自己的翻譯思路[18]：

> 兩年前，余得此稿於美國*Vanity Fail*月刊；嘗以詩賦歌詞各體試譯，均為格調所限，不能竟事。今略師前人譯經筆法寫成之，取其曲折微妙處，易於直達。然亦未能盡愜於懷；意中頗欲自造一完全直譯之文體，以其事甚難，容緩緩嘗試之。

晚清以來的翻譯，歷來不注重忠實原文，特別是譯詩，因為套用中國舊的詩詞格律，主觀性更強。劉半農在此能夠提出並實踐「直譯之文體」，難能可貴。

劉半農在《新青年》二卷六號上譯過法國國歌〈馬賽曲〉，其文為：「我祖國之驕子，趣赴戎行。今日何日，日月重光！暴政與我敵，血旗已高揚！君不聞四野賊兵呼噪急？欲戮我眾，欲殲我妻我子以勤王。」〈馬賽曲〉在中國的第一次翻譯，是王韜一八七一年的七言古體譯文。王韜譯文幾乎難以找到與原文的對應關係，比較起來，劉半農的譯文則要忠實得多。劉半農精通法語和英語，他在《新青年》上列出法文原文，又譯為英文，然後再譯成漢文。他在幾種語言之間互相比較參照，力圖在意義、字句乃至音韻上達到協調。

然而，文言的「直譯」終於很難成功。「直譯」的實踐，最早來自於周氏兄弟在一九〇九年翻譯出版的《域外小說集》。不過這部書出版後沒人理會，十年之內只銷了二十一本。五四與晚清翻譯的差異，既在忠實，也在白話，大約白話較文言能夠更加忠實地再現原文吧。胡適在談到周氏兄弟《域外小說集》失敗的時候說：「這一件故事應該使我們覺悟了。用古文譯小說，固然也可以做到『信、達、雅』三個字，——如周氏兄弟的小說，——但所得終不償所失，究竟免不了最後的失敗。」[19]

劉半農大概也感覺到這一點，後來終於放棄文言而改用白話翻譯。事實上，劉半農早在《新青年》之前的鴛鴦蝴蝶派期間，就譯過白話小說。劉半農來後在《新青年》上所譯的白話作品，有梅里爾的短劇《琴魂》（三卷四號）、王爾德的「悲劇」《天明》[20]（四卷二號）、「詩二章」（五卷二號）、「譯詩十九首」（五卷三號）等。劉半農的散文詩的翻譯較為知名，他是國內第一個引進散文詩這一文體的。他對於泰戈爾、屠格涅夫散文詩的翻譯，在國內都是首次。劉半農對於泰戈爾的翻譯，大概受到陳獨秀的影響，也是繼陳獨秀之後國內文壇對於泰戈爾的第二次翻譯。「詩二章」，譯的是泰戈爾《新月集》中的兩首詩：《惡郵差》和《著作資格》。「譯詩十九首」包括泰戈爾的《新月集》中的《海濱》五首和《同情》兩首。我們姑且把劉半農譯的泰戈爾《海濱》第一首稍作英漢對照：

泰戈爾原文：

On the seashore of endless worlds children meet.
The infinite sky is motionless voerhead and the restless water is boisterous. On the seashore of endless worlds the children meet with shouts and dances.

劉半農譯文：

> 在無盡世界的海濱上，孩子們會集著。無邊際的天，靜悄悄的在頭頂上；不休止的水，正在喧鬧湍激。在這個無盡世界的海濱上，孩子們呼噪，跳舞，聚集起來。

可以看得出來，無論是對於原文的忠實程度，還是白話文的表達，乃至於字句音韻對應，劉半農的譯文都堪稱老練，比起當代的譯文並不遜色。

可惜的是，劉半農在《新青年》上的白話翻譯並不多。一九二〇年初去法國後，他的名字差不多在《新青年》上消失了。劉半農原是上海鴛鴦蝴蝶派中的小說家，後投奔《新青年》。陳獨秀很重視他，以顯著篇幅發表他的「靈霞館筆記」。陳獨秀去北大以後，不拘一格地把中學都沒畢業的劉半農推薦到北大當教授。劉半農在北大，成為了《新青年》的中堅。不過，學歷低終究成為了劉半農的心事，他在胡適等美國名牌大學洋博士面前有點抬不起頭來。於是他終於離開北京，去法國讀國家博士學位。據周作人回憶：「劉半農在北大，並不是一帆風順的。他在預科教國文和文法概論，但他沒有學歷，為胡適之輩所看不起，對他態度很不好，他很受刺激，於是在『五四』之後，要求到歐洲去留學。」[21]

事實上，劉半農在《新青年》五卷三號（一九一八年九月十五日）上發表「譯詩十九首」之後，就不太在《新青年》露面了。值得一提的是，五卷三號《新青年》上還有劉半農的另一篇文字，即「通信欄」中的《對於〈新青年〉意見種種》一文的答覆。署名Y. Z的讀者在來信中提出了幾種問題。其中一個問題是：「每月所出的雜誌裏，總有幾篇不用白話的文章，雖也是爽爽快快，但總不如用白話做得更爽快。你們是改良文學的先驅者，為什麼這樣的膽小不專誠？」另一個問題是：「今年春季受革命嫌疑下獄的印度詩人Sir Rabindranath Tagore，他的文字思想，我看極好，但沒有人去譯他的著作，介紹到我們中國來，是很可惜的，不知道貴記者是無心去譯他呢？還是他的宗旨，不與你們相合呢？」這兩個問題應該說都與劉半農有關係。前面我們提到，劉半農在《我之文學改良觀》中提出「文言白話可處於對待的地位」，並不特別堅持使用白話。他在《新青年》的譯作中，白話少於文言。由此，Y. Z的第一個問題可能讓劉半農心裏有點不是滋味，但他一時又難以解釋，只能含糊其詞地回答：「敝誌是絕對主張白話文學的，現在雖然未能全用白話文，卻是為事實所限，一時難以辦到，並不是膽小，更不是不專誠。」第二個問題劉半農心裏比較有底了，他回答：早在《新青年》第一卷上就有陳獨秀對泰戈爾的翻譯，而《新青年》本期和上一期都刊載了他本人翻譯的泰戈爾《新月集》中的詩歌，他希望《新青年》以後會有一部「泰戈爾專號」。劉半農當時沒想到，《新青年》沒能辦成「泰戈爾專號」，但《新青年》對於泰戈爾的最早介紹，卻引發了後來文壇的「泰戈爾熱」，並在其他刊物上出現過好幾個「泰戈爾專號」。這一段「讀者答覆」是劉半農在《新青年》最後的文字之一，看起來有回顧和總結的意味。

從晚清到五四翻譯文學轉折的角度看，劉半農的最大的影響可能並不在於他的翻譯，而是他對於晚清翻譯的批判。晚清的翻譯，影響最大的是嚴復和林紓，所謂「譯才並世數嚴林」。從文學上說，最有影響的自然是林紓。五四第一代作家，多數都在早期受過林紓的影響。直到《新青年》創刊以後，林紓的譯文仍然是《小說月報》的壓卷之作。林紓改寫原文的翻譯方法，是晚清文學翻譯的典範，一直發揮著制約性的影響。如果要改變晚清的翻譯風氣，非得對林紓進行清算。

《新青年》對於林紓的批判，是由錢玄同和劉半農合作完成的。錢玄同最早在通信中表達對於林紓的不滿[22]，不過較為系統的批判主要出現在他與劉半農的兩次合作中。第一次是劉半農在《新青年》四卷二號上發表P. L王爾德的短劇《天明》，錢玄同在譯文後面寫了一個「玄同附誌」，其中批判了以林紓為代表的晚清譯風：

> 無論譯什麼書都是要把他國的思想學術輸到己國來，決不是拿己國的思想學術做個標準，別國與此相合的，就稱讚一番，不相合的，就痛罵一番；這是很容易明白的道理，中國的思想學術，事事都落人後，才譯外國書籍，碰到與國人思想不相合的，更應該虛心去研究，決不可妄自尊大，動不動說別人國裏道德不好。可歎近來一般做『某生』『某翁』文體的小說家，和與別人對譯哈葛德狄更司等人的小說的大文豪，當其撰譯外國小說之時，每每說，西人無五倫，不如中國社會之文明，自由結婚、男女戀愛之說流毒無窮，中國女人重貞操，其道德為萬國之冠。這種笑得死人的謬論，真所謂「坐井觀天」「目光如豆」了……

在錢玄同看來，翻譯的關鍵問題是「我化別人」還是「別人化我」。林紓的宗旨即是「以己化人」，在思想上求同存異，在形式上將外國文學化作中國古典小說，如此自然迎合社會心理，受到讀者歡迎。五四翻譯所追求的恰恰相反，是「別人化我」。錢玄同講得很清楚：「中國的思想學術，事事都落人後，才譯外國書籍，碰到與國人思想不相合的，更應該虛心去研究。」陳獨秀要輸入外國思想，胡適要輸入西洋文學新文體，翻譯的目的都是要接受外國新事物，反對中國舊事物，而不是相反。

錢玄同與劉半農第二次合作，即被稱為「雙簧戲」的《文學革命之反響》，錢玄同化名王敬軒來信，劉半農以「記者」身份回覆。在有關翻譯的部分，劉半農認為林紓的翻譯有下列三個方面的問題：

> 第一是原稿選擇得不精，往往把外國極沒有價值的著作，也譯了出來，真正的好著作，卻未嘗——或者是沒有程度——過問。先生所說的「棄周鼎而寶康瓠」，正是林先生譯書的絕妙評語。
>
> 第二是謬誤太多。把譯本和原本對照，刪的刪，改的改，「精神全失，面目皆非」……
>
> 第三層是林先生之所以能成其為「當代文豪」，先生之所以崇拜林先生，都因為他「能以唐代小說之神韻，迻譯外洋小說」。不知這件事，實在是林先生最大的病根。林先生譯書雖多，記者等始終只承認他為「閒書」，而不承認他為有文學意味者，也便是為了這件事。當知譯書與著書不同，著書以本身為主體，譯書應以原本為主體，所以譯書的文筆，只能把本國文字去湊就外國文，決不能把外國文字的意義神韻硬改了來湊就本國文。

這三個方面，無疑是對於錢玄同上述晚清翻譯思想批判的進一步細化。第一點談的是原著選擇不嚴，第二點談的是任意刪改原文，謬誤太多；第三點談的是以傳統小說形式翻譯外國文學。劉半農的這一「回覆」，是對於以林紓為代表的晚清譯風的第一次系統批判，也是五四以原文為主體的新的翻譯原則確立的開始。

劉半農推崇的翻譯，是中國歷史上的佛經翻譯。他談到，中國古代譯學史上最有名的兩部著作，後秦鳩摩羅什大師的《金剛經》和唐玄奘大師的《心經》。這兩人本身生在古代，卻不用晉唐文筆翻譯，而只是直譯，讓人覺得這是西域來的文章。無獨有偶，後來胡適在《白話文學史》中也高度評價中國古代佛經翻譯。胡適說：「在中國文學最浮靡又最不自然的時期，在中國散文與韻文都走到駢偶濫套的路上的時期，佛教的譯經起來，維祇難、竺法護、鳩摩羅什諸位大師用樸實平易的白話文體來翻譯佛經，但求易曉，不加藻飾，遂造成一種文學新體。」[23] 胡適在追溯中國古代佛經翻譯的時候，事實上是有所寄喻的。

兩晉南北朝時期中國的散文韻文都走到駢偶濫套的形式化的路上，白話佛經翻譯給中國文學造就了一條新路。現在中國文學走到了末路，需要現代白話的再一次拯救。

三

自四卷一號起，《新青年》取消外稿，變為同人刊物。《新青年》封面上刊載了十八期的「陳獨秀先生主撰」的字眼也消失了。自此以後，《新青年》出現了新的氣象。四卷一號，《新青年》發表了周作人的《陀思妥夫斯奇之小說》，這是周作人在《新青年》的第一次露面。四卷二、三號，錢玄同、劉半農配合演出了一場「雙簧戲」，打了一場富於影響的硬仗。四卷四號，《新青年》首篇隆重推出胡適的《建設的文學革命論》。四卷五號，胡適發表《論短篇小說》；魯迅第一次出場，發表《狂人日記》。四卷六號，《新青年》推出「易卜生專號」，胡適發表《易卜生主義》。在《新青年》同人中，胡適影響日大，讓人矚目，似乎有取代陳獨秀主導《新青年》的趨勢。

《建設的文學革命論》是胡適對於自己的文學改革思想的一次概括，也是他對於翻譯思想的一次系統表述。胡適將文學革命的主張概括為十個大字：「國語的文學，文學的國語。」並認為創造新文學唯一的方法就是翻譯西洋文學。他在文中詳細闡述了借鑑西洋文學的理由：

> 我上文說的，創造新文學的第一步是工具，第二步是方法。方法的大致，我剛才說了。如今且問，怎樣預備方才可得著一些高明的文學方法？我仔細想來，只有一條法子，就是趕緊多多的翻譯西洋的文學名著做我們的模範。我這個主張，有兩層理由：

> 第一，中國文學的方法實在不完備，不夠做我們的模範。即以體裁而論，散文只有短篇，沒有佈置周密、論理精嚴，首尾不懈的長篇；韻文只有抒情詩，絕少紀事詩，長篇詩更不曾有過；戲本更在幼稚時代，但略能紀事掉文，全不懂結構；小說好的，只不過三四部，這三四部之中，還有許多疵病；至於最精彩之「短篇小說」、「獨幕戲」，更沒有了。若從材料一方面看來，中國文學更沒有做模範的價值……
>
> 第二，西洋的文學方法，比我們的文學，實在完備得多，高明得多，不可不取例。即以散文而論，我們的古文家至多比得上英國的倍根（Bacon）和法國的孟太恩（Montaene），至於像柏拉圖（Plato）的「主客體」，赫胥黎（Huxley）等的科學文字，包士威爾（Boswell）和莫烈（Morley）等的長篇傳記，彌兒（Mill）、弗林克令（Franklin）、吉朋（Giddon）等的「自傳」，太恩（Taine）和白克兒（Bukle）等的史論；……都是中國從不曾夢見過的體裁。更以戲劇而論，二千五百年前的希臘戲曲，一切結構的工夫，描寫的工夫，高出元曲何止十倍。近代的莎士比亞（Shakespear）和莫逆爾（Molire）更不用說了，最近六十年來，歐洲的散文戲本，千變萬化，遠勝古代，體裁也更發達了。最重要的，如「問題戲」，專研究社會的種種重要問題；「寄託戲」（Symbolic Drama），專以美術的手段作的「意在言外」的戲本；「心理戲」，專描寫種種複雜的心境，作極精密的解剖；「諷刺戲」，用嬉笑怒罵的文章，達憤世救世的苦心……

第一個理由是中國文學不完備，第二個理由是西洋文學比中國文學完備，表達的都是同一個意思，即我們需要通過翻譯，借鑑西洋文學，建立中國新文學。這事實上並不是胡適一個人的見解。早在《新青年》三卷六號（一九一七年八月一日），錢玄同在寫給陳獨秀的信中就提出類似看法。他談到：中國小說

「若是和西洋的Goncourt兄弟、Maupassant、Toistoi、Turgeneu諸人相比，便有些比不上。」[24] 根據有二：一是中國小說太長，二是中國小說不如外國小說有「思想見解」。陳獨秀在回信中同意錢玄同的看法，他認為：「中國小說有兩個毛病，第一描寫淫態過於顯露，第二是過貪冗長。」由此可見，儘管具體看法不完全一致，翻譯外國文學以為新文學的借鑑，卻是《新青年》同人的共識。

至於如何翻譯西洋文學，胡適也進行了規劃。他認為中國目前的翻譯，都不得其法，他擬定了幾條翻譯西洋文學的具體方法：

（一）只譯名家著作，不譯第二流以下的著作。我以為國內真懂得西洋文學的學者應該開一會議，公共選定若干種不可不譯的第一流文學名著，約數如一百種長篇小說，五百篇短篇小說，三百種戲劇，五十家散文，為第一部《西洋文學叢書》，期五年譯完，再選第二部。譯成之稿，由這幾位學者審查，並一一為作長序及著者略傳，然後付印；其第二流以下，如哈葛得之流，一概不選。詩歌一類，不易翻譯，只可從緩。

（二）全用白話韻文之戲曲，也都譯為白話散文。用古文譯書，必失原文的好處。如林琴南的「其女珠，其母下之」，早成笑柄，且不必論。前天看見一部偵探小說《圓室案》中，寫一位偵探「勃然大怒，拂袖而起」。不知道這位偵探穿的是不是康橋大學的廣袖制服！這樣譯書，不如不譯。又如林琴南把莎士比亞的戲曲，譯成了記敘體的古文！這真是莎士比亞的大罪人，罪在《圓室案》譯者之上。

只譯名家名著，這是對於陳獨秀推崇西洋文豪的一個落實，也是《新青年》翻譯與晚清翻譯劃清界線的一個標誌。五四翻譯的另一個標誌——用白話文翻譯——則主是要胡適的功勞。陳獨秀在《青年雜誌》上的翻譯尚且用文言，劉半農開始也主要用文言翻譯。至於說到胡適設想在全國統一擬定名家名著篇目進行翻譯，則是《新青年》沒有能力做到的。胡適後來果真有了這樣一個機會。一九三〇年，胡適受聘擔任中華教育基金會所屬編譯委員會委員，主持編譯工作。胡適籍此實現自己《新青年》時期的計畫，他詳細擬定了名家名著的名單，並邀請全國最好的專家翻譯，可惜抗日戰爭的爆發，讓這個計畫擱淺。

胡適不但進行理論倡導，同時也付諸於實際行動。他本人致力於西洋文學各種文體的翻譯引進，試圖為中國文學現代文類的建立奠定基礎。

胡適很重視短篇小說。從《最後一課》（一九一二年譯，刊於一九一五年三月《留美學生季報》）、《柏林之圍》（一九一四年十一月《甲寅》），到「短篇小說第一名手」莫泊桑的《二漁夫》（《新青年》三卷一號），都旨在提倡短篇小說這一新的文體。一九一八年三月十五日，胡適在北大專門發表了一次有關短篇小說的講座。演講稿後經修訂，刊於《新青年》四卷五號上。在這篇文章中，胡適開頭便說；「中國今日的文人，大概不懂得『短篇小說』是什麼東西。」他以自己翻譯的《最後一課》、《柏林之圍》和《二漁夫》等小說為例，詳細介紹西洋短篇小說的定義及特徵。

一九一九年十月，亞東圖書館結集出版了上述短篇小說，計十種。在「譯者自序」中，胡適並沒有把翻譯介紹短篇小說之功完全歸結到自己，而是提到了一九〇九年周氏兄弟的《域外小說集》和一九一七年周瘦鵑的《歐美名家短篇小說叢刊》。不過，這兩本書都是文言翻譯，白話翻譯西洋短篇小說主要是胡適的功勞[25]。胡適在「譯者自序」中提到了自己提倡短篇小說的用心，並欣喜地看到這一、兩年來，國內文壇對此已漸有認識：

近一兩年來，國內漸漸有人能賞識短篇小說的好處，漸漸有人能自己著作頗有價值的短篇小說，那些「某生，某處人，美丰姿……」的小說漸漸不大看見了。這是文學界極樂觀的一種現象。我是極想提倡短篇小說的一個人，可惜我不能創作，只能介紹幾篇名著給後來的新文人作參考的資料，慚愧慚愧。[26]

胡適的《短篇小說一集》特意收錄了他的《論短篇小說》一文，胡適希望它「也許可能幫助讀短篇小說的人領會短篇小說究竟是一件什麼東西」。

短篇小說之外，胡適同時譯白話詩。就在刊載《建設的文學革命論》的四卷三號，胡適同時發表了譯自蘇格蘭女詩人Anne Lindsay夫人的詩歌《老洛伯》。詩前有「序」曰：「此詩向推為世界情詩之最哀者。全篇作村婦口氣，語語率真，此當日之白話詩也。」「序」中談到，十八世紀英國古典主義詩歌古雅無生氣，北方的蘇格蘭詩人以地方俚語做白話詩，引發整個英格蘭的文學革命，Anne Lindsay夫人的詩即是此種白話詩。胡適的意圖正在於此，試圖以白話詩進行文學革命，翻譯西詩是為中國白話詩的創作提供參考。胡適對於譯詩很重視，將譯詩收進自己的創作《嘗試集》中。《關不住了》是胡適一九一九年二月二十六日譯自美國Sara Teasdale的Over the Roofs，胡適在《嘗試集・再版自序》中甚至將這首譯詩稱為自己「新詩成立的紀元」。

胡適也譯戲劇，最著名的自然是和傅斯年合譯的易卜生的《娜拉》，發表於《新青年》四卷六號「易卜生專號」上。《娜拉》文前「編輯者識」有云：「《娜拉》三幕，首兩幕為羅家倫君所譯，略經編輯修正。第三幕經胡適君重為迻譯。胡君並允於暑假內再將第一二幕重譯，印成單行本，以慰海內讀者。」看來，羅家倫譯本不太令人滿意，第三幕由胡適完全重新譯過，而頭兩幕也經過了編輯者的修正。編輯並且承諾，胡適會重譯前兩幕，出版單行本。胡適大概太忙，後來並沒有重譯《娜拉》前兩幕，不過這事卻由與羅家倫同為北大學生的潘家洵代勞了。潘家洵重譯了《娜拉》，再加上《群鬼》、《國民公敵》，編為《易卜生集》，由胡適校對，商務印書館出版（一九二一年十月）。

比較潘家洵和《新青年》上「易卜生號」的《娜拉》譯本，我們發現，潘家洵譯本的第三幕保留了胡適譯文，幾乎一字未易，前兩幕則進行了重譯。由此可見，潘家洵的確在接續胡適的工作，而胡適慷慨地把自己的著作權奉送給了潘家洵。潘家洵譯本後來成為易卜生權威譯本，讀者大概沒想到，其中的第三幕是「抄襲」胡適的。再校閱前兩幕，感覺潘家洵譯本的確有了很大改觀。羅家倫譯本在白話文表達上常常不太通順，如第一幕「佈景」中的第一句話是：「一間房子擺設得狠精緻狠安妥卻不很奢華。」潘家洵譯文則進行了斷句，簡潔明瞭：「一間房子，佈置得很舒服妥貼，但是並不奢華。」第一幕開頭娜拉買了聖誕節的東西回家，赫爾茂指責她。羅家倫譯本為：「不要吵我，你才將不說買了東西嗎？可是這些？為什麼我這小敗家子又浪花起錢來呢？」這裏的「才將」應該是「剛才」，「浪花」應該是「亂花」，潘家洵的譯文則較為通順：「不要來攪我，你是不是說又買了東西？什麼？那些都是嗎？我那沒出息的孩子又糟蹋錢了嗎？」

需要提到的是，胡適自己身體力行嘗試創作獨幕劇，其成果便是刊於《新青年》六卷三號上的獨幕劇《終身大事》。當然，它與胡適的新詩一樣，都是嘗試，並不成熟。不過，正如胡適所言：「自古成功在嘗試。」

迄今為止，我們都在從文體建設的角度討論胡適的翻譯。這裏我們需要稍稍提及另一個方面，即胡適並非僅僅重視形式而忽視思想。

在變為同人刊物的《新青年》的四卷一號上，胡適發表了一篇《歸國雜感》，其中談到了國內翻譯市場的落後狀況：

我又去調查現在市上最通行的英文書籍。看來看去，都是些什麼蕭士比亞的《威匿思商》、《馬克白傳》，阿狄生的《文報選錄》，戈司密的《威克斐牧師》，歐文的《見聞雜記》，……大概都是些十七世紀、十八世紀的書。內中有幾部十九世紀的書，也不過是歐文、迭更司、司各脫、麥考來幾個人的書，都是和現在歐美的新思潮毫無關係的。

國內翻譯的多是外國十七、十八世紀的書籍，胡適所擔心的是，國內無從瞭解歐美的新思潮。故此，胡適在翻譯西洋文學方面，除了「名家名作」之外，另外還有一個要求，即求新，希望翻譯能夠輸入現代歐美思潮。他強調：「我們學西洋文字，不單是要認得幾個洋字，會說兒句洋話，我們的目的在於輸入西洋的學術思想。」

在《新青年》六卷三號（一九一九年三月十五日）的「通信」欄中，胡適在答覆讀者有關輸入西洋戲劇問題的時候強調：「我們的宗旨在於藉戲劇輸入這些戲劇裏的思想。足下試看我們那本『易卜生專號』便知道我們注意易卜生並不是藝術家的易卜生，乃是社會改革家的易卜生。」在這裏，胡適更加明確地專門提到輸入「思想」，並且認為這是翻譯戲劇的主要宗旨。

那麼，胡適要引入的西洋思想主要是什麼呢？我們不妨看一看胡適在文中提到的易卜生。在《新青年》四卷六號「易卜生專號」上，胡適發表了一篇點題之作《易卜生主義》。在《易卜生主義》一文中，胡適指出：易卜生旨在暴露，暴露家庭和社會的黑暗，卻不肯輕易開藥方：

雖然如此，但是易卜生生平卻也有一種完全積極的主張。他主張個人須要充分發達自己的天才性，須要充分發揮自己的個性。

所謂「救出你自己」，也即個性主義，就是胡適所看中的西洋思想。這種著眼於個人權利的思想，與陳獨秀著眼於思想、政治及至國家的思想，其出發點是不太一致的。

至於胡適大力翻譯提倡的杜威的實驗主義，則主要是一種方法。用胡適的話來說，是「歷史的」和「實驗的」方法。故此，胡適在《新思潮的意義》一文中談到，陳獨秀將五四新思潮概括為擁護德先生和賽先生是正確的，但還嫌籠統，他認為新思潮的意義只是一種新態度，那就是「評判的態度」。[27]

第三節　周氏兄弟·茅盾

一

周氏兄弟的出場，對於《新青年》來說無疑是極為重要的。周作人發表的《人的文學》、《平民文學》等文章，為五四新文學提供了理論綱領。魯迅發表《狂人日記》等小說，首次顯示了五四新文學的創作實績。這些都是人所共知的。周氏兄弟在《新青年》上的翻譯工作，卻不太為人所注意。

周作人自在四卷一號《新青年》上發表《陀思妥夫斯奇之小說》之後，幾乎每期《新青年》上都有文章發表，有時甚至在一期上同時發表好幾篇文章。這些文章大多是譯作。魯迅在《新青年》上的第一篇文章，是四卷一號上的小說《狂人日記》，此後主要發表小說和雜文。魯迅在《新青年》的首篇翻譯，是連載於七卷一號至七卷五號上的日本武者小路實篤的《一個青年的夢》，此後不斷有譯作發表，一直堅持到

《新青年》終刊。

巧合的是，魯迅首次發表譯作的《新青年》七卷一號，是後期《新青年》的一個轉捩點。從那個時候起，陳獨秀與胡適的分歧日益公開化。結果是胡適逐漸淡出《新青年》，周氏兄弟的時代開始。特別從翻譯的角度看，周氏兄弟——主要是周作人——取代了胡適在《新青年》的主導地位。

《新青年》反對舊道德、舊文化，導致了很大的社會壓力。反對者之一，便是《新青年》批判的晚清翻譯家林紓。據陳獨秀：「林紓本來想借重武力壓倒新派的人，那曉得他的偉丈夫不替他做主；他惱羞成怒，聽說又去運動他同鄉的國會議員，在國會裏提出彈劾案，來彈劾教育總長和北京大學校長。」[28]在這種情形下，北大提前合併文理兩科，廢除學長制，陳獨秀在北大失去了位置。離開了北大的陳獨秀，在政治上更加激進。一九一九年六月，陳獨秀因在北京街頭散發《北京市民宣言》而被捕，直到九月才出獄。《新青年》是月刊，六卷五號出版於一九一九年五月，是李大釗輪編的「馬克思主義專號」。陳獨秀的被捕，使得《新青年》的出版延誤了六個月，直到該年十一月六卷六號才面世。陳獨秀出獄後，決定把《新青年》帶回上海。胡適反對，周氏兄弟卻表示支持。《新青年》七卷一號發表了「本誌宣言」，表明同人的共同態度。然而，發佈「宣言」只是為了彌合分歧，最後的分裂仍然勢在難免。

陳獨秀回到上海是一九二〇年二月，因此，一九二〇年三月一日出版的《新青年》七卷四號應該是他在上海編的第一期《新青年》。《新青年》回上海後，走向政治化和「左」傾。《新青年》七卷六號成了一個龐大的「勞動節專號」，反映中國各地工人運動的情況。《新青年》八卷一號，陳獨秀更是首篇發表《談政治》與《對於時局的我見》，公開豎起了「談政治」的旗幟。自從《新青年》南下上海的七卷四號起，胡適的文章便在《新青年》上消失了[29]。與此同時，《新青年》其他北京同人的文章也少了，只有周氏兄弟堅持為《新青年》撰文。陳獨秀後來在給周氏兄弟的信中說：「同人料無人肯做文章了，唯有求助你兩位。」[30] 周氏兄弟的文章較原來反而更多了，常常兩個人同時出現在《新青年》上。魯迅為《新青年》翻譯也始於此時。後期《新青年》的政治色彩愈來愈重，學術和文學色彩減弱，和原來的《新青年》已經大不一樣，唯有周氏兄弟的文章繼續延續著《新青年》的品味。

正如當初身為章太炎門人的古文大家錢玄同支持文學革命，讓胡適、陳獨秀受寵若驚；同樣身為章太炎弟子並且曾以古奧的文言譯過《域外小說集》的周氏兄弟，轉而在《新青年》上進行白話翻譯，對於《新青年》也是一個巨大的支持。周作人在《新青年》四卷一號上發表《陀思妥夫斯奇之小說》一文不久，發表於四卷三號《新青年》上劉半農和錢玄同的「雙簧戲」即對此加以利用。在王敬軒的來信中，出現了一段以林紓「淵懿之古文」攻擊周作人《陀思妥夫斯奇之小說》一文「蹇澀之譯筆」的文字。「記者」（半農）在回信中對此大加發揮：

周先生的文章，大約先生只看過這一篇。如先生的國文程度（此「程度」二字，是指先生所說的「淵懿」、「雅健」說，並非新文學中之所謂程度），只能以林先生的文章為文學止境，不能再看林先生以上的文章，那就不用說。萬一先生在舊文學上所用的功夫較深，竟能看得比林先生分外高古的著作，那就要請先生費些功夫，把周先生十年前抱復古主義時代所譯的《域外小說集》看看，看了之後，亦許先生腦筋之中，竟能放出一線靈光，自言自語道：「哦！原來如此。這位周先生，古文功夫本來是很深的，現在改做那一路新派文章，究竟為著什麼呢？難道是全無意識的麼？」

這是劉半農、錢玄同設的一個「圈套」。舊文人如林紓往往以古文家自居，攻擊白話文之不通。現在有了周氏兄弟古雅的《域外小說集》，舊文人至少不敢說白話提倡者的古文不好了。「這位周先生，古文功夫本來是很深的，現在改做那一路新派文章，究竟為著什麼呢？」在錢玄同、劉半農看來，這一詰問是最有說服力的。

事實上，周氏兄弟最初翻譯的時候，也喜歡林紓的筆調。周作人在回憶兄弟倆合譯哈葛特的《紅星佚史》（一九〇七）時說：「當時看小說的影響，雖然梁任公的《新小說》是新出，也喜歡它的科學小說，但是卻更佩服林琴南的古文所翻譯的作品。」[31]後來受章太炎的影響，兄弟倆有了轉變，在文字上力求古奧，《域外小說集》就是在這種復古主義的背景下翻譯出來的。周作人甚至去學希臘文，想把《聖經》譯得如佛經般地艱奧。到了《新青年》階段，周氏兄弟轉而使用白話進行寫作。據周作人後來在《知堂回憶錄》認為，他使用白話，與張勳復辟這一事件有關：

> 我那時也是寫古文的，增訂本《域外小說集》所收梭羅古勃的寓言數篇，便都是復辟前後這一個時期所翻譯的。經過那一次事件的刺激，和以後的種種考慮，這才幡然改變過來。[32]

雖然《陀思妥夫斯奇之小說》一文發表於《新青年》四卷一號（一九一八年正月十五日），而《古詩今譯》發表於《新青年》四卷二號（一九一八年二月十五），不過從時間上看，《古詩今譯》譯於一九一七年九月十八日，這一篇的「題記」寫於該年十一月十四日[33]。因此，周作人所寫的「第一篇白話文」，應該是譯作《古詩今譯》，而非《陀思妥夫斯奇之小說》。

就《新青年》的翻譯而言，如果說陳獨秀首開風氣，胡適建立了白話文學翻譯的主體，那麼周氏兄弟則較胡適又進了一步。他們在翻譯對象上的選擇側重於弱小民族文學和俄國文學，在方法上倡導「直譯」，這些後來都成為了中國新文學翻譯的主流。

從翻譯對象來看，胡適開始翻譯《最後一課》、《柏林之圍》和《二漁夫》等作品主要限於愛國主義，延續了晚清以來的翻譯主題；後來翻譯易卜生的《娜娜》等作品，則顯示出五四個性主義。周氏兄弟則早已擺脫了從陳獨秀到胡適的「名家名著」視野，將翻譯的眼光投向了「弱小民族」、俄國文學以及日本文學等。

周氏兄弟對於「弱小民族」和俄國文學的選擇，並非始於《新青年》，而是早在一九〇九年《域外小說集》的時候就開始了。據周作人回憶：「當初《域外小說集》只出了兩冊，所以所收各國作家偏而不全，但大抵是有一個趨向的，這便是後來的所謂東歐的弱小民族。」[34] 一九〇九年《域外小說集》出版後，銷路很差。魯迅很受刺激，從此罷手。周作人卻還在堅持。自此至一九一七年，周作人又完成了二十一篇小說翻譯，後一併收入一九二一年再版的《域外小說集》中。一九二一年版《域外小說集》共計收錄十四個作家二十四種小說，其中弱小民族計有五個作家十一篇小說，即（丹麥）安兌而然（安徒生）的《皇帝之新衣》，（波蘭）顯克微支的《樂人揚柯》、《天使》、《燈檯守》和《酋長》，（波士尼亞）的穆拉淑微支的《不辰》和《摩訶末翁》，（新希臘）藹夫達利阿諦斯的《老泰諾思》、《祕密之愛》和《同命》，（芬蘭）哀禾的《先驅》；俄國計有五個作家九部作品，即斯諦普虐克的《一文錢》，迦爾洵的《邂逅》和《四日》，契訶夫《戚施》和《塞外》，梭羅古勃的《未生者之愛》和「寓言」十種，安特來夫的《謾》和《默》。其他還有：法國兩篇，即摩波商的《月夜》和須華勃的「擬曲」；英國一篇，即英淮爾特（王爾德）的《安樂王子》；美國一篇，即亞倫·坡的《默》。這其中只有三部為魯迅從德文轉譯，即安特來夫的《謾》和《默》和迦爾洵的《四日》，其餘皆為周作人自英文翻譯或轉譯。

我們知道，晚清以來的中國外國文學翻譯，以英、法為大宗，佔據前兩位，遠超出其他國家。俄國文學的翻譯較少。陳平原在統計了一八九九——一九一六年各國小說翻譯的數字後，感歎：「唯一令人驚訝的是『新小說』家對俄國小說的漠視。」東北歐等弱小民族文學，則更少有人提及。周氏兄弟將視野轉向弱小民族及俄國文學，顯示出超前的眼光。周氏兄弟為什麼有如此獨特的選擇呢？魯迅後來在《我怎麼做起小說來》一文中也曾有過解釋：「也不是自己想創作，注重的倒是在紹介，在翻譯，而尤其注重於短篇，特別是被壓迫的民族中的作者的作品。因為那裏正盛行著排滿論，有些青年，都引那叫喊和反抗的作者為同調的。……因為所求的作品是叫喊和反抗，勢必至於傾向於東歐。」[35] 至於並不是弱小民族的俄國何以也被包括進來，周作人解釋：「這裏俄國算不得弱小，但是人民受著迫壓，所以也就歸在一起了。」[36] 魯迅後來的解釋更加明確：「我們豈不知道那時的俄羅斯帝國也正在侵略中國，然而從文學裏明白了一件大事，是世界上有兩種人：壓迫者和被壓迫者。」[37] 自然，這種階級論的視野已經是後來的追述了。

粗略統計，自四卷一號（一九一八年正月十五日）至九卷四號（一九二一年八月一日）三年多時間，周作人在《新青年》上翻譯發表了「弱小民族」文學十六種，計有：（希臘）《古詩今譯》，Argyris Ephtaliotis的《揚拉奴瘟復仇的故事》和《揚尼思老爹和他騙子的故事》，（瑞典）斯特林堡的《不自然淘汰》和《改革》，（波蘭）顯克微支的《酋長》、《願你有福了》、《世界的黴》，Stefan Xeromski的《誘惑》和《黃昏》，（丹麥）H. C. Anderscn的《賣火柴的女兒》，（南非）O. Scheriner的《沙漠間的三個夢》，（猶太）斯賓奇的《被幸福忘卻的人們》，（阿美尼亞）阿伽洛年《一滴的牛乳》，（西班牙）伊巴涅支《顛狗病》，（捷克等）《雜譯詩二十三首》。翻譯表發了俄國文學八種，計有：Sologub《童子Lin之奇蹟》，庫普林《皇帝之公園》，托爾斯泰的《空大鼓》，A.Tshekhov《可愛的人》，L. Andrejev的《齒痛》，V. Dantshenko的《摩訶末的家族》，A. Kuprin的《晚間的來客》，柯羅連珂的《瑪加爾的夢》。魯迅在《新青年》上翻譯了兩篇俄國文學作品：阿爾支拔綏的《幸福》和登埃羅先珂的《狹的籠》。

《新青年》翻譯「弱小民族」和俄國作家作品與《域外小說集》具有明顯的承續性。兩處有兩個作家的不同作品，甚至有一部作品文言與白話兩個版本。周作人在《域外小說集》翻譯了安徒生的《皇帝之新衣》，在《新青年》則翻譯了安徒生的《賣火柴的女兒》。周作人在《域外小說集》翻譯了希臘藹夫達利阿諦斯的《老泰諾思》、《祕密之愛》和《同命》，在《新青年》上則翻譯了Argyris Ephtaliotis的《揚拉奴溫復仇的故事》和《揚尼思老爹和他騙子的故事》。一者署藹夫達利阿諦斯，一者署Argyris Ephtaliotis，事實上是一個人。同理，《域外小說集》上俄國的梭羅古勃，也就是《新青年》上的Sologub。周氏兄弟前期譯音，後來傾向於不譯外國人名，因此造成這種情況[38]。周作人在《域外小說集》上用文言翻譯了顯克微支的《酋長》，後又用白話重新翻譯這部小說，發表於《新青年》上。

在十月革命之後的中國，周氏兄弟翻譯介紹俄國文學，意義格外不同。周作人在《陀思妥也夫斯奇之小說》中開頭便說：「近來時常說起『俄禍』。倘使世間真有『俄禍』，可就是俄國思想，如俄國舞蹈、俄國文學皆是。我想此種思想，卻正是世界最美麗最要緊的思想。」（《新青年》四卷一號）周作人還曾在《新青年》六卷四、五號上連載刊登Angelo S. Rappoport原著的《俄國革命之哲學的基礎》，討論俄國的革命哲學家，討論馬克思和巴枯寧。在陳獨秀主持的《新青年》後期，俄羅斯研究的篇幅不斷增加，八卷二號至八卷六號，居然有連續五期的「俄羅斯研究」專題。此外，還有大量的討論馬克思、社會主義、唯物史觀方面的文章，周氏兄弟的俄蘇文學翻譯，夾雜於其間。

如果說，在談到翻譯《域外小說集》動機的時候，周氏兄弟尚用「排滿」、「革命」等術語進行表達，那麼在《新青年》上，他們則開始以「寫實」、「為人生」、「血與淚」等術語談論翻譯作品，周作人在翻譯托爾斯泰《空大鼓》的「附記」中，稱「他的藝術是寫實派，是人生的藝術」（《新青年》五卷五號），魯迅在翻譯埃羅先珂的《狹的籠》文後的「譯者記」中，稱這篇文章是「用了血和淚所寫的」

（《新青年》九卷四號）。這些術語，後來正成為五四新文學的標誌。

周氏兄弟在《新青年》上的翻譯，與《域外小說集》有一個明顯的不同，那就是日本文學翻譯。《域外小說集》沒有收錄任何日本文學作品，而在《新青年》上，周氏兄弟的日本文學翻譯篇幅頗不少。周作人翻譯了四種日本文學作品，其中包括江馬修的《小小的一個人》、千家元麿的《深夜的喇叭》、國木田獨步的《少年的悲哀》和《雜譯日本詩三十首》。另外還有雜文，如謝野晶子《貞操論》、武者小路實篤的《與支那未知的友人》等。魯迅在《新青年》翻譯兩種日本文學，分別為：武者小路實篤的《一個青年的夢》和菊池寬的《三浦右衛門的最後》。武者小路實篤的《一個青年的夢》從七卷一號一直連載到七卷五號，引人注目。

晚清以來，日本文學的翻譯從數量上來說並不算少。據陳平原統計，日本文學位居第三，僅居英法之後。不過，晚清以來所翻譯介紹的多是日本明治初期的政治小說，如《佳人奇遇》、《經國美談》等等。而新近日本坪內逍遙以來的「新文學的運動」[39]，卻沒有引起國人注意。《新青年》倡導文學革命，才開始注意到這一點。周作人最感興趣的，是「幾乎成為了文壇的中心」的日本白樺派。白樺派以武者小路實篤主持《白樺》而得名，以新村主義而知名。周作人提出的「人的文學」的說法，受到了武者小路實篤的影響。那個時候，魯迅對於新村也很有興趣。周作人首先在《新青年》上介紹武者小路實篤的《一個青年的夢》，引起魯迅注意，魯迅讀了以後，「覺得思想很透徹，信心很強固，聲音也很真」，因此才開始著手翻譯這篇小說。

一九一八年四月十九日，周作人在北大文科研究所演講《日本近三十年小說之發達》，首次系統地向國人介紹日本新文學。此文後來發表於《新青年》五卷一號上。在這篇文章中，周作人提出，日本人善於「創造的模擬」，而中國人卻「不肯模仿不會模仿」。這就涉及到了翻譯的問題。周作人認為，晚清以來，中國的翻譯「卻除一二種摘譯的小仲馬《茶花女遺事》、托爾斯泰的《心獄》外，別無世界名著。其次司各得、迭更斯還多，接下去便是高能達利、哈葛得、白髭得、無名氏諸作了。這宗著作，果然沒有什麼可模仿，也決沒人去模仿他，因為譯本來也不是佩服他的長處所以譯他；所以譯這本書者，便因為他有我的長處，因為他像我的緣故。所以司各得小說之可譯可讀者，就因為他像《史》、《漢》的緣故，正與將赫胥黎《天演論》比周秦諸子，同一道理。」周作人將中國比附日本，認為晚清改革運動，正如日本明治初年一樣，都是政治小說階段，現在中國須向日本學習，學會模仿，才會創造出真正的新文學。五四以後的新文壇大量翻譯日本文學，正是由這一理路出發的，周氏兄弟在《新青年》上的譯介可謂首創之功。

在翻譯對象上，周氏兄弟較之於胡適還有一個特別之處，那就是翻譯引進現代主義作品。早在《域外小說集》中，魯迅就翻譯過安特萊夫的《謾》與《默》，並在「著者事略」中介紹安特來夫，「其著作多屬象徵」，「象徵神祕之文，意義每昭明，唯憑讀者主觀，引起或一印象，自為解釋而已。」[40] 在《新青年》八卷四號上，魯迅翻譯了阿爾支拔綏的《幸福》。在文後的作家介紹中，魯迅一方面說，「他的著作，自然不過是寫實派。」另一方面又說：「阿爾志跋綏夫的著作是厭世的，主我的；而且每每帶著肉的氣息。」周作人首次登上《新青年》，就是介紹現代主義作家陀思妥夫斯奇。他在文中認為：陀氏「專寫下等人的靈魂」其價值正在於他的「現代性」。陀氏受過狄更斯的影響，然而，「迭更斯在今日已經極舊式，陀氏卻終是現代的。」這是中國第一篇對於陀思妥夫斯奇的介紹，既詳盡又準確，殊不容易。周作人喜歡梭羅古勃，在《域外小說集》中譯過多種他的作品，在《新青年》還繼續譯他的小說。他在《新青年》四卷三號發表梭羅古勃的《童子Lin之奇蹟》，並在「譯記」中介紹說：「Sologub以『死之讚美者』見稱於世。書中主人實唯『死』之一物，然非醜惡可怖之死，而為莊嚴美大的衣之母；蓋以人生之可畏甚於死，而死能救人於人生也。」周作人也欣賞魯迅所喜歡的安特來夫，他在《新青年》上翻譯過安特來夫的《齒痛》，並在「後記」中說明：「他的著作據我所知譯成漢文的，只有《域外小說集》裏的《默》與《謾》，《歐美短篇小說叢刊》裏的《紅笑》。此外重要著作，全未譯出，我譯這篇，也還是第一次……」他評價安特來夫：「Andrejev大概被人稱為神祕派，或頹廢派的作家，但帶著濃厚的人道主義的色彩，這是俄國性，與別國不同的。」在一九二〇年出版的《新青年》時期的譯文編集《點滴》的〈序〉中，周作人提到，《點滴》「譯了人生觀約不相同的梭羅古勃與庫普林，又譯了對於女子解放問題與易卜生不同的斯忒林培格。但這些並非同派的小說中間，卻有一共通的精神——這便是人道主義精神。無論樂觀，或是悲觀，他們對於人生總取一種真摯的態度，希求完全的解決。如托爾斯泰的博愛與無抵抗，固然是人道主義；如梭羅古勃的死之讚美，也不能不說他是人道主義。」[41]周作人用人道主義來概括現實主義和現代主義，這一說法並不準確，西方現代主義正是人道主義破產的產物。不過，在周作人撰寫此文的一九一八年，西方現代主義尚未完全展開，五四將寫實主義和現代主義統一於人道主義，是可以理解的。在此背景下，我們才能理解魯迅對於安特來夫「使象徵主義與寫實主義相調和」、「雖然很有象徵印象氣息，而仍然不失其現實性」的評價，也才能理解魯迅的《狂人日記》等創作。中國新文學中的現代主義傳統，也正是從周氏兄弟這裏開始的。

二

從翻譯方法上看，周氏兄弟對於中國翻譯文學的最大貢獻是「直譯」。

周氏兄弟在二十世紀初的翻譯，也受到晚清時風影響，並不忠實。魯迅後來認為，這種翻譯不如說是「改作」，他對此頗後悔：「我那時初學日文，文法並未了然，就急於看書，看書並不很懂，就急於翻譯，所以那內容也就可疑得很。而且文章又多壓古怪，尤其是那一篇《斯巴達之魂》，現在看起來，自己也不免耳熱。」[42]他還說：「青年時自作聰明，不肯直譯，回想起來真是悔之已晚。」[43]到了《域外小說集》，周氏兄弟開始轉變。《域外小說集》的翻譯方法，用魯迅在〈序〉中的話來說，是「詞致樸訥」、「弗失文情」。後面的「不足方近世名人譯本」一句，則顯然是針對林紓以來的晚清譯風而言的。[44]

胡適在一九二二年所寫的《五十年來中國之文學》一文中，曾高度評價《域外小說集》。文中談到：「十幾年前，周作人同他的哥哥也曾用古文來譯小說。他的古文功夫既是很高的，又都能直接瞭解西文，故他們譯的《域外小說集》比林譯的小說確是高得多。」胡適引出了《域外小說集》中周作人翻譯的王爾德的《安樂王子》中的一段，以為師範：

> 一夜，有小燕翻飛入城。四十日前，其伴已往埃及，彼愛一葦，獨留不去。一日春時，方逐黃色巨蛾，飛經水次，與葦邂逅，愛其纖腰，止與問訊。便曰：「吾愛君可乎。」葦無語，惟一折腰。燕隨繞葦而飛，以翼擊水，漣起作銀色，以相溫存，盡此長夏。
>
> 他燕啁啾相語曰：「是良可笑，女絕無資，且親屬眾也。」燕言殊當，川中固皆葦也。未幾秋至，眾各飛去。燕失伴，漸覺孤寂，且倦於愛，曰：「女不能言，且吾懼彼佻巧，恆與風酬對也。」是誠然，每當風起，葦輒宛轉頂禮。燕又曰：「女或宜家，第吾喜行旅，則吾妻亦必喜此乃可耳。」遂問之曰：「汝能偕吾行乎？」葦搖首，殊愛其故園也。燕曰：「汝負我矣。今吾行趣埃及古塔，別矣。」遂飛而去。

胡適認為：「這種文字，以譯書論，以文章論，都可算是好作品。」[45]不過，胡適雖然說「以譯書論」，卻似乎並沒有與原文對照。這裏姑將王爾德英文原文引出：

One night there flew over the city a little Swallow. His friends had gone away to Egypt six weeks before, but he had stayed behind, for he was in love with the most beautiful Reed. He had met her early in the spring as he was flying down the river after a big yellow moth, and had been so attracted by her slender waist that he had stopped to talk to her. "Shall I love you" said the Swallow, who liked to come to the point at once, and the Reed made him a low bow. So he flew round and round her, touching the water with his wings, and making silver ripples. This was his courtship, and it lasted all through the summer.

"It is a ridiculous attachment," twittered the other Swallows; "she has no money, and far too many relations"; and indeed the river was quite full of Reeds. Then, when the autumn came they all flew away.

After they had gone he felt lonely, and began to tire of his lady-love. "She has no conversation," he said, "and I am afraid that she is a coquette, for she is always flirting with the wind." And certainly, whenever the wind blew, the Reed made the most graceful curtseys. "Admit that she is domestic," he continued, "but I love traveling, and my wife, consequently, should love travelling also." "Will you come away with me?" he said finally to her; but the Reed shook her head, she was so attached to her home. "You have been trifling with me," he cried. "I am off to the Pyramids. Good-bye!" and he flew away.

中英對照，我們發現，除了一些小小的問題，如周作人將「six weeks before」譯成「四十天以前」，在燕子問蘆葦：「吾愛君可首？」之後，漏譯了「who liked to come to the point at once」，即「燕子喜歡有話直說」，整體來說，譯文稱得是準確的直譯，行文也很典雅，與胡適的判斷相符。

不過，周氏兄弟後來對於《域外小說集》的譯文卻很不滿意。一九二一年再版的時候，書前有署名周作人的〈序〉，文中稱「我看這書的譯文，不但句子生硬，『詰屈聱牙』，而且也有極不行的地方，委實配不上再印。」周氏兄弟的不滿，是對於文言的不滿。故〈序〉中又說到：「其中許多篇，也還值得譯成白話，教他尤其通行。可惜我沒有這一大段工夫——只有《酋長》這一篇，曾用白話譯了，登在《新青年》上——所以只好姑且重印了文言的舊譯，暫時塞責了。」[46]對於「直譯」的方法，周氏兄弟卻一直堅持下來了。

當《新青年》時期的譯文第一次編集時，周作人在《點滴・序》中談到，這本譯文有「兩件特別的地方」，即「一，直譯的文體；二，人道主義的精神」[47]。「直譯的文體」居然放在「人道主義的精神」之前，可見對於「直譯」的強調。

周作人在《新青年》發表第一篇譯文《古詩今譯》時，即對於「直譯」做了明確的說明。他認為，譯文應該「不像漢文——有聲調好讀的文章——因為原是外國著作。如果同漢文一般格式，那就是我隨意亂改的糊塗文，算不了真翻譯。」由此，他譯希臘古詩，只是「口語作詩，不能用五七言，也不必定要押韻；只要照呼吸的長短句便好。」

沒想到，周作人的苦心並不為讀者所理解。在《新青年》五卷六號上，讀者張壽朋來信，把胡適發表於《新青年》四卷四號的譯詩《老洛伯》和周作人的《古詩今譯》做了比較，認為「貴雜誌上的《老洛伯》那幾章詩，很可以讀；至如那首《牧歌》，壽朋友卻要認作『陽春白雪，曲高和寡』了。因此故，壽朋請諸君在翻譯上還要費點兒神。〈責備賢者，休怪休怪〉」。把胡適譯的《老洛伯》和周作人譯的《古詩今譯》做比較，的確是一件很有趣的事情。我們看一看《老洛伯》的第一段詩：

羊兒在欄，牛兒在家
靜悄悄地黑夜
我的好人兒早在我身邊睡了
我的心頭冤苦，都迸作淚如雨下

再看周作人《牧歌》第十的前幾句：

甲：你沒氣力的笨漢，你怎麼了？你不能一徑割稻，同平常一樣。又不能同兩邊的人一樣割得快。卻獨自落後；宛然一隻母羊，腳被棘刺刺傷，跟在羊隊的後面。你早上便割得不得法，等到午後晚上，不知道你會怎地？

乙：Milon，你能從早到晚的勞作，你是頑石的小片，我問你，你可曾想著你不在身邊的人麼？

甲：不曾作工的人，空想著不曾得到的人作甚？

乙：你可又不曾為了相思，睡不著覺

甲：沒有！叫狗嘗過油餅的味，便不妙了。

乙：Milon，我可是想著那人，已經十一日了。

兩首譯詩的風格，的確有很大差異。胡適在《老洛伯》漢譯後面附上英文原文，可以看得出來，翻譯基本忠實。胡適雖然沒用五七言——像《嘗試集》前期的詩一樣——卻仍然很注意詩句的整齊和押韻。周作人的譯詩，我們雖然找不到希臘原文，不過根據其散文體形式及其他本人的說明，可以推測出來，他只是按原詩字面照直翻譯出來了，既沒有注意詩句的整齊，也沒有注意聲調押韻，這便是他所謂「直譯」的實踐了。

在周作人那裏，「直譯」是對於胡適譯法的超越。因而，他當然不接受張壽朋的批評。周作人在回信中明確批駁了張壽朋「既是譯本，自然要將他融化重新鑄過一番」的說法，他認為：

> 至於「融化」之說，大約是將他改作中國事情的意思。但改作以後，便不是譯本；如非改作，則風氣習慣，如何「重新鑄過」？我以為此後譯本，仍當雜入原文，要使中國文中有容得別國文的度量，不必多造怪字。又當竭力保存原作的「風氣習慣，語言條理」；最好是逐字譯，不得已也應逐句譯，寧可「中不像中，西不像西」，不可改頭換面。[48]

這是周作人有關於「直譯」的最為詳細的論述，不但反對「融化」，而且主張最好「逐字譯」、「逐句譯」。周作人的「直譯」，在《新青年》上受到了支持。在《新青年》六卷六號上的「通信」欄中，錢玄同高度評價周作人的直譯方法：「周啟明君翻譯外國小說，照原文直譯，不敢稍以己意變更。他既不願用那『達恉』的辦法，強外國人學中國人說話的調子；尤不屑像那『清室舉人』的辦法，叫外國文人都變成蒲松齡的不通徒弟。我以為他在中國近來的翻譯界中，卻是開新紀元的。」錢玄同深諳晚清譯風，曾與劉半農在雙簧信中批判林紓，故而理解「直譯」的意義，將之稱為「開新紀元的」新方法。

找不到希臘原文畢竟不安心，不知道周作人的白話「直譯」到底「直」到什麼程度。這裏另找了周作人翻譯的安徒生《賣火柴的女兒》一文（《新青年》六卷一號，現譯為《賣火柴的小女孩》），再與英文對照，稍做比較。周作人《賣火柴的女兒》第一段如下：

天氣很冷，天下雪，又快要黑了，已經是晚上，——是一年最末的一晚。在這寒冷陰暗中間，一個可憐的女兒，光著頭，赤著腳，在街上走。她從自己家裏出來的時候原是穿著鞋；但這有什麼用呢？那是很大的鞋，她的母親一直穿到現在；鞋就有那麼大。這小女兒見路上兩輛車飛過來，慌忙跑到對面時，鞋都失掉了。一隻是再也尋不著；一個孩子抓起那一隻，也拏了逃走了。他說，將來他自己有了小孩，可以當作搖籃用的。

英文版如下：

It was dreadfully cold, it was snowing fast, and almost dark; the evening—the last evening of the old year was drawing in. But, cold and dark as it was, a poor little girl, with bare head and feet, was still wandering about the streets. When she left her home she had slippers on, but they were much too large for her; indeed, properly, they belonged to her mother, and had dropped off her feet whilst1 she was running very fast across the road, to get out of the way of two carriages. One of the slippers was not to be found, the other had been snatched up by a little boy, who ran off with it thinking it might serve him as a doll's cradle.

比較起來，我們看到，周作人的確較為忠實地對應了原文。開頭第一句：「天氣很冷，天下雪，又快要黑了，已經是晚上，——是一年最末的一晚。」稱得上是「逐字譯」、「逐句譯」，連破折號都一樣。第二句也是字句嚴格對應。但後面就不那麼呆板了，第三句開始是：「她離開家的時候是穿著鞋的，但這雙鞋對她來說太大了」，周作人在兩句之間加了一句「那有什麼用呢？」語氣變得較為靈活。另外，最後一句周作人的翻譯有小小的失誤。原文是：搶了她的鞋的小男孩想，這隻鞋可以當作玩具娃娃睡覺的搖籃。周作人卻譯成，小男孩說：將來他自己有了小孩，可以當作搖籃用的。周作人把「想」譯成了「說」，而把as a doll's cradle譯成「他將來的孩子的搖籃」似乎也不準確。

由此看，周作人也並不太可能做到逐字逐句地直譯。我們說，周氏兄弟的「直譯」之所以奠定了現代翻譯的品格，主要是將晚清翻譯的「不忠實」轉變成了嚴格地「忠實」。至於如何「忠實」？能否做到「逐字譯」「逐句譯」？是另一個問題，也一直存在著爭議。

三

很少有人在談到《新青年》的時候，提及茅盾。因為茅盾的主要發表陣地，前有他在商務編輯的《學生雜誌》，後有他主編的革新後的《小說月報》，並不在《新青年》。本文卻以為，在檢討了周氏兄弟的翻譯貢獻之後，有必要提到茅盾。茅盾在《新青年》的時間並不長，卻具有象徵意義。

在陳獨秀把《新青年》南遷上海以後，茅盾才加入《新青年》。他只趕上《新青年》的尾聲，不過恰恰是《新青年》的激進左傾時期。前面我們已經提到，陳獨秀到上海後，《新青年》同人分裂，在北京只有周氏兄弟繼續寫稿。陳獨秀於是在上海發展了陳望道、李漢俊、李達等「左」傾青年作為《新青年》的中堅，茅盾就是在這個時候加入《新青年》的。據茅盾回憶：「大概是一九二〇年年初，陳獨秀到了上海，住在法租界環龍路漁陽里二號。為了籌備在上海出版《新青年》，他約陳望道、李漢俊、李達、我，在漁陽裏二號談話。這是我第一次會見陳獨秀。」[49]。他還提到：「那時候，主張《新青年》不談政治的北京大學的教授們都不給《新青年》寫稿，所以寫稿的責任便落在李漢俊、陳望道、李達等人身上，他們也拉我寫稿。當時我們給《新青年》寫稿都不取報酬。」[50]在一九二〇年十二月十日陳獨秀致李大釗、胡適等人信中，也有「新加入編輯部者，為沈雁冰、李達、李漢俊三人」的說法[51]。

在陳獨秀南下上海以後的《新青年》上，翻譯主要由周氏兄弟承擔，茅盾進入《新青年》後也主要從事譯介工作，壯大了周氏兄弟的陣營。茅盾受到周氏兄弟的影響，在譯介上與他們思路一致，相互配合。茅盾的文章常常與周氏兄弟的文章並列登在《新青年》上。《新青年〉八卷二號上，周作人翻譯發表了柯羅連珂《瑪加爾的夢》，茅盾翻譯發表了羅素的《遊俄散記》。《新青年》九卷三號上，魯迅翻譯發表了日本菊池寬的《三浦右衙門的最後》，茅盾翻譯發表了《十九世紀及其後的匈牙利文學》。《新青年》九卷四號上，魯迅翻譯了埃羅先珂的《狹的籠》，茅盾翻譯發表了挪威包以爾（J. Bojer）的《一隊騎馬的人》。《新青年》九卷五號上，周作人翻譯發表了西班牙伊巴涅支的《顛狗病》，茅盾翻譯發表了愛爾蘭葛雷古夫人戲劇《海青赫佛》。在此我們看到，茅盾關注匈牙利、挪威、愛爾蘭等弱小民族「為人生」的文學，關注蘇俄，與周氏兄弟路徑一致。

茅盾的更大貢獻，在於日後延續和光大了周氏兄弟的翻譯傳統。作為二十年代初新文學最具有影響的人物，茅盾是《新青年》與二十年代新文學之間的紐帶。從一九二一年一月開始，茅盾主持改革《小說月報》，該刊從此成為以「為人生」為主旨的文學研究會的會刊。茅盾主持的《小說月報》，沿襲了《新青年》後期的風格，以大量篇幅翻譯介紹弱小民族文學、俄國文學及日本文學等。改革後的《小說月報》第一期，（十二卷一號）的「譯叢」翻譯發表了（俄國郭克里）《瘋人日記》、（日本加藤武雄）《鄉愁》、（俄國托爾斯泰）《熊獵》、（波蘭高米里克基）《農夫》、（愛爾蘭夏芝）《忍心》、（腦威般生）《新結構的一對》、（俄國安得列夫）《鄰人之愛》及「雜譯泰戈爾詩」。弱小民族四篇，俄國三篇，日本一篇，這個翻譯構成基本上是《新青年》翻譯的延續。茅盾在主編革新後的《小說月報》的時候，一共編輯了兩個專號，正是「被損害民族的文學」（十二卷十號）和「俄國文學研究」專號（十二卷號外）。自然，周作人和魯迅也都支持茅盾，繼續在《小說月報》上發表譯介。周作人在在十二卷一號《小說月報》上即貢獻了首篇論文《聖書與中國文學》和一篇翻譯（日本加藤武雄）《鄉愁》。魯迅也在《小說月報》第十二卷七至九號上連載譯作阿爾志跋綏夫的《工人綏惠略夫》。

茅盾在主編《小說月報》期間，與周氏兄弟，特別是周作人，聯繫緊密，體現了《新青年》與《小說月報》的承接關係。茅盾在《我走過的道路》一書中，周作人的《聖書與中國文學》的時候說：「周作人論文提出的意見，只代表他一個人；我與大多數文學研究會的同人並不贊成，不過他是『名教授』，所以把此文排在前面。」這顯然只是茅盾晚年寫作回憶錄時的後見之明，大概是擔心被周作人後來的名聲所累。事實上，周作人當時是五四的理論家與翻譯家，地位頗高，無論是文學研究會，還是《小說月報》，都在竭力尋求周作人的支持。茅盾對於周作人相當恭敬，不但一再請求周作人予以稿件支持，而且就《小說月報》的編輯安排諸方面問題進行請教。只要看一看當時茅盾致周作人的信，就可以明白這一點。在茅盾主持《小說月報》這段時間，他與周作人的通信，多是在請示翻譯稿件等方面的問題。在一九二一年一月七日給周作人的信中，茅盾得知周作人有病在身，很著急，因為「二號《小說月報》少了先生的一篇《日本的詩》，真是我們和讀者的大不幸」，而三號《小說月報》「俄國文學專號裏若沒有先生的文，那真是不了得的事」。為此，茅盾甚至決定把「俄國文學專號」後移。[52] 在一九二一年七月二十日給周作人的信中，茅盾向周作人詳細詢問有關於這一年十月《小說月報》擬出「被壓迫民族文學號」的事情，部分引錄如下：

> 《小說月報》在十月號擬出一個「被壓迫民族文學號」（名兒不妥，請改一個好的），裏頭除登小說外，也登介紹這些小民族文學的論文。現在擬的論文題目是：

(一)波蘭文學概觀(如此類名而已)
(二)波蘭文學之特質(早稻田文學上日原文，已請人譯出)
(三)捷克文學概觀
(四)猶太新興文學概觀
(五)芬蘭文學概觀
(六)塞爾維亞文學概觀

其中除（二）是譯，餘並擬做。（一）、（三）兩篇定請先生做，（四）、（五）、（六）三篇中擬請先生擇一為之，關於（四）的，大概德文中很多，魯迅先生肯提任一篇否？（五）我只見《十九世紀及其後》一九〇四年十一月份上一篇的《芬蘭文學》（Kermione Ramsden著），似乎譯出也還可用，但這是萬一無人做的說法，如先生能做更好了。（六）也只見Chode Mijatovich著的《塞爾維亞論》中《文學》一章，略長些，如無人做，也只好把這個節譯出來了。但不知先生精神適於作長文否？十月出版，離今尚有一月。此外譯的小說擬

(一)芬蘭　哀禾　先生已譯
(二)塞爾維亞即用巴爾幹短篇小說集中之一，如無好的
(三)波蘭　先生已譯
(四)猶太　阿布諾維支劇(在《六猶太劇》中)
(五)捷克
(六)羅馬尼亞等

上次魯迅先生來信允為《小說月報》譯巴爾幹小國之短篇，那麼羅馬尼亞等國的東西，他一定可以賜一二篇了。如今不另寫信給魯迅先生，即請先生轉達為感。

實在不必再徵引了，茅盾對於周作人依賴之深，請教之詳，從此可見一斑。此處並不想辨正茅盾晚年回憶的正誤，而主要想證實，茅盾在主持《小說月報》期間與周氏兄弟——特別是周作人——的關係之深。[53]證實《小說月報》的翻譯，是周氏兄弟及茅盾在《新青年》翻譯的延續。

在一些具體的翻譯觀點上，茅盾及文學研究會同人也受到了周作人的影響。我們知道，二十年代初創造社與文學研究會的茅盾、鄭振鐸等人有過一場關於文學翻譯是否「經濟」的論爭。爭論的焦點是，當下是否需要翻譯西洋古典文學作品。茅盾等人認為：事有緩急，應該先譯近代文學作品。而正在翻譯歌德《浮士德》的郭沫若，則不同意這種說法。茅盾等人的這種觀點，事實上與周作人有關。在一九二〇年十二月三十一日給周作人的信中，茅盾談到：「先生論翻譯古典文學的話，我很贊同。」「先生說我們應該有個分別：分別哪些是不可不讀的及供研究的兩項，不可不讀的，大體以近代為主。」[54]而周作人在一九二一年二月十日給茅盾的回信中，又明確地表達了自己的觀點，認為：「在中國特別情形（容易盲從，又最好古，不能客觀）底下，古典東西可以緩譯。」「倘若先生放下了現在所做最適當的事業，去譯《神曲》或《失樂園》，那實在是中國文學界的大損失了。」[55]當然，也不是在所有問題上，茅盾與周氏兄弟都相同。在對於現代主義的態度上，茅盾與周氏兄弟就不太一樣。茅盾擔心，安得列夫和阿爾志跋綏夫的黑暗思想會對於社會有負面作用，而這兩個作家都是周氏兄弟所喜愛的。

在翻譯方法上，茅盾也繼承了周氏兄弟的「直譯」傳統。一九一六年，茅盾在北大預科畢業後，先在商務印書館的編譯所工作。茅盾在商務印書館的第一次翻譯實踐，是幫助孫毓修翻譯卡本特的《人如何得衣》，譯完後他才發現，商務在出版譯書之前，居然並不進行譯文和原作之間的語言校勘，只要中文好就付印。茅盾發表的第一篇譯作，是用文言翻譯的一篇科學小說，名為《三百年後孵化之卵》，登在他所協編的《學生雜誌》上。茅盾後來回憶：「商務編譯所的刊物主編者老幹這種事。看內容明明是翻譯的東西，題下署名卻是個中國人。《小說月報》的大部分小說（林琴南譯的除外）就是這樣。《三百年後孵化之卵》總算留了個『譯』字。」[56] 時間已在一九一六年之後，身為權威印刷機構的商務印書館尚見如此，足見當時的翻譯風氣如何。茅盾開始翻譯的時候，覺得「譯文雖然不必（像後來翻譯文學作品那樣）百分之百的忠實，至少要百分之八十的忠實。」[57] 進入《新青年》之後，他接受了周氏兄弟的「直譯」思想，也即「百分之百的忠實」。

不過，仔細檢討，我們發現茅盾對於翻譯方法的看法，與周氏兄弟的理解並不完全相同。一九二一年，茅盾在《譯文學書方法的討論》一文中詳細討論了翻譯的方法問題。他首先肯定了「直譯」的方法，他說：「翻譯文學之應直譯，在今日已沒有討論之必要。」但是，他又認為，「直譯」的最大困難，就是「形貌」和「神韻」不能同時保留。注意了形貌，則容易減少神韻，而注意了神韻，則又不能在形貌上保持一致。那麼，在「形貌」和「神韻」不能兩全的情況下，究竟如何取捨呢？茅盾認為：「就我私見下個判斷，覺得與其失『神韻』留『形貌』，還不如『形貌』上有些差異而保留了『神韻』」[58]。茅盾在「形貌」和「神韻」上的取捨，顯然與周氏兄弟不同。筆者對茅盾發表於《新青年》九卷一號上的莫泊桑的小說《西門的爸爸》進行了譯校，發現茅盾的翻譯的確很忠實，而且句子也不扭曲。這種相對來說既準確又流暢的譯文，顯然是茅盾試圖調和「形貌」與「神韻」的結果。

茅盾提出的問題，恰恰延續了上文對於周氏兄弟翻譯方法的討論。即肯定「忠實」，肯定「直譯」徹底扭轉了晚清以來的譯風，不過在技術上並沒有最終解決問題。百分之百的「逐字譯」、「逐句譯」是不可能的，那樣就不成為漢語了。文字上的對應只是程度問題，這個時候就出現了茅盾所說的偏重文字對應，還是偏重意義傳達的問題。這就是「直譯」雖然取得了公認的地位，卻一直有爭議的原因。人所共知的是，二十年代後期即發生了一場魯迅與梁實秋有關「翻譯與文學的階級性」的論爭。

1 陳平原，《二十世紀中國小說史》第一卷（北京大學出版社，一九八九年十二月），頁三七。

2 郭延禮，《中國近代翻譯文學概論》（湖北教育出版社，一九九八年三月），頁四三—五五。

3 陳獨秀，《愛國心與自覺心》，《甲寅雜誌》第一卷第四號，一九一四年十一月十日。

4 有關於此，陳獨秀後來在《青年雜誌》一卷四期上發表《東西民族根本思想之差異》一文，更加明確地予以說明。這篇文章指出：一，「西洋民族以戰爭為本位，東洋民族以安息為本位」；二，「西洋民族以個人為本位，東洋民族以集體為本位」；三，「西洋民族以法治為本位，以實利為本位，東洋民族以感情為本位，以虛文為本位。」

5 《青年雜誌》一卷六號，一九一六年二月十五日，陳獨秀在《通信》答張永言：「我國文藝尚在古典主義理想主義時代……」。

6 陳獨秀，《絳紗記序》，《甲寅雜誌》一卷七號，一九一五年七月。

7 一九一六年二月三日，胡適致陳獨秀信，《胡適全集（第二十三卷）・書信》（安徽教育出版社，二〇〇三年九月），頁九五。

8 一九一六年八月十三日，陳獨秀致胡適信，《陳獨秀著作選》第一卷（三聯書店，一九八四年六），頁一八三。

9 同註七。

10 同註八。

11 從《新青年》四卷一號（民國七年正月十五日發行）胡適答覆錢玄同的《通信》中，我們可以看到，胡適對於蘇曼殊的小說是很看不上的：「先生屢稱蘇曼殊所著小說，吾在上海時，特取而細讀之，實不能知其好處。」胡適將陳獨秀作序的《絳紗記》稱為「獸性的肉欲」，將《焚劍記》斥為「一篇胡說」。

12 胡適，《短篇小說二集・譯者自序》，《胡適全集（第四十二卷）・譯文》（安徽教育出版社，二〇〇三年九月），頁三七九。

13 胡適，《短篇小說二集・譯者自序》，頁三七九—三八〇。

14 胡適，《論翻譯——與曾孟樸先生書》，《胡適全集（第三卷）・胡適文存三集》，（安徽教育出版社，二〇〇三年九月），頁八〇四。

15 馬愛農，榮如德譯，《王爾德全集（第二卷）・戲劇卷》（中國文學出版社，二〇〇〇年九月）。

16 馬愛農譯，王爾德，《佛羅倫斯的悲劇》，《王爾德全集（第二卷）・戲劇卷》，頁五四六。

17 周作人，《知堂回想錄・卯字號的名人三》，鍾叔河編訂，《周作人全集》第十三卷（廣西師範大學出版社，二〇〇九年四月），頁五三六。

18 劉半農譯，Ratan Devi，《我行雪中》，《新青年・譯者導言》四卷五號。

19 胡適，《五十年來中國之文學》，寫於一九二二年，《胡適全集（第二卷）・胡適文存二集》（安徽教育出版社，二〇〇三年九月），頁三四三。

20 幾乎所有論者都把此王爾德混同於英國的唯美主義作家王爾德，事實上這是美國的P. L Wilde Dawn，而英國的是Oscar Wilde，P. L Wilde此劇作英文為Dawn。另外，劉半農在這篇譯文中的署名上，首次將「儂」改為「農」，本文從簡，一概稱為「劉半農」。

21 啟明，《劉半農》，《羊城晚報》一九五八年五月十七日。鍾叔河編訂，《周作人全集》第十三卷（廣西師範大學出版社，二〇〇九年四月），頁六五。

22 在《新青年》三卷一號中，錢玄同致信陳獨秀，提到：「又如某氏與人對譯歐西小說，專用《聊齋志異》文筆，一面又欲引韓柳以自重，此其價值，又在桐城派之下。然世固以大文豪目之矣」。在《新青年》三卷六號，錢玄同信致陳獨秀，又提到：「至於從『青年良好讀物』的上面著想，竟可以說，中國小說沒有一部好的，沒有一部應該讀。若是能讀西文的，可以直接Tolstoi Moupassant這些人的名著，若是不懂西文的，像胡適之先生譯的《二漁夫》，馬君武先生譯的《心獄》，和我的朋友周豫才起孟兩先生譯的《域外小說集》、《炭畫》，都還可以讀得。（但某大文豪用《聊齋志異》文筆和別人對譯的外國小說，多失原意，並且自己攙進一種迂謬批評，這種譯本，還是不讀的好。）」

23 胡適，《白話文學史》（上卷），《胡適全集（第十一卷）・文學・專著》（安徽教育出版社，二〇〇三年九月），頁三七五。

24 Goncourt兄弟，龔古爾兄弟；Maupassant，莫泊桑；Toistoi，托爾斯泰；Turgeneu，屠格涅夫——引者注。

25 胡適的《短篇小說一集》中也包括幾篇文言譯本。

26 胡適，《短篇小說》第一集，《胡適全集（第四十二卷）・譯文》，頁二九九—三〇〇。

27 胡適《新思潮的意義》，《新青年》七卷一號。

28 陳獨秀，《林紓的留聲機器》，《每週評論》第十五號，一九一九年三月三十日。

29 胡適文章在《新青年》的再次出現，已經到九卷二號《詩三首》和九卷三號的《國語文法的研究法》，《新青年》九卷六號上也出現過的胡適的詩：《平民學校歌》、《希望》。另外，《新青年》九卷四號還出現過劉半農的譯詩：《夏天的黎明》（Wilfrid Wilson Gibson原作）。這些原先《新青年》幹將的作品，後來已經成為了一種點綴。

30 陳獨秀，《致魯迅，周作人》，《陳獨秀書信選》（新華出版社，一九八七年），頁三〇九。

31 周作人，《知堂回憶錄・翻譯小說（上）》，鍾叔河《周作人散文全集》第十三卷，頁三七〇。

32 周作人，《知堂回憶錄・蔡子民二》，鍾叔河編，《周作人散文全集》第十三卷，頁五〇九—五一〇。

33 同前註。

34 周作人，《知堂回憶錄・弱小民族文學》，鍾叔河編，《周作人散文全集》第十三卷，頁三九九。

35 有關於為什麼選擇東歐弱小民族的作品翻譯，周作人還有另外一個說法。據《知堂回憶錄・翻譯小說》，周氏兄弟在日本合譯的第一部中長篇小說是《紅星佚史》，順利出版。第二部中長篇小說是大托爾斯泰的《勁草》，十多萬字，卻遭遇失敗，原因是別人已經譯出付印。再翻譯的時候，周氏兄弟在選擇上就接受了教訓：「這回的譯稿賣不出去，只好重新來譯，這一回卻稍微改變方針，便是去找些冷僻的材料來，這樣就不至於有人這重譯了。恰巧在書店裏買到一冊殖民地版的小說，是匈牙利育凱所著，此人為革命家，也是有名的文人，被稱為匈牙利的司各得，擅長歷史小說，他的英譯著作我們也自搜藏，但為譯書買錢計，這一種卻很適宜。

36 同註三十四。

37 魯迅，《祝中俄文字之交》，《魯迅全集》第七卷（人民文學出版社，一九八一年），頁三八九。

38 《域外小說集》翻譯人地名的原則是音譯，「人地名悉如原音，不加省節者，緣音譯本以代殊域之言，留其同響；任情刪易，即為不誠。故寧指戾時人，迻徙具足耳。」（魯迅，《〈域外小說集〉略例》）。到了《新青年》則變成了不譯，「外國字有兩不譯：一，人名地名；二，特別名詞。」（周作人，《古詩今譯Apologia》）。

39 周作人，《日本近三十年小說之發達》，鍾叔河編，《周作人散文全集》第二卷（廣西師範大學出版社，二〇〇九年四月），頁四四。

40 《域外小說集》（新星出版社，二〇〇六年一月），頁一七五。

41 周作人，《〈點滴〉・序》，鍾叔河編，《周作人散文全集》第二卷，頁二三四。

42 魯迅，《集外集・序言》，《魯迅全集》第七卷，頁四。

43 魯迅，《致楊霽雲》（一九三四年五月十五日），《魯迅全集》第七卷，頁四〇九。

44 同註四十，頁四。

45 同註十九，頁二八一。

46 同註四十，頁二。

47 同註四十，頁二三四。

48 周作人，《通信・文學改良與孔教》《新青年》五卷六號，一九一八年十二月十五日。

49 茅盾，《我走過的道路》（人民文學出版社，一九八一年十月），頁一八九。

50 同前註，頁一九七。

51 《胡適來往書信選》上冊（中華書局，一九七九年），頁一一六。

52 《致周作人》（河南大學出版社，二〇〇四年四月），頁一四七。

53 茅盾對於魯迅的尊敬，應該在周作人之下，他常常只是在給周作人的信順及魯迅。茅盾在回憶中貶低周作人，抬高魯迅，比如強調文學研究會的宗旨是經魯迅過目的，這些都與周氏兄弟在日後的不同命運有關。

54 同註五十二，頁一四五。

55 周作人，《翻譯文學書的討論》，鍾叔河編，《周作人散文全集》第十二卷，頁三〇九。

56 同註四十九，頁一三九。

57 同註四十九，頁一四三。

58 茅盾，《譯文學書方法的討論》，《小說月報》第十二卷第四期，一九二一年四月。

參考資料

中文著作：

王栻主編，《嚴復集》，中華書局，一九八六年一月
王韜，《弢園文錄外編》，中華書局，一九五九年
白晉，《清康乾兩帝與天主教傳教史》，光啟出版社，一九七七年
何勤華點校，《萬國公法》，北京崇實館一八六四年刻印本，中國政法大學出版社，二〇〇五年五月
朱學勤，《道德理想國的破滅・序》，上海三聯，一九九四年
沈國威編著，《六合從談・附解題・索引》，上海辭書出版社，二〇〇六年十二月
李熾昌編，《聖號論衡——晚清〈萬國公報〉基督教「聖號論爭」文獻彙編》，上海古籍出版社，二〇〇八年八月
李輝、應紅編，《世紀之問：來自知識界的聲音》，大象出版社，一九九九年四月
吳熙釗點校，《康南海先生口說》，中山大學出版社，一九八五年
冷血，《虛無黨》，開明書店刊行，一九〇四年
林紓，王壽昌譯，《巴黎茶花女遺事》，商務印書館，一九八一年九月

茅盾，《我走過的道路》，人民文學出版社，一九八一年十月
袁賀、談炎生，《百年盧梭——盧梭在中國》，吉林出版集團有限責任公司，二〇〇九年七月
馬愛農，榮如德譯，《王爾德全集》，中國文學出版社，二〇〇〇年九月
郭延禮，《中國近代翻譯文學概論》，湖北教育出版社，一九九八年三月
章太炎，《訄書》，遼寧人民出版社，一九九四年九月
夏曉虹輯，《飲冰室合集・集外文》，北京大學出版社，二〇〇五年一月
陳垣，《康熙與羅馬使節關係文書》，文海出版社有限公司
陳平原，《二十世紀中國小說史》第一卷，北京大學出版社，一九八九年十二月
陳平原，夏曉虹編，《二十世紀中國小說理論資料》第一卷（一八九七—一九一六），北京大學出版社，一九八八年
熊月之，《西學東漸與晚清社會》，上海人民出版社，一九九四年八月
劉禾，《帝國的話語政治》，三聯書店，二〇〇九年八月
鄒容著，馮小琴評注，《革命軍》，北京華夏出版社，二〇〇二年五月
薛綏之、張俊才編，《林紓研究資料》，知識產權出版社，二〇一〇年一月
鍾心青，《新茶花》，內蒙古人民出版社，一九九八年一月
鍾叔河編訂，《周作人全集》，廣西師範大學出版社，二〇〇九年四月
懷仁編述，阿成仁校點，《盧梭魂》，《中國近代稀本小說十二》，春風文藝出版社，一九九七年
《李澤厚、劉再復對話錄：告別革命》，香港天地圖書公司，二〇〇四年二月
《阿英全集》，安徽教育出版社，二〇〇六年五月
《吳趼人全集》，北方文藝出版社，一九九八年二月
《林琴南文集》北京市中國書店，一九八五年三月
《胡適全集》，安徽教育出版社，二〇〇三年九月

《柳亞子文集》，上海人民出版社，一九八五年一月
《孫中山選集》，人民出版社，一九五六年十一月
《域外小說集》，新星出版社，二〇〇六年一月
《陳獨秀著作選》第一卷，三聯書店，一九八四年六月
《魯迅全集》，人民文學出版社，一九八一年
《嚴復集》，中華書局，一九八六年一月
《譚嗣同全集》，中華書局，一九八一年

西人著述：

P. Antonio Sergiamni P. I. M. E編，《利瑪竇中國書劄》，宗教文化出版社，二〇〇六年八月
丁韙良（William Alexander Parsons Martin），《花甲記憶》，廣西師範大學出版社，二〇〇四年五月
米憐（Willam Milne），《新教在華傳教前十年回顧》，大象出版社，二〇〇八年五月
艾莉莎・馬禮遜（Eilza Morrison）《馬禮遜回憶錄》，北京外國語大學中國海外漢學研究中心翻譯組，大象出版社二〇〇八年九月
李提摩太（Richard Timothy），《親歷晚清四十五年——李提摩太在華回憶錄》，天津人民出版社，二〇〇五年五月
哈耶克，《自由秩序原理》，三聯書店，一九九七年十二月
麥肯齊（Robert Mackenzie）著，李提摩太、蔡爾康譯《泰西新史攬要》，上海書店出版社，二〇〇二年一月
雷孜智（Lazich M. C），《千禧年的感召——美國第一位來華新教傳教士裨治文傳》，廣西師大出版社，二〇〇八年四月
赫胥黎，宋啟林等譯，《進化論與倫理學》，北京大學出版社，二〇一〇年十二月

謝和耐（Jacques Gernet），《中國與基督教——中西文化的首次撞擊》，上海古籍出版社，二〇〇三年八月
衛斐列（Frederick Wells Williams），顧鈞等譯，《衛三畏生平及書信》，廣西師範大學出版社，二〇〇四年五月
蘇爾（Donald F. St. Sure, S. J.）、諾爾（Ray R. Noll），沈保義等譯，《中國禮儀之爭西方文獻一百篇》，上海古籍出版社，二〇〇一年六月
盧梭，何兆武譯，《社會契約論》，商務印書館，二〇〇三年三月
盧梭，楊廷棟譯，《民約論》，阪崎斌編《譯書彙編》第二期，明治三十三年十二月，臺灣學生書局影印本，中華民國五十五年九月
《利瑪竇中文著譯集》，香港城市大學出版社，二〇〇一年
《利瑪竇全集》，臺灣光啟出版社，一九八六年
Alexandre Dumas fils, Camelias, Translation, Introduction, Note and editorial matter (copyright)David Coward 1986, Oxford University Press.
Homi K. Bhabha, The Location of Culture, First Published 1994 by Rouledge.
Deleuze and Guattari, Anti-Oedipus, Capitalism and Schizophrenia, Frist published 1984.
James L. Hevia, English Lessons,The Pedagogy of Imperialism in Nineteenth-Century China, 2003 Duke University Press.
Edward W. Said, Culture and Imperialism, Published by Vintage 1994.

報刊：

《小說林》，一九〇七年
《小說月報》，一九一〇年

《六合叢談》一八五七年
《月月小說》，一九〇六年
《東西洋考每月統計傳》，一九三三年
《青年雜誌》（《新青年》），一九一五年
《特選撮要每月紀傳》，一八二三年
《新小說》，一九〇二年
《新新小說》，一九〇四年
《新民叢報》，一九〇二年
《清議報》，一八九八年
《察世俗每月統計傳》，一八一五年
《萬國公報》，一八六八年
《譯書彙編》，一九〇〇年
《繡像小說》，一九〇三年
《禮拜六》，一九一四年

後記

這本書在臺灣完成，在臺灣出版，是一件很有紀念意義的事情。

今年（二〇一二）春季，承蒙邀請來臺灣國立東華大學華文系客座。正月初十，我就隻身一人來東華了。那個時間學校還沒開學，我埋頭在圖書館查閱《新青年》，諾大的圖書館除了管理員，似乎只有我一個人。那種寂靜，不免會讓人有時空錯位的感覺。二十年前，我上碩士的時候，第一本系統閱讀的雜誌就是《新青年》，記得當時還做了不少筆記。舊夢重溫，不免感觸多多。在這裏，我花了兩個月的時間，完成了〈新青年的翻譯〉一章。其後，去位於陽明山的中國文化大學演講，幸會宋如珊教授，她熱情為出版社邀稿，我這才有了在臺灣出版這本書的念頭。

我的研究領域大致有三塊：一是港臺華文文學，有著作《小說香港》等，二是當代理論，有著作《後殖民理論》等，三便是翻譯研究，有著作《翻譯與新時期話語實踐》等。前兩個領域的著作較有反響，獨有翻譯研究反應寥寥。我以為，這與當代學界不太熟悉當代翻譯的轉變有關。翻譯文學的研究，事實上讓我有別具洞天的感覺。西方翻譯學界自七十年代的Even-Zohar、Toury開始，翻譯的文化學派出現。而至當代，按照Susan Bassnett的說法，則已經開始了從「翻譯研究的文化轉向」發展「文化研究的翻譯轉向」。從本雅明《翻譯者的任務》、斯皮瓦克《翻譯的政治》以及Lawrence Venuti、Tejaswini Niranjana等，翻譯研究成為文化研究的時尚。國內翻譯學界一直偏重於語言研究，近幾年外文系的師生開始對此發生興趣，但尚未有中文系的學者將這種研究路徑運用於中國近現代文學的研究中。我的翻譯史研究，開始只限於中國當代，但需要時時回顧，索性從頭開始。因為範圍過廣，只能選擇一些自己認為較有意義而別人沒太涉及的問題進行討論。晚清至五四，已經寫了近二十萬字，不妨先結集出版，聽聽批評意見。

魯迅說：「逝去，逝去，一切一切，和光明一同早逝去，在逝去，要逝去了——不過如此。」然而，有了這些文字，也就有了時間的路標。研究固我所願，這些文字所標示的時間卻更讓人眷念。

記得剛剛開始考慮晚清翻譯研究的時候，是二〇〇九年下半年。那時候，女兒全獎錄取哈佛，這很讓人高興，不過女兒真得走了，做父母的卻不免落寞。這個時候，寫作是一種思念。

二〇一〇年春季，我正在寫作傳教士的翻譯。體檢中發現我脾下極有一較大腫瘤，醫生讓我們立即去醫院，檢查是否惡性腫瘤？結果一個星期才能出來。太太淚如雨下，家人提心吊膽，我則仍然寫作度日。這個時候，寫作是一種支撐。

二〇一〇年夏天，女兒暑假回京考駕照。駕校遠在順義，我得每天陪送她。那時我正在寫「政治小說」與「虛無黨小說」的部分，我帶去了多卷《新小說》，在樹蔭下一邊閱讀，一邊看女兒學車，間或者遠眺群山。

二〇一一年春節，我們開車回東北過年。一路林海雪原，那種風景是臺灣朋友所難以想像的。東北小城年俗多多，蕭紅小說中曾有過描繪。夜晚閒來無事，我在臨時搭起的小桌子上寫作「《毒蛇圈》與晚清偵探小說」。窗外夜色如墨，遠處零零星星地閃著各色燈籠，像星星眨著眼睛。

二〇一一年夏天，乘飛機去紐約。在萬米高空上，要度過十幾個小時。白天看窗外神奇的雲海，看北冰洋巨大的冰川；黑天看椅背上的電影，記得看了周潤發主演的《孔子》，看到耳朵都疼。這個時候，仍然打開電腦，研究「《茶花女》與言情小說」。

東華大學座落在臺灣東部花蓮鄉下，周圍群山環抱，校園裏雜花生樹，有大片大片的草坪，草坪上有環頸雉等各色野鳥從容散步。我自小在城裏長大，像所有文人一樣，憧憬鄉下的桃花源。學校很大，幾乎看不到人，萬籟俱靜。下完雨的時候，校園裏有很多蝸牛出現，我有時會站在那裏，看蝸牛慢慢爬上樹。這個時候，我最可以從容思考和寫作。

我未必覺得學術有如何重要，不過學術是我的一種生活方式，只覺得讀書寫作的世界很單純，正如自然風景。我很感謝邀請我來東華客座的須文蔚教授，也感謝帶我看了很多風景的秀美老師。感謝宋如珊教授，為我提供了出版的機會。感謝遠在哈佛的王德威教授，他在百忙之中閱讀了這本書稿，並且寫下推薦評語。朋友的無私幫助，讓我心裏覺得不安，覺得無以為報。

現當代華文文學研究叢書01　AG0143

翻譯現代性
——晚清到五四的翻譯研究

作　　者 / 趙稀方
主　　編 / 宋如珊
責任編輯 / 王奕文
圖文排版 / 郭雅雯
封面設計 / 陳佩蓉

發 行 人 / 宋政坤
法律顧問 / 毛國樑　律師
印製出版 / 秀威資訊科技股份有限公司
114台北市內湖區瑞光路76巷65號1樓
電話：+886-2-2796-3638　傳真：+886-2-2796-1377
http://www.showwe.com.tw
劃撥帳號 / 19563868　戶名：秀威資訊科技股份有限公司
讀者服務信箱：service@showwe.com.tw
展售門市 / 國家書店（松江門市）
104台北市中山區松江路209號1樓
電話：+886-2-2518-0207　傳真：+886-2-2518-0778
網路訂購 / 秀威網路書店：http://www.bodbooks.com.tw
國家網路書店：http://www.govbooks.com.tw
圖書經銷 / 紅螞蟻圖書有限公司
114台北市內湖區舊宗路二段121巷28、32號4樓
電話：+886-2-2795-3656　傳真：+886-2-2795-4100

2012年9月BOD一版
定價：320元

國家圖書館出版品預行編目

翻譯現代性：晚清到五四的翻譯研究 / 趙稀方著. -- 初版.
-- 臺北市：秀威資訊科技, 2012.09
面； 公分. --
ISBN 978-986-221-989-8(平裝)

1. 翻譯學

811.7 101016019

讀者回函卡

感謝您購買本書，為提升服務品質，請填妥以下資料，將讀者回函卡直接寄回或傳真本公司，收到您的寶貴意見後，我們會收藏記錄及檢討，謝謝！

如您需要了解本公司最新出版書目、購書優惠或企劃活動，歡迎您上網查詢或下載相關資料：http:// www.showwe.com.tw

您購買的書名：________________________________

出生日期：________年________月________日

學歷：□高中（含）以下　□大專　□研究所（含）以上

職業：□製造業　□金融業　□資訊業　□軍警　□傳播業　□自由業

　　　□服務業　□公務員　□教職　□學生　□家管　□其它______

購書地點：□網路書店　□實體書店　□書展　□郵購　□贈閱　□其他

您從何得知本書的消息？

□網路書店　□實體書店　□網路搜尋　□電子報　□書訊　□雜誌

□傳播媒體　□親友推薦　□網站推薦　□部落格　□其他__________

您對本書的評價：（請填代號　1.非常滿意　2.滿意　3.尚可　4.再改進）

封面設計____　版面編排____　內容____　文／譯筆____　價格____

讀完書後您覺得：

□很有收穫　□有收穫　□收穫不多　□沒收穫

對我們的建議：________________________________

____

____

____

請貼
郵票

11466
台北市內湖區瑞光路 76 巷 65 號 1 樓
秀威資訊科技股份有限公司 收
BOD 數位出版事業部

（請沿線對折寄回，謝謝！）

姓　　名：＿＿＿＿＿＿＿＿＿＿　年齡：＿＿＿＿　性別：□女　□男

郵遞區號：□□□□□

地　　址：＿＿＿＿＿＿＿＿＿＿＿＿＿＿＿＿＿＿＿＿＿＿＿

聯絡電話：(日) ＿＿＿＿＿＿＿＿＿＿ (夜) ＿＿＿＿＿＿＿＿＿＿

E-mail：＿＿＿＿＿＿＿＿＿＿＿＿＿＿＿＿＿＿＿＿＿＿＿